侠隐传技

民国武侠小说典藏文库·白羽卷

白　羽◎著

中国文史出版社

我的生平

生而为纨绔子

民国纪元前十三年九月九日，即已亥年八月初五日，我生于"马厂誓师"的马厂。

祖父讳得平，大约是老秀才，在故乡东阿做县吏。祖母周氏，系出名门。祖母生前常夸说：她的祖先曾在朝中做过大官，不信，"俺坟上还有石人石马哩！"这是真的。什么大官呢？据说"不是吏部天官，就是当朝首相"，在什么时候呢？说是"明朝"！

大概我家是中落过的了，我的祖父好像只有不多的几十亩地。而祖母的娘家却很阔，据说嫁过来时，有一顷啊也不是五十亩的奁田。为什么嫁祖父呢？好像祖母是个独生女，很娇生，已逾及笄，择婿过苛，怕的是公公婆婆、大姑小姑、妯娌娌娌……人多受气，吃苦。后来东床选婿，相中了我的祖父，家虽中资，但是光棍儿，无公无婆，无兄无弟，进门就当家。而且还有一样好处。俗谚说："大女婿吃馒头，小女婿吃拳头。"我的祖父确大过她几岁。于是这"明朝的大官"家的姑娘，就成为我的祖母了。

1

然而不然，我的祖父脾气很大，比有婆婆还难伺候。听二伯父说，祖父患背疽时，曾经挝打祖母，又不许动，把夏布衫都打得渗血了。

我们也算是"先前阔"的，不幸，先祖父遗失了库银，又遇上黄灾。老祖母与久在病中的祖父，拖着三个小孩（我的两位伯父与我的父亲，彼时父亲年只三岁），为了不愿看亲族们的炎凉之眼，赔偿库银后，逃难到了济宁或者是德州，受尽了人世间的艰辛。不久老祖父穷愁而死了。我的祖母以三十九岁的孀妇，苦斗，挣扎，把三子抚养成人。——这已是六十年前的事了。

我七岁时，祖母还健在：腰板挺得直直的，面上表情很严肃，但很爱孙儿，——我就跟着祖母睡，曾经一泡尿，把祖母浇了起来——却有点偏心眼，爱儿子不疼媳妇，爱孙儿不疼孙女。当我大妹诞生时，祖母曾经咳了一声说："又添了一个丫头子！"这"又"字只是表示不满，那时候大妹还是唯一的女孩哩！

我的父亲讳文彩，字协臣，是陆军中校袁项城的卫队。母亲李氏，比父亲小着十六岁。父亲行三，生平志望，在前清时希望戴红顶子，入民国后希望当团长，而结果都没有如愿；只做了二十年的营官，便殁于复辟之役的转年，地在北京西安门达子营。

大伯父讳文修，二伯父讳文兴。大伯父管我最严，常常罚我跪，可是他自己的儿子和孙子都管不了。二伯父又过于溺爱我。有一次，我拿斧头砍那掉下来的春联，被大伯父看见，先用掸子敲我的头一下，然后画一个圈，教我跪着。母亲很心疼地在内院叫，我哭声答应，不敢起来。大伯父大声说："斧子劈福字，你这罪孽！"忽然绝处逢生了，二伯父施施然自外来，一把先将我抱起，我哇的大哭了，然后二伯父把大伯父"卷"了一顿。大伯

2

父干瞪眼，惹不起我的"二大爷"！

大伯父故事太多，好苛礼，好咬文，有一种嗜好：喜欢磕头、顶香、给人画符。

二伯父不同，好玩鸟，好养马，好购买成药，收集"偏方"；"偏方治大病！"我确切记得：有两回很出了笑话！人家找他要痢疾药，他把十几副都给了人家；人问他："做几次服？"二伯父掂了掂轻重，说："分三回。"幸而大伯父赶来，看了看方单，才阻住了。不特此也，人家还拿吃不得的东西冤他，说主治某症，他真个就信。我父亲犯痔疮了，二伯父淘换一个妙方来，是"车辙土，加生石灰，浇高米醋，熏患处立愈"。我父亲皱眉说："我明天试吧！"对众人说："二爷不知又上谁的当了，怎么好！"又有一次，他买来一种红色药粉，给他的吃乳的侄儿，治好了某病。后来他自己新生的头一个小男孩病了，把这药吃下去了，死了！过了些日子，我母亲生了一个小弟弟，病了，他又逼着吃，又死了。最后大嫂嫂另一个孩子病了，他又催吃这个药。结果没吃，气得二伯父骂了好几次闲话。

母亲告诉我：父亲做了二十年营长，前十年没剩下钱，就是这老哥俩大伯和二伯和我的那位海轩大哥（大伯父之子）给消耗净了的；我们是始终同居，直到我父之死。

踏上穷途

父亲一死，全家走入否运。父亲当营长时，月入六百八十元，亲族戚故寄居者，共三十七口。父亲以脑溢血逝世，树倒猢狲散，终于只剩了七口人：我母、我夫妻、我弟、我妹和我的长女。直到现在，长女夭折，妹妹出嫁，弟妇来归，先母弃养，我

3

已有了两儿一女，还是七口人；另外一只小猫、一个女用人。

父亲是有名的忠厚人，能忍辱负重。这许多人靠他一手支持二三十年。父亲也有嗜好，喜欢买彩票，喜欢相面。曾记得在北京时有一位名相士，相我父亲就该分发挂牌了。他老人家本来不带武人气，赤红脸，微须，矮胖，像一个县官。但也有一位相士，算我父亲该有二妻三子、两万金的家私。倒被他料着了。只是只有二子二女，人说女婿有半子之份，也就很说得过去。至于两万金的家财，便是我和我弟的学名排行都有一个"万"字。

然而虽未必有两万金，父亲殁后，也还说得上遗产万贯。——后来曾经劫难，只我个人的藏书，便卖了五六百元。不幸我那时正是一个书痴，一点世故不通，总觉金山已倒，来日可怕，胡乱想出路，要再找回这每月数百元来。结果是认清了社会的诈欺！亲故不必提了，甚至于三河县的老妈郭妈——居然怂恿太太到她家购田务农，家里的裁缝老陈便给她破坏："不是庄稼人，千万别种地！可以做小买卖，譬如开成衣铺。"

我到底到三河县去了一趟，在路上骑驴，八十里路连摔了四次滚，然后回来。那个拉包车的老刘，便劝我们开洋车厂，打造洋车出赁，每辆每月七块钱；二十辆呢，岂不是月入一百多块？

种种的当全上了，万金家私，不过年余，倏然地耗费去一多半。

"太太，坐吃山空不是事呀！"

"少爷，这死钱一花就完！"

我也曾买房，也曾经商。我是个不到二十岁的少年……

这其间，还有我父亲的上司，某统领，据闻曾干没了先父的恤金，诸如段芝贵、倪嗣冲、张作霖……的赙赠，全被统领"人家说了没给，我还给你当账讨去么？"一句话了账。尤其是张作霖，这位统领曾命我随着他的马弁，亲到顺城街去谢过，看过了张氏那个清秀的面孔，而结果一文也没见。据说是一共四千多元。

　　我觉得情形不对，我们孤儿寡母商量，决计南迁。安徽有我的海轩大哥当督练官，可将余资交他，代买田产房舍。这一次离别，我母率我妻及弟妹南下，我与大妹独留北方；我们无依无靠，母子姑嫂抱头痛哭！于是我从邮局退职，投考师大，我妹由女中转学津女师，我们算计着："五年之后，再图完聚！"

　　否运是一齐来！甫到安徽十几天，而××的变兵由豫境窜到皖省，扬言要找倪家寻隙。整整一旅，枪火很足，加上胁从与当地土匪，足够两三万；阜阳弹丸小城一攻而入，连装都装不开了！大抢大掠，前后四五天，于是我们倾家荡产，又逃回北方来。在济南断了路费，卖了些东西，才转到天津，由我妹卖了金戒指，把她们送到北京。我的唯一的弟弟，还被变兵架去了七天；后来亏了别人说了好话："这是街上卖进豆的穷孩子。"才得放宽一步，逃脱回来。当匪人绑架我弟时，我母拼命来夺，被土匪打了一枪，幸而是空弹，我母亲被蹴到沟里去了。我弟弟说："你们别打她，我跟你们走。"那时他是十一二岁的小孩。

　　于是穷途开始，我再不能入大学了！

　　我已没有亲戚，我已没有朋友！我已没有资财，我已没有了一切凭借，我只有一支笔！我要借这支笔，来养活我的家和我自己。

笔尖下讨生活

　　在北京十年苦挣，我遇见了冷笑、白眼，我也遇见热情的援

5

手。而热情的援手，卒无救于我的穷途之摆脱。民十七以前，我历次地当过了团部司书、家庭教师、小学教员、税吏，并曾再度从军作幕，当了旅书记官，仍不能解决人生的第一难题。军队里欠薪，我于是"谋事无成，成亦不久"；在很短的时期，自荐信稿订成了五本。

辗转流离，终于投入了报界；卖文，做校对，写钢板，当编辑，编文艺，发新闻。我的环境越来越困顿，人也越加糊涂了；多疑善忌，动辄得咎，对人抱着敌意，我颓唐，我愤激，我还得挣扎着混……我太不通世故了，而穷途的刺激，格外增加了我的乖僻。

终于，在民十七的初夏，再耐不住火坑里的冷酷了，我甘心抛弃了税局文书帮办的职位。因为在十一天中，喧传了八回换局长，受不了乍得乍失的恐惧频频袭击，我就不顾一切，支了六块大洋，辞别了寄寓十六年的燕市，只身来到天津，要想另打开一道生活之门。

我在天津。

我用自荐的方法，考入了一家大报。十五元的校对，半月后加了八元，一个月后，兼文艺版，兼市闻版，兼小报要闻主任，兼总校阅；未及两个月，月入增到七十三元——而意外地由此招来了妒忌！

两个月以后，为阴谋所中，被挤出来，我又唱起来"失业的悲哀"来了！但，我很快地得着职业，给另一大报编琐闻。

大约敷衍了半年吧，又得罪了"表弟"。当我既隶属于编辑部，又兼属于事务部做所谓文书主任时，十几小时的工作，我只拿到一份月薪，而比其他人的标准薪额还少十元。当我要求准许我两小时的自由，出社兼一个月脩二十元的私馆时，而事务部长所谓表弟者，突然给我延长了四小时的到班钟点。于是我除了七八小时的睡眠外，都在上班。"一番抗议"，身被停职，而"再度失业"。

我开始恐怖了！在北平时屡听见人的讥评："一个人总得有人缘！"而现在，这个可怕的字眼又在我耳畔响了！我没有"人缘"！没有人缘，岂不就是没有"饭缘"！

我自己宣布了自己的死刑："糟了！没有人缘！"

我怎么会没有人缘呢？原因复杂，愤激、乖僻、笔尖酸刻、世故粗疏，这还不是致命伤；致命伤是"穷书痴"，而从前是阔少爷！

环境变幻真出人意外！我居然卖了一个半月的文，忽然做起外勤记者了。

我，没口才，没眼色，没有交际手腕，朋友们晓得我，我也晓得"语言无味，面目可憎"八个字的意味，我仅仅能够伏案握管。

"他怎么干起外勤来了？"

"我怎么干起外勤来了！"

转变人生

然而环境迫着你干，不干，吃什么？我就干起来。豁出讨人嫌，惹人厌，要小钱似的，哭丧着脸，访新闻。遇见机关上的人员，摆着焦灼的神气，劈头一句就问："有没有消息？"人家很诧异地看着我，只回答两个字："没有。"

那是当然！

我只好抄"公布消息"了。抄来，编好，发出去，没人用，那也是当然。几十天的碰钉，渐渐碰出一点技巧来了；也慢慢地会用勾拒之法、诱发之法，而探索出一点点的"特讯"来了。

渐渐地，学会了"对话"，学会了"对人"，渐渐地由乖僻孤介，而圆滑，而狡狯，而阴沉，而喜怒不形于色，而老练，……而"今日之我"转变成另一个人。

我于是乎非复昔日之热情少年，而想到"世故老人"这四个字。

由于当外勤，结识了不少朋友，我跳入政界。

由政界转回了报界。

在报界也要兼着机关的差。

当官吏也还写一些稿。

当我在北京时，虽然不乏热情的援手，而我依然处处失脚。自从到津，当了外勤记者以后，虽然也有应付失当之时，而步步多踏稳——这是什么缘故呢？噫！青年未改造社会，社会改造了青年。

我再说一说我的最近的过去。

我在北京，如果说是"穷愁"，那么我自从到津，我就算"穷"之外，又加上了"忙"；大多时候，至少有两件以上的兼差。曾有一个时期，我给一家大报当编辑，同时兼着两个通讯社的采访工作。又一个时期，白天做官，晚上写小说，一个人干三个人的活，卖命而已。尤其是民二十一至二十三年，我曾经一睁开眼，就起来写小说，给某晚报；午后到某机关（注：天津市社会局）办稿，编刊物，做宣传；（注：晚上）七点以后，到画报社，开始剪刀浆糊工作；挤出一点空来，用十分钟再写一篇小说，再写两篇或一篇短评！假如需要，再挤出一段小品文；画报工作未完，而又一地方的工作已误时了。于是十点半匆匆地赶到一家新创办的小报，给他发要闻；偶而还要作社论。像这么干，足有两三年。当外勤时，又是一种忙法。天天早十一点吃午餐，晚十一点吃晚餐，对头饿十二小时，而实在是跑得不饿了。挥汗写稿，忽然想起一件心事，恍然大悟地说："哦！我还短一顿饭哩！"

这样七八年，我得了怔忡盗汗的病。

二十四年冬，先母以肺炎弃养；喘哮不堪，夜不成眠。我弟兄夫妻四人接连七八日地昼夜扶侍。先母死了，个个人都失了形，我可就丧事未了，便病倒了；九个多月，心跳、肋痛、极度的神经衰弱。又以某种刺激，二十五年冬，我突然咯了一口血，健康从此没有了！

易地疗养，非钱不办；恰有一个老朋友接办乡村师范，二十六年春，我遂移居乡下，教中学国文——决计改变生活方式。我友劝告我："你得要命啊！"

事变起了，这养病的人拖着妻子，钻防空洞，跳墙，避难。二十六年十一月，于酷寒大水中，坐小火轮，闯过绑匪出没的猴儿山，逃回天津；手头还剩大洋七元。

我不得已，重整笔墨，再为冯妇，于是乎卖文。

对于笔墨生活，我从小就爱。十五六岁时，定报，买稿纸，赔邮票，投稿起来。不懂戏而要作戏评，登出来，虽是白登无酬，然而高兴。这高兴一直维持到经鲁迅先生的介绍，在北京晨报译著短篇小说时为止；一得稿费，渐渐地也就开始了厌倦。

我半生的生活经验，大致如此，句句都是真的么？也未必。你问我的生活态度么？创作态度么？

我对人生的态度是"厌恶"。

我对创作的态度是"厌倦"。

"四十而无闻焉,'死'亦不足畏也已!"我静等着我的最后的到来。

（二十七年十二月二十日）

目　录

第一章

铁肩汉遇驼背翁

这一天正当隆冬，小阳天气，芜湖十字街旁有一所空场，聚了许多人。南方天气热，可是这时也得穿棉；偏在这时候，人群当中立着一个赤膊大汉。这大汉上半身赤裸着，挺胸凸肚，正在空场当中练武。面前摆着刀刀枪枪，石锁石墩，却只得这一个汉子练，没人跟他打对手。打圈聚着许许多多闲汉，歪着脖项叫好儿喝彩。

这练武的汉子，指着鼻子报告叫王铁肩，砍了一回单刀，耍了一回长枪，跟着举石墩。只见这汉冲着石墩相一相，把脸一扬叫道："这家伙，俺的娘，这怕不有好几百斤，我可舞弄不动。"一面说着，一弯身蹲裆骑马式，把那石头拿了起来，前后左右舞动了一回，四围观众不由咋舌，立时暴雷也似的喝了一个圆圈大彩。王铁肩舞罢，面不更色，慢慢把石头放在就地，面浮骄傲道："我王铁肩，并非自夸海口，这石头除我之外，我敢断定普天下没有第二人能拿动它了。"正说着，忽地听观众群中，有人嗤笑了声。王铁肩顺着声音打量过去，看那笑的人，是个满面病容，骨瘦如柴的老头。在这严寒的冬日，看他穿着一身很薄的棉衣，冻得他缩肩拱背。看他那模样，不似本地人，好像外路人漂

1

泊在此处，眼看就要沦为乞丐。王铁肩欺他年老，看他病容满面，哪把他放在心上。当时怒道："你笑什么？这石头难道你能拿起来吗？"面上似笑非笑，用一种很轻蔑的眼光，直巴巴望着老头，一声不响，静待那老头的答复。

此时四围观众们齐把眼神集中那老头身上，你言我语，一口同音，都说这老头何苦来，这可是自寻没趣。再看那老头，伛偻着身子，有声无力地向王铁肩答道："我这大年纪，如何拿动这大分量的石头？适才我笑你年轻轻的，言语之间，太自狂了。"王铁肩听了，立时头筋暴起，满面怒容道："你真寻出第二个人能拿动这石头，我王铁肩不但爬在地下给他磕头，而且我立时滚开这芜湖地方，永不干这个。你如果寻不出来，就请你闭住嘴，少在这地方多言多语。"那老头仰头笑道："何必去寻呢？拿动石头的这人，就在你面前。"话罢，目光向王铁肩一瞬，只见光芒闪灼。王铁肩见了，不由得心怯。只以看他年岁老迈，病容满面，谅他决拿不动这石头，当时叫道："我看你这老儿有些寻我开心。据你这样说来，拿动石头的人，一定是你了，来，来，来。"一个箭步，到了老头跟前。一手扯住老头的腕子，把他由人群中跟跟跄跄扯到场子里。

四围观众都替那老头捏了一把汗，暗忖那老头今天算是被王铁肩奚落上了。看那老头来到场中，王铁肩的那一双手，仍紧紧地握着那老头的腕子，不肯放松。那老头把腕子向旁一摆道："我决不跑，你松了手吧。"王铁肩觉得半身麻木，那老头的腕子好像有吸弹之力，不由他不把手松开。王铁肩呆若木鸡地望着那老头，那老头且不去拿那石头，先含笑道："你这石头我一双手出一个指头，就可以把它提了起来。但是我要把这对石头提起来，你也不必跪地给我磕头，你也不必滚开这地方，望你以后不要再口出狂言就好了。你要晓得天外还有天，人外还有人呢。"
他这一片话，王铁肩及四围观众哪里肯信，就见他弯下腰去，两手的食指伸入两个石锁中间空隙，微微往起提了提。看那对石锁已渐渐离开地面了。王铁肩看了瞠目咋舌。正在这时，听那老头声如洪钟喝了一声起，高高把那对石锁提了起来。王铁肩看到这里，十分心怯，四围观众早突口喝起彩来。

　　王铁肩倒也知趣，不等那老头把石锁放下，早矮了半截，跪在老头的面前，叫了一声："师父！"那老头看了，放下石锁，忙向旁一闪身道："你快站起来，不要折煞我了。"王铁肩怎肯站起，连忙说道："小子年轻无知，今天多承你老人家教训，你老就是老师，小子今后绝不敢妄自狂言了。"说罢恭恭敬敬给老头叩了三个头，方才站了起来。又向老头问道："你老人家尊姓，贵处可否告诉小子？"那老头笑道："我终年各处飘零，并没有一定栖止之处。至于我的姓名，你也不必问，你看我这曲背病容，以后你见了我，姑且就称呼我一声驼叟，我要去了。"掉头就要走去，王铁肩哪里肯放，忙拦道："你老人家能不能赏小人个光，请到小人寓中少坐片刻，小人就要把场子收了。"驼叟把头摇了摇，挤出人群，径自去了。

　　王铁肩用手拨开四围观众，看驼叟已走出一两箭远，转进一条巷中去了。及至王铁肩跑到巷口，再看老人已走得没有踪迹。王铁肩心想跟了下去，一想场中物件无人照料，只得快快走回场中。见四围观众已散去大半，只余稀落落几个人了。王铁肩向观众点点头道："各位明天见吧。"说着穿了衣服，把东西寄存在附近一家商店里，并不回他那下处，照直向适才那驼叟走的那巷中找去。转过巷口，见路北有家来往客店，就听一阵小孩嬉笑之声。王铁肩一看，正是踏破铁鞋无觅处，得来全不费功夫。那驼

3

叟正同几个小孩在店门内捉迷藏，高兴玩耍哩。不由大喜过望，大踏步走进店中，奔到那驼叟面前说道："你老人家原来在这里了。"那驼叟装作不曾听见，仍旧和那群小孩嬉戏。那群小孩一看王铁肩，都停住手脚。那个蒙着眼的孩子，也把蒙眼的扎腿带子扯下来，呆呆望着王铁肩发怔。王铁肩看那驼叟不语，不由他双膝点地，跪倒尘埃道："我特意收了场子，寻你老人家来了。"驼叟这才转首看了看，正色道："你不去圈你的场子，来寻我怎的？"一挥手又道："你去圈你的场子干你的正经营生去吧。"王铁肩苦苦哀求道："你老人家真的就拒小人于千里之外吗？小人访师十年，今天不能错过机会。"驼叟不语，转身走进店内一间房中。

王铁肩从地下爬起，一直跟进来，那群小孩一哄地散去。王铁肩来在房中，又要跪下，驼叟忙把他一拦，哈哈笑道："别看你这汉子，倒是个可教之材，你倒虚心肯认输啊！"王铁肩道："你老人家收我这个徒弟吧，如不应允，我跪在这里是不起来的。"驼叟笑容一敛，变了话口道："我有什么本领，你跑来要拜我门下？快去干你的生活去吧，不要耽误你的前程。"说着，走近床前，面向里躺下，一双胳臂弯屈着，用手托着头颅，曲肱而卧。这一觉睡了足有大半天才醒来，一翻身坐起，冬日天短，黑影已将倒了下来，房中已然黑了。

驼叟把眼揉了揉，伸了一个懒腰，一看王铁肩还跪在那里，不由笑道："起来吧，你倒有耐性，我暂且记名收下你这个徒弟，不过得往后看，你要跟着我受苦才行。"王铁肩喜出望外，又磕了三个头，方才起来，两膝已觉跪得有些酸疼了。驼叟道："你也有些饿了吧，同我在这里一起吃吧。"王铁肩口说徒弟并不觉饿，嘴里虽这么说，其实早饥肠雷鸣了。他本想请师父到外面寻

4

一家酒店，听驼叟叫自己同他在店内一起吃，怎敢驳回。喊过店小二，要了饭菜，一时端上。师徒两个饱餐一顿，小二把餐具捡去。驼叟望着王铁肩道："我明天就要离开此地了，想要西游。"王铁肩不待说罢，插口道："徒弟也愿随你老人家西游。"驼叟摇头道："你能去吗?"王铁肩答道："徒弟孤身一人，又没有家室之累，今后你老人家走到哪里，徒弟随在哪里。"驼叟道："如此你既愿随我同去甚好。你去收拾吧。"

　　当晚王铁肩辞了驼叟，出了店外，先把小铺里寄放的东西，找了两个汉子，同他拿回下处。他那下处里，除去行囊和几件衣服之外，别无他物。王铁肩收拾了行囊，把门从外上了链，又托咐了两旁邻户代为照看，又赶回店内。到了次日天明五鼓，便同师父驼叟两个起程西进去了。

　　师徒两个离了芜湖，往西北进游川汉。驼叟除去一身之外，别无长物，所以走起来，方便非常。王铁肩背行囊，随在师父身后，晓行夜宿，登山过岭，行了非只一日，师徒两个在路上一搭一和地攀谈，每逢王铁肩问起他师父的姓氏住处，驼叟总是摇头说："你不必问，将来我自然告诉你。"王铁肩连问了几次，驼叟总拿这两句话答复，再问急了，就说："你若是不放心我，你我师徒就算无缘，你去你的吧。"王铁肩情知驼叟不肯明说，也不敢再问了。这天走至川汉交界之处，但见人烟绝迹，山势奇险，中间一条羊肠山路，只容一人，路上荆棘密布，一步比一步难走。驼叟并不觉得吃力，健步如飞，走了上去。王铁肩虽有些蛮力，到了此时，也走得两腿酸疼，脚下起了两块白泡。唯恐被师父落下，他咬牙忍疼紧紧跟在后面，累得他满头大汗，喘息不住。一气走了足有二三十里到了山顶，遥见对面一座山，同这座山悬崖相对，中间只有二三丈宽，一根独木相通，走在这独木

5

上，向两旁一看，峭壁千仞。地上的树木村庄，望去只一二尺高矮。王铁肩两腿不由得有些颤动，心下也不知不觉有些胆怯了。

驼叟回首望了望他笑道："你胆怯了吧，走过这里，下了前面那座大山，就有村镇了。这条险路好在没有几步，咱们赶快到村镇休息吧。这山上野兽恶鸟甚多，不要耽误着了，天色一黑，就不容易行走了。"王铁肩一听，提了一口气，仍不免有些提心吊胆的。走了二十余步，算是踱过这独木桥的险路，见这座山比已过去的那座山尤较秀丽雄壮，满山的松柏树木参天。

师徒两人又走了一程，驼叟忽然停住脚步，发出惊异声音道："你留点神，快看那树上落着的，大概是一双巨鸟吧。"王铁肩听了，定睛一看，见林内树中间的一枝杈上，果然落着一只黄色巨鸟，一身庞大的羽毛，尖嘴利爪，正攫一只白兔在那儿吞噬。那巨鸟引头下望，已瞧见他们师徒两个，并不飞躲，丢下嘴里的残兔，展了展双翅，直把树木都摆动，枝叶纷纷下落，王铁肩一时淘气，捡块石块照巨鸟打去，驼叟喝道："使不得！"登时见那巨鸟一展双翅，唰的一声，直扑王铁肩而来，王铁肩哪里见过猛禽扑人，吓得他啊呀大叫一声，那巨鸟早已扑至近前。驼叟注目一看，却是一头巨大的金眼雕。未容它扑到王铁肩跟前，驼叟口发怪啸，从衣底取出十数个小球，一扬手，照巨鸟打去。金眼雕头一偏躲过，转变身躯又照驼叟扑了下来，驼叟身手矫捷非常，闪展腾挪，弹指抛球，一上一下，和这头金眼雕恶斗起来，那雕忽上忽下飞舞，转得王铁肩眼花缭乱，舌咋心惊。那金眼雕连扑几下，反挨了七八弹，立时发出神威来，一声长鸣，下狠力一头直奔驼叟头上啄来。驼叟一闪身，伸掌抓去。金眼雕来势甚猛，未曾提防，这一掌正拍在它的头顶上，长鸣了一声巨响，回旋双翅直飞到云霄，好像是受了重创。王铁肩呆站那里，望着天空出神，直待那头金眼雕飞得没有了踪影，他还仰着首呆望着。

忽地就听树木那旁轰的一声巨响，随着一股烟硝气扑鼻，驼叟和王铁肩师徒两个一惊，抬首望去，见从树木丛中一阵人声喧闹，先跑过几头猎犬，随后转出五六个猎户，手拿着鸟枪弓箭，方才那声巨响是他们所发。看那个为首的壮年汉子，见了驼叟，惊喊一声，忙跑过来道："我猜你老人家这几天要从此经过的。前五日七姑方从此地过去，大概今天已到庄上了。"

王铁肩一旁听着，暗忖这猎户口中说的这七姑究是何等人，这猎户又是谁呢？心下不由暗暗纳罕，又听那猎户让他们家中歇息，驼叟道："你们猎你们野兽吧，看看日已西斜，我们还要赶一程路。"猎户不肯放行，到底立谈良久，说了许多外人听不懂的话，于是长揖告别了，向前赶路。及至师徒两个赶到山下，夕阳已经衔山。又转过一个山嘴，眼前现出一个村镇，寻店房宿下，吃了些食物，王铁肩疲乏已极，一头倒下呼呼睡去。一睁眼醒来，邻鸡报晓，窗纸已然成鱼白颜色。看师父盘膝坐在那面床上，闭目养神。

王铁肩不敢惊动，驼叟已睁开二目，望着王铁肩道："今天咱们早些动身，今晚总可赶到地方了。"说着，喊进店小二，又要了几样食物，师徒两个洗沐毕，吃罢食物，一付店钱，小二忙道："店账有人付了。"两人听了，不由得一怔。驼叟忙问什么人代会了。店小二忙道："纪家屯猎户纪九。"这猎户天还没亮就来了一趟，拿了些狐兔麂獐之类，送到店中。因师徒未醒，会了店钱，又走去了。

正在问答间，一个汉子推门走进，王铁肩迎头一看，正是昨日山中遇见的那个猎户。店小二忙道："这不是纪九爷来了。"纪九见了驼叟，笑嘻嘻道："小人也没有什么孝敬你老人家的，这

7

些猎来的土物，请你老人家收下，千万要赏小人这个脸。"驼叟见他情意恳挚，不便推却，命王铁肩把那些狐兔麂獐之类接了过来，纪九又道："你老人家到了黄堡，见了那几位姑娘，千万替小人代为问候。"驼叟道："纪九，堡上你近日没去吗？"纪九道："小人一晌没曾去了。"一问一答，王铁肩听不很懂，也不知他们商量什么。纪九直待驼叟起程去后，他方才走去。

驼叟师徒两个人离了这座村镇，王铁肩背了行囊，手提着纪九的礼物，一步一步行着，见山势较昨日所行的还险峻几分。攀缘而上，来到山中腰，仰视山高万丈，俯首下望，晨光熹微，云烟满眼，倒也另有一番景致。向上走了十余里，瞥见山间一棵树上，挑直一面酒帘子，风儿吹得摆动个不住。转眼走至近前，看是两间茅草房子，外面放着几条板凳，一旁摆了一张桌，上面放了一个酒罐，以外有一大盘腌鸡子，房子里坐着有几个肩挑负贩的汉子，挑担放在门儿外面，在那里吃酒，一阵阵酒香扑鼻。

王铁肩本来嗜酒如命，自从随师上路，从未吃一回酒。今天一嗅酒香，早已喉咙发起痒来，馋涎欲滴，若不是在师父跟前，早已去吃个尽兴了。驼叟怎的看不出他这神色来，早料个八九，向他笑道："你嗅了酒香了吧，我不拦你，不过在这里我是不准你吃的，因为前面道路仍很艰险，你吃得烂泥似的，怎能行走。好在再有七八十里，就到地方。今天咱们总可到了，咱们先在此处打个茶间吧。"师徒两个走进了这茅草房，看见一个徐娘半老的胖妇人，头上扎了一方青帕子，束着一块斜方式油襟在那里张罗过客。

胖妇人看他们师徒两个走进，赔着笑脸迎来。师徒寻了个座位坐下，吩咐女掌柜泡上茶来。女掌柜忙把茶泡好，拿了两个杯子。正在这时，对面桌上坐着一人，猛地把桌子一拍，劈雷般喊叫起来。这胖妇人正张罗驼叟师徒两个客人，闻声回头，猛然就见对面坐的一个汉子骂道："臭婆子好大架子，老子们坐了这半天，怎的酒还不给老子们端上，老子们吃完还有公干呢。"驼叟抬首向喊叫的这汉子看去，恰巧这汉子也向驼叟打量过来，眼神砸个正着。驼叟看这汉子凶眉恶目，一身青布短衣服，颔下长满了短髭，四十开外的年岁，一根发辫盘在头上，身畔有一顶帽，一双小包。这汉子身旁还坐着一个三十多岁汉子，也十分强悍，也是一身青衣服，面前也放着一帽一包。

那胖妇人听了这汉子不干不净地喊叫，面色一正道："你们吃冷酒早端上了，你们既要吃热酒，就得耐心稍候一会儿。"忍着一肚怒气，过去把烫的酒给他两个端上，以外又端了两盘腌鸡子，这两个吃起酒来，胖妇人嘟嘟唧唧走过一旁。这两个汉子举杯畅饮，好似不曾听见。王铁肩看了酒，馋虫像是爬到喉咙上面，咕的一声咽了一口吐涎。

这个四十多岁的汉子一面吃酒，一面向同行伙伴道："你打听清楚他今天是打从此处经过吗？"这个汉子向他一使眼色，微微把首点了点，放低了声音道："他们不从此处经过，又从哪里经过呢？"以下声音越发细微下来，只见交头接耳，不知说些什么，还不住地缩头探脑，向外张望。驼叟料他两个绝不是好路道，两眼不时偷偷向他两人扫去。没有一刻，听门外一阵喧叫，从山脚走上来一乘两人抬的小山轿，坐着一位年老的妇人，像是官府的内眷，轿后跟了两头小驴，一头驴上乘着一位十六七岁的公子哥儿。后面那头驴，是一个年老仆役模样的人骑着。此外还有四五个挑夫，担着箱笼什物，吃酒那两个汉子见了，低声道："来了，来了。"

就是那些舆夫和挑夫到了这儿门外，想要歇息歇息，打个茶间。那年老仆役慌忙跳下了驴，拦道："下了这山再歇息吧。"舆夫和那些挑夫心中老大的不自在。那老仆又道："到了地方，多给加些酒钱就是。"那些脚夫听了，方才抖起精神，向前走去。屋中两个吃酒汉子立刻彼此一使眼色，喊过那胖妇人，会了酒资，戴上帽子，提着包袱，跟在前行的山轿后面，走下去了。

驼叟看他两个去后，哼了一声，突然立起身，便也把茶资付了，走出店外，向王铁肩道："这才过去的那些人好似官绅人家，必是良民，被这两个吃酒汉子盯上了，咱们远远随在他们后面，看个究竟。"王铁肩也已觉出不对来，点头道是，师徒加紧脚步，距那两个汉子不过四五箭远近。那两个汉子把眼神贯在前边，后面的驼叟师徒好比黄雀在后，他们毫不觉得。

崎岖山路，走了四五里路。又到这山的顶巅，转过山巅，越发荒僻，山路两旁，遍布荆棘。那两汉子彼此一打手势，解了手中的布包，看去原来是两柄明亮亮尖刀。离前边那轿不过十余丈远近，两个汉子一声嘶喝，跳了过去。吓得那个轿后驴上的公子哥儿，先滚下来。那个老仆也转了颜色哆里哆嗦跳下驴来，壮着胆子，要把公子哥儿扶起。两个舆夫也扔下轿去，呆立一旁，险一些儿把轿子里那年老妇人跌了出来。轿内的老妇人，早连惊带吓瘫软在那里。那两个汉子到近前，那舆夫挑夫们因不关己，早远远躲开张望。那位少爷同老仆不觉作一堆跪爬在地，叩头如捣蒜地道："两位要什么物件，自管拿去。"两个汉子哈哈大笑道："我们岂只要你们的物件，我们还要你们的命呢。"那少爷一听，上下牙齿打战，那老仆也哑声告饶。两个汉子圆睁两目，喝道："饶你们别想，你们认识爷爷是谁吗？"把戴在头上的帽子往后一推，露出面目来。

老仆抬首向那两个汉子面上望去，突然叫道："你，你们不是李福、王顺吗？"那两个汉子怒道："那爷爷的姓名，也是你这狗奴才叫的吗？"老仆低声下气地说："你们真就不看在老爷当初对待你们的恩德吗？"两个汉子冷笑两声道："那狗官对我们有什么恩惠，不必多说，真个的你们还叫爷爷们费手脚吗？"老仆立时落下泪来，哀求道："我这入土半截的人倒不怕的，可怜老爷清廉一世，只留少爷这一条根，你们真就这般忍心，绝了老爷的子嗣吗？"两个汉子大怒道："老狗种，闭住你那嘴！"一揲手中尖刀，先扑那老仆刺去。

驼叟同王铁肩潜跟在后，隐身崖后草间，早已看了个清清楚楚。在这千钧一发的当口，驼叟再也忍耐不住，遥看那两个汉子揲着明晃的尖刀，望着那老仆咽喉刺去，驼叟嗖的探囊取出铁球，王铁肩也要抛他手中的刀，却不料正这当口上，猛然听见从路旁树林内，唰唰唰，前后飞出数道白光，不偏不斜，正打在两个汉子持尖刀的手上。当啷，尖刀落地，两个汉子怪叫了一声，甩着手，往旁一跳，往后一看，忽见没人处露出几个人影来，自知不好，回身撒腿便跑。王铁肩有心把他两个阻住，这两个倒也乖巧，从斜刺里穿小路跑去。

这时候树林里转出一头小驴，驴上一个妙龄女子，蓝帕包头，蓝色袄，青绸甩裆扎腿，纤足如钩，穿一双大红铁尖弓鞋，腰间悬一口金钩短剑，面貌娟秀，眉目间露出英爽豪侠之气。一转眼，那女子已来到那少年公子主仆的后面，刚问了一声："喂，你们……"抬眼瞥见了驼叟，慌忙不迭地跳下驴来，跑过来道："你老人家怎的今天才来，想煞侄女了。"驼叟一看道："七姑娘，你今天怎的一个人儿跑到此处来了。"王铁肩一旁听了，料这女子，定是猎户口中说的那个七姑了。

就见此时七姑同驼叟答道："侄女今天看天气甚好，想出来

11

玩耍玩耍，猎些野兽。不想刚刚到此，撞见这两个凶汉剪径，被侄女赏了他两暗器，给吓跑了。可是的，你老人家怎么目睹其事，反倒袖手旁观了呢？"那少年公子同那老仆此时惊定，忙挨了过来，屈膝就要跪下。七姑蛾眉一皱道："我这小小年纪，可承担不起，不要折煞我吧。"

驼叟从旁向他们问道："你们从哪里来的，到什么地方去呢？"那老仆答道："我们是到城口去的，我家老爷是现任知府，姓舒，因奉召进见，已经先往，故此派小人护送夫人少爷在后面走。"

那女子一听姓舒，哟了一声，面露疑讶。又问："这两个强盗恐怕是早跟下来吧？"老仆叹道："不是，这两个东西并不是寻常强盗，他是恩将仇报。那两个凶徒一个叫李福，一个叫王顺，在二年前，他两个都是匪徒，事发了，收押在狱中。我家老爷看他两个身材魁梧，很有两膀臂力，十分爱惜，极力开脱他两个的罪名，收下他做个亲随。起初他两个倒还有良心，对于我家老爷口口声声地颂扬。谁知没有一年，他两个劣性难驯，渐渐在外又胡行起来。被我家老爷查知，打了四十板子，给斥革了。不想他两个把以前的恩惠一笔抹消，起此歹心，在此要暗下毒手。"

七姑倒竖蛾眉，圆睁杏眼，怒道："这一类忘恩负义的禽兽，留他在世上何用？"一回身把驴拴在一棵树下。转身向驼叟说："你老人家等候侄女一会儿。"施起陆地飞腾法，顺了那两汉子的去路追了下去。履步稳快，一瞬间已不见踪迹。

那老夫人此时已被少爷救起，喘息稳时，已然不害怕了，夫人见状不由啧啧赞道："不想一个女孩家有这等本领。"说至此，把公子喊过，说了几句言语。那公子回身过来，向驼叟问道："这位骑驴的小姐，你老可知她姓什么？家住在哪里？"驼叟说

12

道："这位姑娘姓伍行七，乃是名门之女，武将之后，你们不要错把她看成女侠客。"老夫人听了，吃惊道："这不是故人之女吗？她可是现在参将伍廷栋老爷的掌珠么？"公子忙向驼叟转问，果然不错。驼叟点首道："正是伍老爷的第七女。"那公子又问道："你老人家可知晓那伍小姐府上离此尚有多远？"驼叟道："距此不过五十余里，地名叫作黄堡。"语声未罢，那老仆手一指道："那小姐回来了。"

驼叟等人顺着那老仆手指望去，见七姑手提了两颗血淋淋人头走来，一时到了近前，那夫人同公子看了，吓得把脸掩上。七姑近前道："这不是那两个汉子的首级吗？"她深恐吓坏了舒夫人和舒公子，一扬手那两颗首级扔出好远，骨辘辘滚到山涧下面去了。

那舒夫人招呼道："七姑娘五六年不见，居然有这大的本领。你不认识老身了吧？方才若不是相救，我们此时早丧身在两个负义之徒的手下了。"现出万分感谢的神色，朝着七姑福了两福，又自通身世姓名。七姑慌忙还礼不迭，说道："您是舒老伯母，我真想不到。"舒夫人忙向公子唤道："汝良，你还不拜谢伍七姐姐救咱们的恩德！"舒公子就要过来叩谢，七姑慌忙相拦道："万万不可。"舒公子恭而且敬地给七姑作了三个大揖，七姑忙回了两福，向着舒汝良打量过去，见他容貌清秀，一脸书生气色。七姑面色一红，羞答答低下头去。

正这时就听那旁的舆夫挑夫们七嘴八舌喧嚷起来，舒夫人忙问何故，那舆夫挑夫们跑来齐道："天色已过正午了，请公子快上路吧，前面道路也很难行的。"七姑便接过来道："伯母请到舍下去吧。舍下距此不过五十上下里的样子，下了这山有个庄子，在那里吃些食物，歇息一时，今天总可赶到舍下的。"舒夫人深感故人之女救命之恩，便道："如此又叨扰侄女了。"七姑笑着谦逊了几句，转首向驼叟道："你老人家乘侄女这驴，前头走吧。"驼叟头一摇道："我是不惯乘驴的，我乘在驴上，反没有步行舒适。"七姑不敢再让，过去把那驴的缰绳解了。一挥手，那驴好像懂得人意，翻起四蹄跑下去了。

舒夫人哟的一声道："七姑娘把驴逐去，难道七姑娘步行吗？小小的脚，走这山路，真也不怕累。本来你这有本领的人，我想走起路也算不了什么的。真个的，你这驴头前跑去，不怕途中被人牵去吗？"七姑嗤笑道："侄女这头驴方近百余里的人户，全认得的，决无人敢牵侄女的这头驴。你请上轿吧，不要耽延了。"舒夫人回身上了小轿，舆夫把轿抬起，舒公子同那老仆看驼叟、七姑同王铁肩都是步行，便也扯着那两头小驴，缓缓随在轿后。走了没好远，转过山巅，折向山下，居高望下，坡势既陡且仄。抬轿的那两名舆夫，都惯行山路，抬得既稳又且快。舒汝良公子看如此险恶道路，不住扶在轿旁喊："娘要仔细留些神的。"

又走了十余里，到了山下，又过了一个小岭，方见一个庄村。

寻个客店，休息了一时，舒夫人等吃了点食物，七姑同驼叟师徒另寻房屋坐下。舒夫人意让七姑同在一处，七姑道："你休息一忽儿吧，侄女不便打扰。"正说间，院内舆夫挑夫们同那老仆因争酒资厮吵起来。七姑忙走出来叱道："晚间我给你们几串酒资就是，何必在此厮吵！"那舆夫挑夫们对于七姑的本领是领略过了，看七姑一出来，一颗头向腔子里一缩，都不敢言语了。

一行人歇了片刻，舒夫人命叫过小二算账。小二道："七姑代会过了。"夫人向七姑谦谢一阵，离了店房，迤逦向前行去。

路虽崎岖，却也平坦许多，约走有一二十里，七姑猛地站住，向前一指道："她们来了。"驼叟看去，却是三姑、四姑来了，她两个也是步行跑来。舒夫人在轿内看来的这两女子，年岁和七姑不相上下，她两个装束却也同七姑相仿，腰中也各悬一口宝剑。她俩长得眉似春山，目澄秋水，一个是长长脸儿，一个鸭蛋脸儿，娇体中又带出英气来。她们两个同七姑站在一起，真是一个胜似一个的，是三个天仙化人。

那三姑、四姑来在临近，一眼看见驼叟，嘻嘻笑道："你老人家可回来了，我们姊几个一天不知念你老人家几遍呢。前几日我七妹探望我大姊去，回来时我们还问看见你老人家没有呢。今天看七妹那驴头前回去，我们就猜着必有客来，不晓得是你老人家回来了。"说着又很奇异地向舒夫人等望去。七姑笑道："他们就是汉中舒太守的眷属，那轿内即是舒老伯母，走，到家中我再给你们引见吧，他们是到城口去的。"三姑四姑听了，忙道："我们先回去，把房子打扫打扫吧。"她两个一回身趄向回去，脚下也很快的。展眼之间，走了好远。舒夫人在轿内一咋舌，心说这儿的女子本领全是这样了得，由羡慕变成敬爱。

不一时，见眼前一条小溪，水声潺潺，溪上架了一块板桥。过了这板桥，前边即是一个大庄子，四围乌柊柊树环绕，黄堡已是在望了，进了这庄子，来至中间，见路北一片瓦房，广梁大门。三姑、四姑同几个使女婆子，以外有二三个男仆，早站在门外迎接。

当晚舒夫人即宿在她们这里，驼叟、王铁肩和舒汝良公子住在外面厅房中。舒夫人把七姑相救的话向三姑、四姑说了一遍，当晚同她姊妹三个谈得十分投机。舒夫人又向七姑问道："这间同来的那年老的人又是哪个，怎的他在这冬日穿一件薄袍呢，难道他不畏寒冷吗？"七姑道："提起来你一定也晓得的。"三姑接过来道："舒老伯母虽未见过他老人家，但是提起他老人家的名头来，老伯母也定是知道的。"舒夫人道："看他那满面病容，曲背折腰，必是大病初愈。"七姑笑道："他老人家就是那气色，所以外人会把他老人家唤作驼叟。"七姑随着把驼叟来历说了一遍。

舒夫人一听，忙道："我晓得的，我晓得的，原来是他呀。"七姑徐徐说道："他老人家就是那武汉三镇总镇刘琪。"舒夫人忙道："我真想不到。"七姑又接续前言道："他老人家自那年随同袁公征定粤寇，后来袁公被劾，他老人家看宦海如斯，无心上进，辞官隐于川中。我那刘伯母早已物故，他老人家并无子嗣，只一女儿名唤玉娥，嫁给燕湖王家，本领也还了得，头儿脚儿可称是十分人材。可惜我那玉娥姊姊人儿虽强，命运却不佳，过门不及两载，便把丈夫故世。所幸还有一子，我这刘伯父每年总要到燕湖去一趟，这次就是从燕湖回来。他老人家就在村西十余里八仙观内居住，此外还有他老人家一个徒弟叫纪维扬，侍伴左右。他老人家同我们故世的师父冯瑜是师兄弟，他哥俩都是江北田炎峰门下的。他老人家那身本领可说火候已到登峰造极了，在冬天穿这薄棉袍还热呢。"回首向三姑、四姑道："据刘伯父说，玉娥姊姊这二年已不能分身进川了，她那翁姑均相继谢世，偌大的家业，皆是她一手照管。她那孩子今年也上学了。"说着，彼此叹息了阵。旋各安寝。

舒夫人自见七姑便属意了，自想同汝良真是天生一对，只愁无处去觅冰人。舒夫人在这里留了两天。同公子带了那老仆，起程走了。临行七姑等殷殷嘱告，回来时千万再在此盘桓几日。夫人道："我回来时，定要来看你们姊妹的。"说罢，乘轿自去。

这里驼叟也带了王铁肩回了他那八仙观。这八仙观，坐落在一脉大山之下，背山面水，观前那道溪水，是同黄堡村外那道溪水同一支流。走近观前，看山门半掩，迈步到了院内，只见小小一层殿宇，两旁各三间配殿，院落虽小，却十分洁净。这八仙观在从前本是七姑们师父冯瑜在此住持，自冯瑜羽化后，即由驼叟在此居住了。

驼叟来在院中，一声咳嗽，由西配殿里走出一个汉子，年纪却同王铁肩不相上下，躯干雄伟，虬髯虎须，一身短服，顶上一条油松大辫，盘在头上。见了驼叟，声如洪钟般道："你老人家回来了。"边说边向王铁肩打量。

驼叟把头点了点，便指着那汉子向王铁肩道："来，来，来，给你们师兄弟引见引见。这是你师兄纪维扬，即是纪家坪纪九之兄。"王铁肩忙行下礼去，维扬连忙还礼，师徒三个进了殿内，看净几明窗，打扫得十分洁静。驼叟命王铁肩把行囊放在对面维扬房内。至于纪家坪纪九所赠的那狐兔麂獐，却给黄堡村撒下了。

当日驼叟即命铁肩持了斧头，到山上砍些柴薪，回来便叫他炊火做饭。一时饭好，驼叟便唤维扬去沽两角白干酒来。驼叟向铁肩道："你同我一路上酒瘾却有些熬得不过了，你今天尽量吃个足兴吧。话可要说在头前，你却不能天天吃酒的。"王铁肩忙道："不劳你老人家嘱咐，徒弟决不能天天吃酒的。"驼叟和维扬均不吃酒，把个王铁肩喜得眉花眼笑，转眼把这两角酒吃了个干净。把饭用过，由王铁肩把碗盘家具洗涤了。驼叟看王铁肩吃得已有七八成醉意，便叫王铁肩去休息。自到观中，就没歇住手脚，听了这句话，如同开了大赦一般，回到房中，打开行囊，借此几分醉意，一头倒下，竟呼呼睡去。

流光迅速，一眨眼间，已过了两三个月的光景。度过了年关，春光明媚，已是二月了。王铁肩自到这八仙观，驼叟从未教他练习功夫，天天不辍的命他上山砍柴，回来便炊饭。终日十分辛苦，王铁肩毫无怨言，每天干他这所应干的事。

这一天，驼叟正看维扬练习武功夫，黄堡一个男仆跑了来，慌张张道："紫阳的大姑奶奶昨天来了，好像有甚了不得的事，到后面和三姑姊妹三个不知说了几句什么言语，其中却把那性如烈火的七姑给气煞了，出来就要牵驴走去，口里说：'大姊姊我去给你办这宗事儿。'把个大姑奶奶急得哭啼啼地说：'七妹去不得的。'七姑看大姑奶奶这样，便又趑回里面。哪里知她在半夜间，趁着人全睡熟的当儿，这位姑奶奶悄悄骑了那头驴去了。及早间不见了七姑，急得大姑奶奶一边哭着，一边说七妹妹，姊姊害了你了。三姑同四姑急得也直跺脚儿，派小人请你老人家来了。"

驼叟听了这片话，暗吃了一惊，心想大姑归宁，有什么大不了的事，那性如烈火的七姑悄悄连夜私自去了呢？更不乱猜，忙忙地离了八仙观，脚下一紧，十余里的路程，哪容半个时辰，早到了黄堡。一进门儿，两个婆子正站在门外，一见了驼叟，忙迎着说："大姑奶奶现在房里，念叨你老人家几遍了。"一转身报了进去。大姑奶奶听驼叟来了，拭了拭脸上的泪痕，迎了出来。

驼叟见大姑奶奶面容瘦削了好些，两眼已哭得红肿。她看了驼叟，慌忙福了两福道："刘伯伯，你老人家请房里坐吧。"三姑、四姑随着也迎出来。驼叟来到房内，婆子张罗着泡上茶来。驼叟便问："七姑究竟到哪儿去了？"大姑奶奶尚未答言，三姑忙接过来道："不要提起她了，昨天我大姊姊从紫阳来，说我那大姊丈被人陷害，由官府给解往京城去了！……"底下的话未曾说罢，驼叟大吃一惊道："什么大不了的事，居然值得解往京城，再者说周兴元终年在他那当铺里经营生意，这祸事从何处所

18

起呢？"

大姑奶奶未语，先长吁了一口气道："提起来，真是意想不到的横事，总算慈心招的祸害。大约是去年冬月的样子，她大姊夫正从铺中走出，看有一个鹑衣百结的乞丐，行将冻死，一看心中老大不忍的，一问他，他说他是京城人氏，到这紫阳来寻亲，不想未遇，所以流落在这里。大姊丈一听，问了他的姓名，他名叫朱瑞，当时即把他带到铺中，叫他充当一名更夫。一向时倒也十分殷勤，刚吃了几天饱饭，他便故态复萌，天天酒醺醺吃得烂醉。大姊丈一责他，不想他十分强横，说你这里不养爷，还有养爷处呢。起初大姊丈看他，是几盅猫尿闹的，也不去理他。谁知他越来越不像样了，当把他逐出来。没两日，他在衙内补了一名捕役，又过了两天，他带了几名同伙，跑到当铺里，进门就说出你们收了贼赃了。东搜西翻，在一个号内，搜出一朵翡翠花儿。那朱瑞冷笑着说，去年京中博亲王的福晋是在府中丢失了一朵翡翠花，不想却落在你们这儿了。当时把大姊丈簇拥着锁到衙中去了。"

驼叟听到这里，很迟疑地问道："这朵翡翠花是博亲王福晋的吗？"大姑奶奶忙答道："博亲王福晋是在京城丢失的，怎会到了紫阳呢。当然不是的。"驼叟道："这县官未免太冒失了，如果解到京城，一验不是原失之物，这县官儿不但把前程丢了，而且还要受处分呢。"大姑奶奶道："所以说这位县官儿才是个糊涂虫儿呢，上边一要人认，却把那杀千刀的朱瑞吓煞了，他想真到了京城，一查验不是原失之物，再一追究，他哪能脱去干系。他当时不露声色，他却也机警，跑到知县前自告奋勇，情愿随同护送押解到京。谁知他心中早打好主张了，走了没两站，他借词悄悄给鞋底揩油的潜逃了，一些伙伴们一看他逃了，便一面押犯进

19

省，一面回来报信，知县方明了他是陷害良民。知县为自己前程打算，不得不将错就错，一咬牙拿出上千两银子，派个心腹人到省去打点，人证依旧解到省城，总希冀把这事敷衍下去，其中却苦了她那大姊丈了。"

驼叟连又问道："以后怎样呢？"大姑奶奶道："以后不晓得如何了，昨天我来一说这事，我七妹立刻按捺不下怒火，定要先到紫阳，警告那个县官儿，然后再到京城去，设法救她姊丈。我想她一个女儿家，再弄出些事儿出来，我怎对得起她呀。不料她的主意来得更妙，在半夜悄悄走了。"说到这里，泪珠儿在眼内绕了两绕，险些淌了下来。三姑、四姑一旁齐声道："七妹她这一走，我们姊妹三个正不得主意，若是追了去，恐怕也追她不上了，所以特把你老人家请了来。"驼叟道："别无他法，我亲自下去寻她吧。我先到紫阳，从紫阳再到京城，想法把周兴元救出。"大姑奶奶喜得站起，向着驼叟拜了两拜道："你老人家亲去，再好没有了，侄女也就把心放下。"

驼叟当时别了她们，先回了八仙观，嘱咐维扬、铁肩师兄弟两个说："自己这次出门，多则半载，少则三四个月，你两个好好照看门户。"又叫维扬先教铁肩一些初步功夫。王铁肩一听，先向师父谢了，又向师兄作了个大揖。驼叟当日带了随身器刃，即起身上路。这次上路，却是他自己施起陆地上的功夫，不消几日的光景，已来到紫阳。

这天进城，天色已晚。他原拟到七姑的姊丈周家去寻她，后来又一想，七姑此次到这里，既安心要警诫这县官儿，她决不能住在周家。想至此处，驼叟便寻家店房宿下。在刚一进店门的当儿，看客人三三五五聚在一起交首接耳，不知谈论些什么。驼叟也未介意，在店中寻了个独间，便有一搭无一搭，向这店里小二问道："你们这里在这几天有个独行女子，骑着驴儿，从这里经过吗？"一小二忙答道："有的，有的，她就住在我们后面独院那间房里……"驼叟大喜，忙接口说道："快引了我去。"小二笑道："你老先不要着慌，下面的话我还没说完呢。那位姑娘只留了一夜，在今天一早即起程去了。"说至此，小二肩儿一耸，向驼叟进前凑了凑，低声说道："我们这里在昨夜间出了桩新奇事儿。"驼叟忙问什么新奇事。小二低声道："我们这儿县太爷在昨夜间，忽然把脑后一条发辫，齐头齐脑，被人割去了，不但不敢追究，而且还不敢声张呢。这桩事儿是由衙内人传说出来的，据说割县太爷发辫的这人，还给留下一个柬儿哩。柬儿上写的是什么言语，我们却不晓得了。"

驼叟听了，知道这定是七姑玩的把戏，这时外面有人唤叫小二的声音，小二忙答应着走去。驼叟不料由小二口中，探明七姑的行迹。她既离了此地，自己当然也不便多在此停留。在紫阳住了一宿，次日便起身，顺着大路，向京城行去。追赶了两日，也未见七姑的踪影。其实七姑却顺小路行去，驼叟也料她定是顺旁路下去了，只好到京城，再为寻她。

这天来到豫直交界之处，走进一座村庄之旁，瞥见一个村妇，抱着一个四五岁娃娃，坐在树下，引那娃娃玩耍。就听那村妇嘻嘻向那娃娃道："你看方才过去那个姑娘，人家一个骑着驴儿，走东走西，像你离不开我一会儿，我一走开，你就吓哭了。"驼叟一听，心想这村妇口说的那个骑驴的姑娘，莫不是七姑吗？便转身去，问那个村妇道："方才从这里过去一个骑驴姑娘吗？"那村妇抬头望了驼叟一眼，答道："不错的，刚才过去的，这时走了没好远。"驼叟一听大喜，心想这定是七姑了。驼叟连忙又问道："这女子是怎样打扮？"那村妇道："她骑着驴儿，一晃就过去了，我也没有看清。"驼叟道："她是穿的一身短衣服呢，腰间还悬了一口宝剑吧？"那村妇随口答道："是好像穿的一身短衣服，剑不剑的，我是没有留意。"驼叟转身大踏步向前赶去，一气走了三四里路，看前面果然有个女人骑驴儿，那驴儿走动，尘土四扬，相距约有半里之遥，也看不出究竟是七姑不是。及至赶到临近，哪里是七姑呀，却原是个村姑，骑上系着两个大小包袱，像是走亲戚的模样，至此方知错会了那村妇的言语了。

第二章

老侠士仗义雪冤

　　饥餐渴饮，又行了半个月的光景，一路上冷月寒风，茅店鸡声，说不尽的风霜劳碌。这日来到京城，但看阛阓①相接，人烟辐辏，街心两方赶生意的，接踵摩肩，家家笙歌，户户管弦，毕竟是京城所在，与他处究不相同。驼叟别了京城已有十余年，此次旧地重逢，回首往事，不禁感觉无限沧桑。当在前门外，寻了家店房宿下，每日到各处寻找七姑。偌大一座京城，寻了几日，如石沉大海，哪有一些信息。

　　驼叟暗暗焦急，不由心下暗忖，还是救出周兴元来，再寻七姑。可是驼叟他来京时，已探明周兴元系收押在刑部狱中，他想博亲王在前些年也曾觐见过，便换了件长衣服，以外又写了一张名刺，照直奔往亲王府，想把周兴元这被屈含冤的事，当面禀知博亲王。哪知到了王府，那些家丁仆役看了他这神色，睬都不睬，知道照直往觐，定是不可能的事。两眉一皱，计上心头，便向那些家丁仆役道："我的地址给你们留下，我住在城外兴隆店内。"那些家工仆役装作不曾听见的样子，驼叟不便久停，回身

―――――――――

　　① 阛阓：街市。

23

直出王府门外，府门左右有石狮子一对，驼叟到了这石狮旁，运动气功，把这只石狮子一搂，硬给扭过头去，改为北向。门内那些家丁仆役看了，惊惧非常，恐受王爷责罚，忙扯了笑脸，向驼叟呼喊道："请回来，我们给你禀报王爷就是。"驼叟头不回大踏步地去了，那些家丁仆役本想追去把他请回，因他们全要卸责，彼此都是观望不前，七嘴八舌地喧嚷起来。

正喧嚷间，府内一声咳嗽，家丁仆役大惊道："王爷出来了！"彼此垂手站立两旁。及至抬头一看，是管家走出来。众人连忙垂手侍立，那管家却也气派十足，一身鲜衣，手托着一根旱烟袋，嘴里叭哒叭哒的吸着，踱着方步走了出来。一眼瞥见府门外那对狮子移动了地位，扯起官腔，忙问缘故。众人哪敢隐瞒，一一说了，管家鼻子里哼了一声，为摆脱他的干系，回身直到自己房内，扔下手里那根旱烟袋，进内回禀王爷去了，众人屏息以待，过了一会儿，管家出来，向众人道："这个移动狮子的人，你们可晓得他住在何处吗？"众人道："我们晓得的，他把住址说了。"管家挥手："你们快去把他寻了来。"众人不敢怠慢，忙按照驼叟说的那家店房寻了去。

来到店内，果然把驼叟寻着，家丁立时改变了一副面孔，也顾不得端架子，满脸笑容道："你老同我到府内去吧，管家特派我来请你。"驼叟冷笑道："你们那种骄傲态度，我是不敢再去的了。"这家丁一听，连忙嘻嘻笑着央求道："你真能和我们一般见识吗？你若真的不去，要把我们的饭锅砸了，而且我们还得要受惩治的。"驼叟不再和他纠缠，一笑立起，和家丁走向王府，这家丁方才心内一块石头落下去。

到了王府，家丁忙进内回了管家，管家慌忙禀报了王爷。博亲王却也是武艺盖世，力大惊人，门下本领高强的食客，不下数十人。一听管家禀报，府外石狮被人移动，不由暗暗惊佩这人的膂力，便命赶忙把这人寻了来。这时管家回禀移狮之人来了，亲王便同门下食客们踱出门外。

驼叟认得是王爷，他见王爷丰采不减当年，可是一别十余年，王爷两鬓已然斑白了，驼叟忙行下礼去，说道："原任总兵刘琪给王驾行礼。"博亲王听了，还仿佛忆想起来。开口问道："你就是当年那武汉三镇总镇刘琪吗？"驼叟道："正是卑职。"博亲王听了，且不回答，先回首过去，望着身后那些食客们说道："你们众人哪个去把府外这只石狮移转原位？"众食客一听，面红耳热，全是面面相觑，并无一人应声。博罗多亲王笑了笑，这才回过首来，捻着胡须，向驼叟道："你既把这对石狮移动了方向，你再给移转回原处吧。"驼叟一笑领命，先说了一句："王爷恕卑职无礼，卑职不敢炫才，实在是求见拿来做敲门砖。"遂起身走到门外，博亲王率门客随了出来，驼叟立在石狮前面，两手执狮足，微一弯身，肩找狮腹，运动气功，说一声起，那石狮已微微转动了。就看他如同举桌也似，只一挺，这只石狮已然被他又转回原处。一些食客看得目瞪口呆，博亲王大喜，便把驼叟唤到府内。只剩主客两人，驼叟借此机会，当把紫阳周兴元被人陷害的事，一五一十禀知了王爷。亲王大为疑怒，立时派人托情把周兴元一案重新付审，冤狱顿白，知县革职论罪，这一案也闹了半年，才得昭雪。亲王对待驼叟十分优渥，命驼叟移到府中来。这博亲王虽身在王位，可是颇能礼贤下士，驼叟在王府系住在一座傍院，王府一些人等看他很是和蔼，全爱跑来，凑在一处和他攀谈。

驼叟在府住了没有几天，这天傍晚王府中那管家跑到驼叟房中说道："府中今天有一宗事，听着却也叫人纳罕。"驼叟忙问什么事。那管家拿起他那旱烟袋锅子，拧了一锅子关东叶子，打着火镰，把烟叶吸着，狂吸了两口，这才徐徐说道："大概是在前几天的样子，福晋到城外关帝庙拈香，回来时，途中遇了一个十几岁的女子。这女子一直随了福晋轿后，及至到了府门，福晋见那女子还在后面，当时把那女子唤到跟前。别看那女子年纪小，心眼儿却很机警，忙屈膝跪在地下。福晋便开口问：'你为何紧紧随在轿后？'那女子说她是陕甘人氏，随同她母亲到此投亲未遇，故此母女两个双双漂泊在此。她母亲为饥寒所迫，在月前已下世去，只撇下她一个人儿了，她名叫七姐。平素听人传说福晋是心地慈祥，所以随在福晋轿后，情愿给福晋充一名丫头。福晋如不收留她，她只有一条路，追寻亡母于地下了。说着她便落下泪来。福晋本是心慈面软的，待人接物，十分忠厚，一看她这模样，心下老大不忍，看她模样儿长得秀丽，蟒首蛾眉，虽一身荆钗布裙，倒也很是标致。福晋就问了问她姓氏，她说姓伍，当把她带回府内，留在身下。"那管家说到此，顿了顿，驼叟忙偏首问道："后来怎么样呢？"

管家把旱烟袋锅子里吸尽了的残烟灰，向地下磕去，又拿起那旱烟袋，嘴对嘴地吹了两口，这才放在一旁，接续前言道："她自到府内，总凡一切琐难事，颇能体会福晋的心意，所以福晋很喜爱她。她来了十几日，花儿、朵儿、衣儿、布儿，福晋很赏了她些。不料今天一早，她忽然失踪，所有的不但府中未失何物，而且连福晋赏她的那些衣物，全有条不紊地好好放在那里，一样都未拿去。你说这事真令人莫名其妙了。她以外还给福晋留了个字条儿，上面不过是感谢福晋待她厚意等语。你说这女子无缘无故忽来忽去，是何居心呢？"驼叟听罢，心中一动，那管家又闲扯了一阵走了出去。驼叟看那管家去后，也熄灯就寝，心中

26

仍是寻思。

到了次日清晨，驼叟刚沐盥毕，就见府内一家丁跑进来道："外面有人要见你！"驼叟听了一怔，心想："这人是谁呢？我到此地，所有旧日一些亲友，我均未前去探问。再者我在王府，外面并无人知晓呀。来的这人又是哪个呢？"心下不由起疑，便随了这家丁走了出来。到府门外一看，是个中年汉子，面色瘦，衣冠齐楚，站在那里。驼叟看这人倒也有几分面善，仔细望去，来的这人非是别个，正是那刚刚灾除难满的周兴元。

驼叟过去问话，那周兴元见驼叟，喜道："刘老伯，我有许多话，要对你说，前面闹市有座酒楼，咱爷两个到那里再谈话吧。"驼叟把头点了点，心想在此谈话，却也有些不便，当下同周兴元一起来到闹市酒楼。只见刀勺齐鸣，酒菜香味扑鼻，驼叟同周兴元寻个僻静独间坐下，这才叩首，向驼叟道谢："侄儿若不是你老人家在王爷前一言，侄儿还不能出了牢狱呢。侄儿在牢狱再坐几天，说不定便要把性命丧掉。侄儿自到这京城，便患起寒症，自出狱方渐告痊。"

驼叟忙把他扶起，露出很惊奇的颜色，问周兴元道："我在王爷府把你被人陷害的事禀明，因此才把你救出了狱来，你怎的晓得的呢？"周兴元道："你如何救了侄儿，全是七姑详详细细地告诉我的。"驼叟忙道："七姑现在哪里呢？我找了她这多日，未见她的踪迹，新近得了一点消息，还苦于无法下手，你在哪里看见她了？"说罢两眼望着周兴元，急待他的答复。偏偏不凑巧，正在这时酒保一步走进来，问道："客官要什么酒菜？"周兴元手一挥道："稍候一时再说。"

酒保转身离去，周兴元这才慢慢答道："你老人家未曾寻着七姑；她却看见你老人家了。"驼叟忙问："她在哪里看见我了？"

周兴元悄声道："她在王府见你老人家了。她来到京城，把驴儿及行囊等物，全寄在城外乡间从前给她们充过女仆的家内，她只身进了城。说也甚巧，当日遇上了博亲王福晋，被她几句言语，混进了府中。她原想借此机会，把我这含屈被冤的事禀知福晋，不想你老人家去了，把侄儿的事禀于王爷。她不便再在府中久留，在昨晨悄悄离了府内，想回城外女仆家中。她行经路上，我正在店外闲立，她一眼瞥见了我，便叫我同她到城外那女仆家中。当时我同她到了那里，她才一五一十地把我如何出狱的事说了，我方如梦初醒。七姑尚问你老人家何日回乡。"驼叟拍手道："我猜是她，果然不错！现在七姑的行迹已觅着了，你的事儿也了结了，我在这繁华触眼利禄熏心的京城，也不欲久居，明后天咱们一同起程吧。"周兴元道："七姑她还要顺便到皖省，探望她母舅去呢。她要见你老人家一面，即上路赴皖。明天你老人家到侄儿店中，咱爷儿两个一同找她去吧。"驼叟点了点头道："明天去吧，后天只有咱们爷俩一同起程。"两人因全不善饮，便要饭菜，一时吃罢，付过了账，驼叟和周兴元出了酒楼，分手别去。

驼叟回了王府，对那管家说了自己拟定后日起程回乡，恳他转禀王爷，并向王爷作谢。那管家把他这言禀了王爷，博亲王知他早已视功名如草芥，也不便强留，遂赠他百两川资。驼叟不便推辞，只好收下，谢了王爷，次日拜别王府众人，寻着周兴元，一同上道。但见蒲柳盈街，榴花炫眼，非复自己来时景象。屈指计算，自己离川已两三个月的光景，迅速光阴，已届端阳了。

出了彰仪门，走了约有七八里，前面有一座村庄，来到村内。瞥见路迤北有个篱笆门儿，门外一棵遮遍半天的槐树。周兴元道："到了，到了。"这时门内站着一个村妪，看了他们，抽身走进，随着七姑笑嘻嘻走出来道："刘老伯你老人家为侄女的劳碌远途跋涉，真是侄女的罪过。不过话又说回来，你老人家如不亲到京城，周姊夫还不能出牢狱呢。你老人家快请房里坐吧。"闪身让驼叟两人走进院中，登堂入室，那村姬忙跑出跑进地张罗茶水。驼叟向七姑道："你还不回去吗?"七姑道："自从我那父母双亡后，我母舅处音信久疏，侄女早想到皖省去看望看望，苦无机会。今借此机会，我要顺便去探望他两位老人家，从那里薄游江汉，再转道回蜀。侄女此去，桂节前后总可回川。"驼叟道："近来路上荆棘满目，强梁遍地，你一个女子家，虽说自负有些本领，路上仍得加上十二分谨慎。"周兴元道："刘老伯所说极是。"七姑道："不劳老伯嘱咐，侄女一路自当谨慎。"驼叟问七姑道："你何时起身呢!"七姑道："侄女今日见了你老人家，便要起程。"驼叟便和周兴元别了七姑，即回城中。七姑看驼叟他们去后，也离了这里，牵驴上路。那村姬泪眼婆娑，直看七姑驴影鞭丝隐没于绿柳丛中，她才走回家门。

这里，驼叟和周兴元回转城内，住了一宵，第二日鸡鸣五鼓，便也起身离了京城。周兴元因在牢狱大病初愈，所以雇了一辆二套轿车，和驼叟一同上路。晓行夜宿，戴月披星，非是一天，这日到了冀南，周兴元沿途劳顿，又二次患起寒症，周身烧得火一般滚烫，躺在店中土炕之上，只觉得心里乱跳，茶饭也懒得下咽。驼叟把店中小二唤来，问这里可有比较可靠的医生。店小二道："咱们这儿却没有医生，不过倒有一个开药铺的王先生会治病，不消诊脉，只把病状同他说了，抓个几味药，吃了便会好的。"驼叟听了，一摇头，心说这听病下药，是不妥当的。便命店小二冲了一碗热腾腾姜汤水来，给周兴元喝了下去，看他蒙头睡去，当夜出了一身大汗，周身轻松许多。次日起来，觉得有些酸懒，只得在这儿将息几日，再为起行。

这日驼叟正在店门外闲望，见一乘四人绿呢轿走过，前后三四个差役，轿马跟过，那轿内坐着却是个妇人。驼叟自忖定是本地官员的眷属，也未介意。来到切近，那轿内妇人转首向驼叟打量了两眼，便走过去了。待了没有多大工夫，一个穿着官衣的差役，骑了一匹马，还牵了一匹鞍鞯齐整的空马，照直到店门外面，翻身下马。一回手，两匹马缰绳交给店小二，一弯身，从官靴里抽出护书来，打开护书，从里面拿出一张名刺，一手提着马鞭，一手拿了名刺，奔到店中柜房之内。问道："刘总镇可住在你们店内？"店家很迟疑地答道："没有什么官员住在俺们这里呀。"那差役两目一瞪，叱道："刘总镇明明住在你们这里，你们怎说没有呢？"

　　驼叟在旁听得明白，忙走到近前，看了看那差役，问道："你是哪里派进来的？"那差役看了驼叟一眼道："我是知府老爷派来特请刘总镇的。"驼叟忙问："你们知府的姓名，是谁？"那差役道："我们知府是新从陕南调来的姓舒。"驼叟未容他说罢，忙道："你们知府是舒鑑青吧？"那差役把头点了点，驼叟说道："你先回去禀报你们知府，就说刘某随后便去拜望你们知府。"那差役倒也精干非常，心想说话这人定是刘总镇，满面笑容的，望着驼叟请下安去，双手把舒知府的名帖递了过去，说道："敝上请你务必赐光到衙内少坐片时，大人平素的坐马特给你备来。"驼叟见这舒鑑青倒也是一片诚意，便又问那差役："我是刚刚来到此处，你们知府从何而知呢？"那差役摇了摇头道："小人却不得而知了。"驼叟走回房内，说与了周兴元，便和那差役乘马望府衙行去，穿街过巷，不消片刻，已来至府衙。

　　差役忙禀了进去，开了府中二道正门，舒知府亲迎出来。驼叟同舒鑑青也是多年旧友，相见之下，各道寒暄。舒知府把驼叟让到里面书房中落座，下人献上茶来。舒鑑青说道："刚才听贱内说：我兄来此，故特派人往迎。"驼叟方知在店外见的那乘轿，原来就是舒夫人。这时舒公子也忙过来，给驼叟行礼，垂手侍立了一时，慢慢退了出去。

驼叟虽武将出身，却也粗通文墨，抬首见这书房四壁，悬了一些古今名人书画，素知舒鑑青酷嗜吟咏，所以这书房中陈设，极意讲求风雅。驼叟忙问道："鑑翁近来有何佳作吗？"答道："近来书牍劳形，也无暇顾及吟咏了。"驼叟一回首，看桌上压了一纸小笺，不由笑道："这不是鑑翁的大作吗？"舒鑑青叹道："这倒不是，这是小弟治下一位，潦倒诗人的旧作。可惜文章憎命，空挟奇才，落落不偶，如今人早没世了。"

彼此叹息一阵，舒鑑青又问驼叟道："伍老兄的那几位千金，不想全是一身武技惊人。贱内同小儿前入川，若非蒙那七姑娘相救，险遭不测。真是的七姑娘进京，我兄寻着她了吗？她大姊丈被人陷害的事，了结了没有呢？"驼叟道："这倒奇怪，吾兄怎么也知道了？"舒鑑青道："贱内同小儿回来不几日，又在黄堡村留了几天，所以晓得。"驼叟讲罢，这才把周兴元的事已了结，七姑又从京城到皖省探望她母舅的话，向舒知府说了一遍。舒鑑青道："小儿汝良年已弱冠，亲事尚未定妥。此次贱内从川回来，提起这位七姑娘，我是敬爱非常。问候七姑娘现尚待字闺中，小弟有意攀亲，冰人一席，早想到我兄身上，尚希我兄玉成此事，小弟感谢不尽。"说着，站起向驼叟作下揖去。驼叟道："你我乃多年契友，你们两家又系通家至好，当然我极力从中撮合此事。不过……"鑑青道："我兄如有何为难之点，提了出来，咱们弟兄自为计议。"驼叟道："不过并无其他问题，我看最好还是再把她姊丈周兴元请出来，由他夫妇和她商议，我再从旁撮合，此事

31

无有不成。"舒鑑青拍掌笑道："我兄所说极是。"便命人把周兴元请了来。一时周兴元到来，由驼叟给他们介绍了，当把给他两家撮合亲事的话说了。周兴元也极端赞成，向驼叟道："你老人家既允出头，这婚事无有不成的，小侄当然也颇极力帮忙。"舒鑑青大喜，当时设筵款待他们爷两个。至晚驼叟两人向主人作辞，舒鑑青忙道："我兄等的衣物，小弟已派人从店中取来了，现放在院旁花园内。你我弟兄阔别多年，我兄和周世兄多在此盘桓几日吧。"

驼叟同周兴元在大名府衙一住十余日，方辞了舒知府，动身上路。涉水登山不只一日，一天到了兴安，距紫阳只有一两日的路程了。他们走近兴安，天色已晚，借着月色，看雉堞高耸，城门已是上键了，只可宿在城外店中。

到了店内，驼叟两人跳下二套骡车，店小二忙上前招呼，寻了个洁净房屋。周兴元便出到院外小溲，不提防和一个醉汉撞了个满怀。那醉汉哼了一声，将要发作，一望周兴元，急忙转过首去，一路歪斜步履蹒跚地走开了。周兴元解罢小溲，走回房中，那醉汉仍远远站着呆望着周兴元。

周兴元到了房里，喊过小二要了饭菜，和驼叟吃罢，解衣就寝。驼叟向来常是盘膝而坐，闭目养神，从不倒身大睡。周兴元头一着枕，早入了梦乡。工夫不大，耳听远远更鼓三漏，忽地就听屋门外一阵窸窸窣窣撬门之声。驼叟且不去理他，要看个究竟。片刻间，门儿果然被他撬开，走进一个汉子，手里拿了一柄明亮亮冷森森手刃，直扑奔周兴元头上刺去。驼叟未容那醉汉到得周兴元近前，飘身一跃，跳下床来，一抬手把那人的刀夺过，一伸手把他后领抓住，那只手一伸揪着他的腰绦，捉小鸡般把他提了起来，那汉子一声不敢言语，驼叟把他提到院内，尽力一抛。那汉子吃他这一抛，好像断线风筝一样，不偏不斜，正落在邻家门外一个猪圈子里面，弄了个满身满脸的猪粪，臭不可嗅，就同那城隍庙里的判官不相上下。那汉子也不顾许多，爬出了猪圈，撒腿便跑。驼叟恐其贼人还有同伴，这时已蹿到店墙之上，四面一望，看那汉子却也有些蹊跷。驼叟回身趔回房中，抄起器刃，见周兴元还睡得正酣，把屋门从外掩好，不便惊醒他，二次窜出店外。在月光下寻着那汉子踪迹，追了下去。一气赶了五六里模样，看那汉子转进一簇树林中。

驼叟看那树林深处，隐隐约约，现出一间土房。那汉子奔到那间土房临近，扯起破锣般喉咙喊道："黄大哥快出来救我，后面有人追下我来了！"随着土房内走出一人，架着双拐，喑哑的声音说道："哪个大胆的泱子敢欺负咱们哥们。"说话间，驼叟已来至切近。那架双拐的人一扬手，一支毒药镖，对准驼叟面门打去。驼叟一偏身躲过，那支镖当啷落到地上。那人两腿原来并无残疾，抖起精神，一举双拐，向驼叟击来。驼叟忙用手中单刀相迎，并未搭话，两人战在一处。

那人把双拐使得如疾风骤雨，忽上忽下，驼叟看他本领却也不弱，心中暗暗咋舌，心说若是换个本领平常的，不但要走下风，而且恐要丧在他那双拐之下。就看他一拐紧似一拐，驼叟手中那口单刀，也的确不弱，使了个风雨不透。那人看难取胜，便把他那看家本领使了出来。驼叟一看，便忙使出他那形意门最负盛名的刀法，只数合，便破了他的拐法，结果把那人小指削去一节，那人转身逃去。那行刺的汉子却呆站那里，看驼叟和那人，杀得甚是有趣，不由看得出神。甚至那人逃去，那汉子仍在呆站着。驼叟过去一举手中刀，那汉子方明白过来，跑出几步，自知跑不脱了，早一个羊羔吃乳跪在地下。

驼叟道："我先问你，方才同我厮拼的那人，他叫什么名字？"那汉子一听，心想或者没他什么事了，跪在那里，肩儿一耸，眉儿一扬，比手作式地道："您问到我跟前了，换个人真不晓他的真实姓名呢。我两个不但是赌友，而且还是酒友，我两人耳鬓厮磨，所以无话不说，这里全知他姓黄，其实他不姓黄，他名叫蔡二虎，当年系在北几省落草。那一年因劫了一趟镖车，镖车未曾劫成，反被那保镖达官叫什么孙能深……"驼叟一听这孙能深的名字，心说定是他遇上我那深州孙师弟了，忙问后来怎样？那汉子继续说："他反而险些被那孙达官杀了，那孙达官着实地训了他一顿，所以隐姓埋名地跑到这里来了，外人全看他是残疾人，其实他借此遮盖人家的耳目罢了。"

驼叟道："你叫什么名字呢？"那汉子道："小人叫朱瑞。"那汉子说出姓名，深悔不迭。驼叟大怒道："却原来是你这忘恩的禽兽，怪不得你这厮贪夜入房，谋害周兴元呢。周家被你这厮陷害得坐了几月的牢狱，今天岂能把你轻轻放过。"耳听方近河水声响，驼叟也顾不得他那身猪粪，过去把他提起，那朱瑞不住口地求饶。驼叟装作不曾听见，提了他走没好远，来至河边，向他冷笑道："今天是你这厮报应临头了。"把他向河内掷去，扑通一声，那朱瑞随波逐浪到水晶宫报到去了。驼叟就了河边把手洗了洗，提了单刀趱返店中。

此时东方已现鱼白颜色。驼叟就仍由墙上蹿回店内，到了房中，看周兴元已然醒来，周兴元看驼叟提了刀走回房来，忙问怎的？驼叟把夜里情形向他说了一遍，周兴元大惊失色地道："昨天将到店中，我出去小溲，撞的那个醉汉，定是朱瑞那厮。若非你老人家随在侄儿一起，侄儿已丧在那厮手中了。这总算那厮恶贯满盈了。"

说话之间，天光已亮，驼叟、兴元喊过小二，舀盆面水，略略把脸擦了一把，漱过了口，随便吃了些东西，算过了店账，外面车夫把骡子套好当即起身上路。

　　过了这兴安府，顺着大道，车声辘辘向前行去。次日午刻已来到了紫阳，驼叟也奔周兴元家中，看大姑仍在黄堡村，尚未回来，周兴元到了家中一看，一切什物弄得七零八落，却又出了一宗岔事。唤过老仆周忠一问情由，周忠泪眼横秋说道："自主人遭事，主妇归宁入川，主妇走时，命老仆好好照看门户，起初一些人们倒还循规蹈矩的。谁知不到一月光景，主人官司怎样了，也不得消息，主妇去川，也没有音信，他们一些奴仆丫头们，一个一个行动都改变了。不说别人，就说伺候主妇那个丫头春梅吧，那丫头片子就和疯了一般，跑出跑进的，说主人解到京城，不定存亡，主妇进川碰巧连惦念主人，带路上劳累，也是活不成的。趁了这个机会，给他个先下手为强吧。

　　"老奴也曾说了她几次，年轻轻的岁数儿，嘴头子不要这样说话。主人主妇平常待你多么厚，小小的人儿，万不可存这黑心。怎奈她把老仆的话，当了耳旁风，背了老仆悄悄把一切珍贵的物品盗了出去。那些人看她这样，也有些眼红，你偷我盗的，都长出三只手来了，故此把房里弄得这杂乱无章。老奴这大年纪，哪里拦得了他们呀。"周兴元便忙问道："春梅那丫头呢?"那老仆牙一咬道："休提那丫头了，她在月前，早同伺候主人那个王福双双逃走了。"周兴元气了个脸白，一查点物件，不过是一些不关紧要的罢了，至于珍贵细软，早被他妻子归宁求救时随身带去了。这些奴仆也就听其自去，不便追究了。当铺里的一切倒还照常，周兴元方把心放下，也想到川中去一趟，便把铺内及家中安置了一番，所有一切，全委托了铺中掌柜，便同驼叟离家去川。

这天来到了黄堡，大姑、三姑、四姑看周兴元安然回来，却不见了七姑，忙问她哪里去了，周兴元把七姑到皖探望母舅的话，向她们姊妹三个说了。随又把自己如何出狱的事，也向姊妹三个说了一遍。大姑忙向驼叟不住口地称谢道："我们夫妇将来要怎样孝敬你老人家呀。"说着便要同丈夫跪下，驼叟忙把他夫妻拦住。又向三姑问道："舒鑑青的夫人从城口回来，又到这里留了两天吧。"大姑接过来道："不错，在这儿留了两天，往任上去了。你老人家在冀南见着了舒老伯了吧？"驼叟把首点了点，三姑、四姑在旁听到此处，忽地哧的声笑了。四姑笑着伸出手指来道："提她的姻事了吧？"周兴元插口说道："你们怎晓得的？"大姑说道："舒伯母已略略和我提了，我说她那个性子，我虽是她的胞姊，这终身大事，我是不能替她做主见的。最后我计议叫他们把刘老伯请出来做个冰人，这事定可成就的。"驼叟头一摇笑道："成就与否，我是没有把握的。"三姑嘴一撇笑道："你老人家同她一说，她没有个驳回的。"大姑道："舒公子我也看见了，品貌长得很是端方，也配得过咱们那位七姑娘，这门亲事可以说是门当户对，我是毫无疑议，很是赞成的。"驼叟道："你们姊妹三个既是全已赞成，她本人方面也没有什么不乐意的。"大姑道："你老人家出头同她说，她当然决没有什么不乐意的。别看我们是当姊姊的，若是出头同她提此事，她那性格儿，非炸了不成。"周兴元道："这话确也实情，还得仰仗你老人家极力玉成此事。"驼叟颔首道："当然我尽力玉成此事，月老一席，我是推却不了的了。"说罢一齐大笑起来。

驼叟借着这笑声站起辞别了他们，自回八仙观去了。箭一般的光阴，不到一月，已度过了中秋，七姑仍不见回来。在这一月

36

中，驼叟不断地派徒弟纪维扬，到黄堡打听七姑回来了没有。直延迟得过了重九，七姑仍无一些信息。

周氏夫妇同三姑、四姑望眼欲穿，着急起来。周兴元屡要到皖去寻她，大姑极力相拦，说从这川中到皖，也不是一天半天的路程，山川梗阻，你真要到了皖省，她要已起身回来，你不是扑个空徒劳往返吗？周兴元一听，所说却也有理，只得罢了。

又过了几日，这一天驼叟吃罢了早饭，从八仙观走了来，进了门问道："七姑她还没回来吗？"大姑蹙容满面地道："她去的一些信息没有了，我所怕的，她那烈火般的性儿，不要路上弄出些什么事来吧？"周兴元一旁摇着首道："决不能的，在京城分手时，刘老伯也曾嘱咐了她，叫她路上加以谨慎。"将说到这里，一个仆妇三步两步地从外面跑了进来，口里呼呼喘了个不住，上气不接下气地说道："不要念叨七小姐，七小姐回来啦，已来到门外，下了驴儿了。"驼叟、周氏夫妻，和三姑、四姑姊妹听了大喜，慌忙站起迎了出去。

七姑满面风霜，笑嘻嘻从外走来。周兴元迎面笑道："七姑奶奶你可回来了，再有几天不回来，我们爷儿几个全要急坏了！"七姑娘含笑不语，来到房内，卸去了行装，方开口说道："我并未耽延就赶回来了，若要稍一耽延，恐年前都未必能回来的。"大姑道："舅父舅母他两位老人家还康健吧？"七姑道："他老夫妇倒还康健，不过舅父仍和以前一样的昏聩，我到了皖省，却扑了个空，原来舅父已升任漕运总督了。我又趱到他老人家的任所。"驼叟道："令舅人虽昏聩，官运却旺得很呀。"七姑道："提起他老人家青云直上，却有一段缘由，总算他老人家还沾了昏聩的光儿了呢。"

驼叟等人忙问怎的？七姑道："说起来却也好笑，一年我这舅父初在江苏清河县时，一天听得本省要员入京乘船经过此地，我舅父本应亲至舟中往谒，谁知他老人家只派一名差役，持了名帖，拿了白金五百相馈。那差役回来时，问起收礼的人可有回字，那差役拿出个小小名刺来，我舅父一看，那车上的人名，并不认识。"大姑插嘴道："送错了吧？"七姑笑道："谁说不是送错了呢？舅父大怒，便迫那差役往索，哪知那船早已起锚开去。舅父立时把那差役打得皮开肉绽，给斥革了。又过了不到半年样子，本处出了一件劫夺京城某一家巨案，被劾免职，免职没半月，忽旨下升补江苏道，忽免忽升，把他老人家弄得如堕五里雾中，莫名其究竟。到任不到一月，又升了臬台。舅父自任臬台，喜极欲狂，越发昏聩起来，弄得堂断不清，冤屈了多人的生命，激起众愤，民怒沸腾。被议免职，候旨查办。舅父自分此生休矣，事情却出乎人的意料之外，没半个月旨意下来，调升皖处藩宪。"

驼叟笑道："他这一步一步升迁，却也太稀奇了。"七姑道："我舅父也不解其故，到了皖省任所，设法探问，以明究竟。后来才知有大员秘保。"众人忙问是谁？七姑笑道："你听我慢慢望下说呀。舅父托人探听，没有问出究竟，后来进京陛见，舅父买通内监一探究竟，始如梦初觉，原在清河县时，送错了的那银两，系送到了舟中，那时某妃入京应选嫔妃，行至清江浦病卧舟中，正感手中拮据，恰巧有了这银两，得以入京。心殊感甚，从此不忘恩于舅父。故此舅父屡次被劾不但未曾免职，而且每每升迁，却有此一段由来。"

大姑道："舅父他一帆风顺，可是却苦了错送银两那差役了。"七姑道："不要说那差役了，他名叫谢福，舅父已把他找了回去，他现在很得舅父的信任，他自居功高，自以为主人若非我，绝到不了今日的地位，他的势焰比主人还强盛百倍呢。"驼叟叹道："小人得志，往往如此。"七姑道："我看舅父这个官儿也做不了几日的，非叫他给弄掉了不成，现时僚属们往谒，谢福他要的门包价银很大。"周兴元道："这才是成也萧何，败也萧何呢。"沉一忽儿，七姑又道："我那舅母定要留我度过年关，开春再来，我深恐你们惦记，所以没耽延就回来了，路上倒也安然无事。不过直到兴安府北，撞上一个架双拐的跛足汉子，那跛足汉子一见我是孤行女子，便心存不良，嬉皮涎脸地同我说：'姑娘一个人行路不孤单吗？我家离此不远，坐一时去吧。'我一听，气了个脸白，跳下了驴，掣出剑来，便想把他一剑结果了。那跛足汉子却装作跛足，他冷笑了两声，举手中双拐迎来，本领确也了得。我看他一双手的小指，像是受过重创，若不是他手指受了重创，我还真不是他的对手呢。打了没有几个照面，他那一只受创的手有些不吃力，卖个破绽回身便走。我将要追赶，他一扭身，亮光光一支镖向我打来。我若偏身闪躲，却来不及了，忙用手中剑把他那支镖打落地下。我过去抬起我这铁尖鞋，在他命门上一点，他也是大行家，他一合手中双拐说：'我蔡二虎闯荡江湖这些年，不想败在你这女子的手里。'他就回身去了。"

驼叟说："蔡二虎不想没丧在我刀下，却毁在你铁尖鞋上了，你这一脚他至多活上几天，此时想他早已了结了。"七姑忙问驼叟，哪里遇上蔡二虎的。驼叟把朱瑞暗刺周兴元未成，追赶朱瑞，才引出蔡二虎的话，说了一回。

旋又谈说了一阵，驼叟作辞，三姑笑道："还有事没提哩，你老人家就走吗？"驼叟心下明白，忙笑道："她征装甫卸，容缓几天，我再来向她提说，也不晚呀。"七姑一听，忙问："什么事向我提？"驼叟含笑不语，大姑、三姑、四姑抿着嘴儿，咻咻笑个不住，周兴元也哈哈笑个不歇。七姑看他们这神色，弄得粉面绯红，垂下首去剔指甲的泥垢，一声不语。心下有点怙惚。驼叟说了声："七姑姐，过两天我再来看你，你也该歇息歇息。"

驼叟别去，过了几日，才又来到黄堡。大姑道："七妹婚事已然被我说得默许了，却省了你老人家的许多唇舌了。"驼叟一听，便命拿了笔砚，给舒鑑青修了一封信，派他们一个得力仆役，起身到冀南给专送去，这个亲事即算成就了。周氏夫妇看七姑亲事已妥，又住了几日，即起身回紫阳去了。那仆人去了一两个月才同舒宅门客一道回来，舒太守专函向驼叟作谢，并说定于明岁二三月赴川迎娶，以外又命那门客带了些金珠等细软物品，作为定礼。

七姑自定妥婚姻，却不似以前东去西去的了，每日坐在房中习学女红，寸刻不离的那口宝剑，也收了起来。走东闯西的女英雄，忽然一变而为不出闺门的纤弱女子了。三姑、四姑倒截长补短的骑驴儿，到附近山上去猎些野兽。她姊妹两个常常向七姑嘲笑道："有了婆家的人，就大门不出二门不迈了吗？在从前一天不骑驴儿出去，心里就觉得发痒，现在一天闷在家里，真也坐得住。"七姑听她俩这样嘲笑，也不去置理。

腊鼓频催，这一天离年底没有几天，天上落下一场大雪来，房屋山光都变成一片白色。三姑、四姑、七姑姊妹三人，这天晚间在后面园中赏玩雪景，忽听远远一片哭喊声冲入耳鼓。仔细辨去，像是个女子声音。隐隐约约听那女子一边哭着，一边喊嚷救命。七姑侧耳听了一忽儿，忙向三姑、四姑道："哪里来的这哭喊声，咱去看个究竟，莫不是强盗剪径了？"三姑摇首道："不能是强盗剪径，这时哪还有人行路呢？"四姑道："不管是与不是，咱姊妹三个去看个仔细。"姊妹三个转回房中，束扎齐整，带了随身的宝剑，出了房门，一挺身，如燕飞光掠窜出墙外。顺着哭声寻了下去。

借了雪光，看眼前山下有胖瘦两个三十多岁的出家人，同一个短衣男子，手中各拿着短刀禅杖，围着一个少妇。那少妇不顾寒，双膝跪在雪地上，向那两个和尚乞饶道："两位大师父行些方便，放了我吧。"那两个和尚哈哈冷笑道："你要知趣，赶快同我回去，要不然把你就结果在此处。"那少妇看央求也不济事的，泪痕满面地把牙一咬道："我这条命交给你们了，我是不同你们回去的。"那和尚和短衣男子冲冲大怒，举手中禅杖，搂头盖顶望着那少妇打下。那少妇两目一闭，自知万无生理。七姑看至此，一声娇喝，掣出金钩利剑，一个箭步，到了那胖大和尚跟前。那两僧一俗身法很是矫捷，抽回禅杖，一回身撇了那少妇，使了个满堂红的架势，一齐向七姑打了来。

这时三姑、四姑也先后掣剑跳了过来，立时她们姊妹三个和这两僧一俗战在一处。那两和尚武艺十分了得，两根浑铁禅杖法，使得风声乱鸣，一些破绽皆无。那男子跳前跳后，刀法很快，他姊妹三个和那两僧一俗斗了二十个照面，气力渐渐不支，累得娇嘶喘喘，汗流满面。那两个和尚一步不肯放松，一招紧似一招，她姊妹三个只有招架之功，并无回手之力。眼看着她姊妹三个要把性命丧在这两根禅杖之下，正在这危急的当儿，猛地就听有人喊道："休要紧紧相迫，老子来了。"那两和尚及男子战兴正酣，忽听有人喊喝，她姊妹借了这个当口，虚晃一剑，也齐跳出圈外。

那两僧一俗横了手中刀杖，一看喊喝的那人，就和半截黑塔也似，一身短打扮，一条发辫盘在头上，一只胳膊赤在外面。手中持了一柄长叉，那柄叉头足有五六尺长短，叉杆约有饭碗口粗

41

细，由叉头至叉尾有两丈余长。望那柄叉的分量，十分骇人，那人持在手里毫不觉得一些吃力，那人舞动这柄叉，向两个和尚奔来。那两和尚哪敢和他厮拼，曳手中禅杖，也不顾那少妇了，撒腿便跑。七姑看出便宜，不由一跺脚儿道："我的那张弓未曾带在身旁，若在身旁，这时正好赏他两丸铁弹。"转眼间那持叉的人逐走凶僧，已来到跟前，七姑定睛望去，啊呀声道："原来是你呀！"这人竟是王铁肩，他看那两个和尚跑远，哈哈笑道："这一柄木头的长叉，却把那三个坏东西给吓跑了。"

七姑忙问王铁肩因何黉夜至此，王铁肩扔下手中那柄假叉，答道："我今天傍晚，背了师父，跑到那山旁村中吃了几盅酒儿，刚回八仙观，不想走至半途，那座坍塌的山神庙门前，觉得有些困意，便进内想睡一觉儿，不料忽听一片厮杀声音。我又进庙去，权且把小鬼手中的叉借了来，却把三贼给吓跑了。"三姑、四姑、七姑笑道："你这柄叉却解了我们的围了。那三贼可也十分厉害！"

这时那少妇运动莲步走了过来，一弯腰跪下，口中说道："恩人们请上受难妇一拜。"三姑便问那少妇的姓氏，因何被那两个秃驴追在此处。七姑道："此处非讲话之所。"过去把那少妇扶了起来，王铁肩也别了她姊妹，把那柄叉送回了山神庙，自回八仙观去。七姑背了那少妇，同三姑、四姑回到了家中。

那少妇对于她们姊妹真是万分的感激，三姑便又问起那少妇来，那少妇含泪道："难妇乳名叫二姐，娘家姓王，许于邻村张秀才为妻，两月前因我的母亲有病，把我接回娘家，现我的母亲病已痊愈，因为离年不远，由我的爹爹把奴送回婆家。走至这北面山上那座火神庙，不觉有些口干舌燥，我的爹爹跳下驴来，到庙内想寻些水来。这时候走出两三个和尚来，向奴家打量了两

42

眼，双手合十地望着奴家爹爹说，施主请庙中待茶吧。哪知我和我的爹爹饮了没有两口水，就觉得一阵头晕，便人事不知地昏迷了。醒来时，看自己坐在地窖之内，身旁站了两个浓妆艳抹的妇人，她们笑嘻嘻望着奴家。说了许多不要脸的话……"七姑听这王二姐说到这里，大怒道："这无耻的淫妇，真是剐之有余！"王二姐又接着说道："这两个无耻淫妇，说了百般巧语花言，奴家牙关一咬，一头向她两个撞去。她两个倒也有几分气力，一闪身儿，把奴家扯住了。冷笑地说，你可要知道，这儿方丈可不是好性儿的，他手下结果的可不是一个了，话我可和你说在头前啦，听与不听在你。她俩说着，手拉手地走了出去，她俩却忘把地窖门键上，故此奴家悄悄偷逃出来，因不认路径，到此被他们追上，若非小姐们相救，我这条命完了。我的爹爹此时不知性命存亡！"说到这里，眼中的泪就和断线珍珠簌簌地落下来。七姑姊妹道："明日我们必设法把你爹爹救出。"王二姐爬在地下，咕咚咚磕着响头道："将来叫奴怎样报答小姐们的大恩大德？"三姑把她扯了起来说道："你起来吧，我们搭救你，并不是叫你挂在嘴头子上的。"王二姐站起来，也就不便再说什么了。七姑想她从火神庙逃出，定未吃东西，便命仆妇给她弄些食物。王二姐连急带吓得心火上攻，肚内倒也不觉饥饿，此时不过觉得周身酸疼彻腑。她看三姑等一片盛意，却也不便推却，一时仆妇把食物端上，王二姐略略吃了点。

这时一个仆妇望了二姐，向三姑姊妹三个道："火神庙的和尚，附近晓得是好和尚，看起来却原来是隐恶扬善的。"又一个仆妇嘴一撇道："你才晓得那庙里不是好和尚，我早晓得的。记得有一年七月间盂兰会，那庙中设醮超度孤魂怨鬼，高搭席棚，远近一些善男信女都去了。那庙中方丈，方头大脸，很是气派，这方丈出来提步上台，刚刚要到台上，脚下一滑，从那四五丈高矮的台上，跌了下来，众人大惊失色的，一声喊嚷，说糟了糟了，方丈跌下台来了，把他跌得非丧了性命不成。你猜怎样，不但没跌伤了，而且连一点点儿肉皮也没碰着。有的说，毕竟是这方丈心田好，定是被一些孤魂怨鬼给托住了。有的悄声地谈论说，他恐怕是江湖上洗了手的大盗出身，一身好本领，莫说这样高，就是再比这高些，也跌不伤他呀。由那年，我就知道他们不是平常守法好和尚了，那一年设了三天醮，临完年轻的妇女们失踪了好几个，不用说是被那秃驴弄去了。"七姑问道："那庙的方丈你可晓得他叫什么名字？"那仆妇摇着头道："这个却不晓得的。"

说话时，天已不早，那仆妇打了个呵欠道："天眼看快要亮了，小姐们该安歇着了。"三姑们便把王二姐安顿在另一间房内，命那仆婢伴同她在那间房中。王二姐和那仆妇到了房里，便向她问起三姑等姊妹的来历。那仆妇把三姑等系宦门之后，老爷夫人早已故去的话，和王二姐说了一遍。最后又说道："我们这几位小姐平常都是称呼大姑三姑四姑七姑的，她们还有学名。"

第二天日上三竿，三姑姊妹三个起床梳洗毕，用过了早饭，看驼叟走来了。七姑迎面笑道："你老人家多日未来，今天可稀客得很。昨晚间若非王铁肩师哥相救，我姊妹三个全要吃亏，碰巧还许把性命赔上。"驼叟头一点道："我听铁肩他说了你们昨夜救那个少妇，究是怎个情节。"由三姑把王二姐误入火神庙，险些失身，偷逃出来，原原本本，向驼叟说了。

驼叟听了一怔，便道："一向方近的人，却都闷在鼓里，全说那庙和尚是守清规举佛法的，却不料想是这等万恶滔天。在头几年，我曾到那庙中去过一趟，那里方丈法名唤作正明，看他不过四五十岁样子，不似此地人氏，生得一脸黑痣，身材十分高大。听说他一身武技惊人，他有两名最得意弟子，本领却也异常出众，一个名唤如真，一个名叫如幻。这两个体质魁梧，一身腱肉，就和一块肥油也似。"七姑连忙说道："昨天同我们厮拼的，不用说定是他两个了。"四姑道："昨夜咱们就应允了那王二姐，此时应想个法子，怎样救出她爹爹来才是。"七姑蛾眉竖起地道："我们今天夜入那火神庙，一股脑儿，把那里秃驴都结果了。不但是单救出王二姐爹爹来，也除去了这一方之害。"

驼叟捻着那胡髭，听她说罢，笑道："人家又不是木头人，就老实的叫你结果了吗？况且他那两个徒弟的本领，你们昨夜是领略过了，由此可见他们方丈的本领是如何了。你们万万不可轻入虎穴，他那两徒弟昨夜跑回去一说，他们一定也防备着了。"三姑姊妹一听驼叟说了这片话，却也甚是有理，不由二眉一皱道："那王二姐的爹，我们总要把他救出来呀。"驼叟道："自然要把她爹爹救出来，但我们不可力敌，只可智取。"

正说着，只听外面一阵喧喊，七姑忙问外面什么喧喊。一个仆妇跑出看了，回来说道："外面有个和尚来化缘，门子老李叫他到别处去化，他直巴巴站在那里，一丝不动，老李同他辩起嘴来。那和尚生得很是凶恶，两眼贼光闪闪，往院里瞧看。"七姑心说，这和尚莫不是火神庙的呀？站起来，跑到外面，见那和尚已然走出巷外，贼头贼脑不住回首向里面张望。七姑一看他绝不是好路道，回身走进院内，此时驼叟及三姑、四姑也都出来看了，驼叟道："这不问可知，定是火神庙派来探路的，今晚却要加以小心，万不可大意。"旁边立着的仆妇们，一听这话，个个吓得都已腿肚子向前了。驼叟又道："你们且莫要惊慌，今晚间各房中灯火不要燃着，一黑天，你们关了门，睡你们的觉。外面如有什么动静，你们万不可大惊小怪地跑出来，要紧要紧。我先回八仙观，晚间我再同维扬一起来。有你们姊妹三个，加我们师徒两个，足可对付他们的了。"七姑喜道："有你老人家，我们就没有什么可忧的了。"

驼叟别出，一些仆妇看驼叟走去，忙道："你老人家可早些来，我们好有主心骨儿。"驼叟笑着点了点首，迈步走出，出了这黄堡村外，一抬眼瞥见那化缘的和尚，贼头贼脑，仍站在村外张望。那和尚一见驼叟，好像认识，露出惊惶的颜色，回身"梆梆"敲着木鱼，大踏步去了。

当日晚间，驼叟命王铁肩看守门户，便同维扬，带了随身器刃，向黄堡而来。此时不过太阳将要落山的样子，一些仆妇心中都是十五只吊桶，七上八下的，直待驼叟师徒两个走来，方把心放下。她们老早地便把门儿关好，又拿了那笨重的桌椅，把门顶了个结实，一颗头钻在被子里，大气不出地睡下了。外面稍有些风吹草动的声音，立时吓得她们哆嗦得成了一团。那王二姐胆量早已惊碎，较一些仆妇们尤其恐惧。三姑、四姑、七姑此时早已束扎齐整，各房灯光全无。驼叟师徒两个同她们姊妹三个，悄悄守候，静待那火神庙贼入袭。驼叟师徒同她们姊妹三个，守候了一夜，也未见火神庙贼僧光临，次日仍然又空等了一夜。到了第三日，七姑向驼叟说道："咱爷儿几个空候了两夜，未见贼秃到来，侄女的心意，今晚咱爷儿几个到他那火神庙探个究竟。最要紧的，是先把王二姐的爹爹搭救出来，你老人家看怎样？"驼叟把头略点了点道："晚间到他那庙中探个究竟，也未为不可，不过，可要格外加以谨慎。那方丈正明却是个劲敌，我和他若交起手来，恐怕也难走上风的。晚间到那里见机行事，万不可大意。"她们姊妹三个频频点首称是。

第三章

三英雌探庙惩凶

　　到了晚间，用过晚餐，驼叟、维扬师徒两人同她姊妹三个，束扎齐整，带了随手器刃，离了黄堡，向火神庙而去。此时天光不过二鼓模样，蔚蓝的天空，斜挂半弯残月。四外疏星点点，行至荒僻山中，阵阵寒风掠过。山路曲折旋盘，他们一行熟识途径，施起陆地上的功夫，翻山越岭，一二十里的路程，不消多时，已来到了庙前。仰着看山门外两旁立了两根刁斗旗杆，直冲云表。这火神庙坐落在山腰之间，修造得十分雄伟，庙前正是一条来往大路，从月光下看山门上面，悬了一块蟠龙红地匾额，上写"敕建火神庙"五个大字。

　　山门紧闭，推了推只是不动，已知门内上键了。当绕到了庙后，驼叟、维扬、三姑、四姑、七姑，一挺身，一个旱地拔葱，先后到了墙上。看殿宇凌云，楼阁高峻，越过两层院宇，见中间那层殿中，灯火煊明，犹如白昼，殿内一阵男女嬉笑的声音。七姑听了，回身转到殿后，一个燕子倒卷帘的架势，身子倒垂下来，两只金莲紧钩在瓦垄之上。脸儿已贴近了后窗，用舌尖把窗纸舔破了一个小洞，眇了一目，向殿内望去。

　　这一望，七姑不由两颊红晕，殿内一个四十开外的和尚，搂抱了两个妖冶妇人，坐在中间，开怀畅饮。向那和尚脸上望去，见他面色黑紫，浓眉环眼，体材十分魁梧。一旁还站了三四个和尚，那日追赶王二姐那两僧一俗，也在其中，七姑暗忖正中坐的这和尚，不问可知，定是这儿方丈正明僧了。

这时猛觉有人在她腿上拍了两下，七姑大吃一惊，七姑一翻身站起，一看却原来是三姑。悄声嗔道："三姊姊，你可真是冒失鬼，不言不语的吓了我一跳。"三姑哧的笑了一声，低声道："走，咱们到前面巡看一过。"

姊妹两个，一前一后，顺着殿脊向前行去，来到头层殿前，朝下望去，见东配殿中灯光闪闪，门儿半掩着，顺着中间一段空隙处，向房内看去，瞧见里面有两个小沙弥，一搭一和在那里闲磕牙。三姑、七姑转到这东配殿附近，侧首仔细听去。就听里面一个小沙弥说道："方丈前几天就说派如真、如幻两个师兄，夜入黄堡去，把伍家那几个姑娘掳了来，怎的这两天又没信息了呢。听说伍家几个姑娘，不但长得花容月貌，而且一身本领却也了得。如果掳了来，方丈受用完了若肯赏给咱俩每人一个，有多么写意。"七姑听到此处，险些把肺气炸，粉面一红，一手掣剑，就要下去把这小沙弥结果了。三姑一伸手把她扯住。

这时又听这一个小沙弥，冷笑了两声道："你不要梦想，莫说掳不来，真要是掳了来，方丈受用完了，也轮不到赏咱们两个跟前呀。头两天方丈命咱们三师兄，到黄堡探望一回，原打算当日夜间，去到那里，把那几个姑娘掳来。听说私逃的那王家少妇也还在那里，谁知三师兄回来一说，看那样子，人家却已防范上了。这个也不惧怕，谁知那驼背怪叟刘某也在那里。方丈平素耳闻这驼叟武技惊人，唯恐怕人掳不了来，如败在驼叟手中，此处可就难以立足，未免有点不合算，所以只得罢了。那王家少妇也只可任其逃去，不便根究了。"这个小沙弥笑道："那王家少妇真称得是煮熟了的鹅肉，眼看要吃到口里，却又飞了。真个的，今天掳的这个雏儿还在地窖子吧！"三姑、七姑一听，又侧首仔细向下听去。

不料正在这时，猛然间忽听正中那层殿下，有人喊喝道："拿奸细呀，不要叫她脱逃了。"紧跟着人声喧喊成了一片。三姑、七姑心下一惊，撇开这里，忙又趱回中间那层院中。看下面灯笼火把，照得满院通明，却原来四姑被他们觑见。那如真、如幻，各拿一柄戒刀，刀光闪闪，团团把四姑围住，就见四姑累得气吁喘喘，粉面通红，手中一口剑左遮右避。本来她哪里是这两个贼秃的对手呢，三姑、七姑执手中金钩剑，刚要跳了下去。正这当儿，正殿脊上有人一声喊："贼秃休要逞强！"随着风吹落叶般，疾如电闪，到二僧身前，摆刀便砍。四姑这才乘机跳出圈外。

三姑、七姑借了光亮，看跳下这人，非是别个，乃是驼叟大弟子纪维扬。这纪维扬却也不弱，手中一口刀上下翻飞，怎奈维扬独自一人难敌两手。两僧的两口戒刀，使得如疾风骤雨，在这灯笼火把之下，只见白光一团。好一场恶斗，弄得人眼花缭乱，维扬堪堪不敌。七姑一低首，把如意金珠弹，撩在手中，唰唰飞出两丸黄澄澄的飞蝗弹子，正打在两僧秃头上，呵呀了一声。维扬趁势一刀，先把如真结果了，咕咚，尸身倒在就地。如幻头上着了那弹，四脚八叉的也栽倒地下。维扬举刀又向如幻砍去，忽听身后喊道："何人大胆，伤了俺的徒儿，今天我和你等势不两立！"七姑在上面看得真切，正是那万恶的方丈正明，一身短小服装，扎得十分利落，手执一对八楞铁铜，圆睁双目，向维扬扑去。

七姑看出了便宜，又施了一丸金弹，望正明飞去。到了正明身上，只见他微微避头面，用后背受弹，弹撞回多远，落在地平。正明回身就和钢筋铁骨一般，金弹落在他身上，好像毫不觉得，七姑不由有些心惊，纪维扬一看这和尚，心中也料个八九，想他定是正明了，一摆手中刀，便要过去和他厮拼。突从西配殿上，矫若游龙，落下一个人来，一声喝道："维扬闪在一旁，待我来对付他！"维扬听是师父驼叟的声音，忙闪在旁边。

　　正明一看驼叟，他们会过面的，所以认得，一阵狂笑道："刘琪，是你来捣蛋，我与你远年无仇，近日无恨，何必跑出和我作对？我家今日倒和你拼个你亡我存。"驼叟见他两眼红赤，头上青筋暴起，便不和他答话，手中刀一顺，纵了过来，使了个饥鹰攫兔，向正明刺去。正明不慌不忙，右手向后一荡，隔开了刀，一举左手铜，照定驼叟太阳穴打来。驼叟看来势其疾，不敢怠慢，忙把头一偏，让过了他这一下，趁势使了个鹤子钻云的解数，直向当胸刺去。正明十分矫捷，一侧身躲过。正明看难以下手，牙一咬，霍地铜花一变，嗖嗖嗖，如万点金光，飞舞起来。这一路铜法若换别人，早被他惊倒了。驼叟腾挪闪展，加意提防，好容易算是把这一路铜法闪让过去了。这时三姑、七姑已跳了下来，同四姑、维扬，各举兵刃，向一旁那些和尚，大杀大砍起来。那地下倒的如真、如幻，早被四姑一剑了账。其余那些和尚，哪里是他们这几个对手，削瓜切菜般，立时结果了几个。正明看大势已去，心中打定主张，给他个三十六招走为上策，铜法一松，便想寻个破绽逃去。怎奈驼叟早已看出他的心意，立刻变刀法，缠住了正明。驼叟一招紧似一招，一式快似一式，翻翻滚滚，正明看满眼尽是驼叟了。正明晓得这路刀法，断不能用家伙去拦架。当时把自己唯一的鹞子功使了出来，煞时就如蝴蝶穿花，又似蜻蜓掠水，顺了驼叟刀下，窜来跟去，十分神速，任你驼叟刀法如何迅快，休想伤他分毫。及至驼叟把这路刀法使完，正明抽个空子，疾如鹰隼，跟到西配殿上。回首向驼叟冷笑道："刘琪，我同你后会有期！"说罢，一晃身影，跃到庙外去了。

驼叟并不追赶，任他逃去。这里维扬同三姑姊妹三个，精神抖擞，把一些个和尚全给了却，这也是他们恶贯满盈，平素欺男霸女，今日得此结果，可是也有那精明的，一看不好，早鞋底揸油地逃去。驼叟看了忙道："你们全把这些贼秃杀了，不曾留个活口，这偌大一个庙宇，怎知晓他们把那王二姐的爹爹给窝藏在哪里了呢？"七姑道："前层配殿内，尚有两个小贼秃，待我问他们去。"

提剑回身向前走去，来到前院，那东配殿中灯光仍明亮着，门儿仍旧在半掩着。推门走进，看适才见的那两个小沙弥已失其所在了。七姑不由一怔，心想他两个定是进去了。将要抽身走回，一眼瞥见那旁那张床不住地来回颤动。七姑走过去，望床下一看，两个小沙弥钻在床下，哆嗦得成了一团。七姑一声娇喝，手中剑在那两小沙弥眼前晃了两晃。那小沙弥屁滚尿流从床下爬了出来，朝了七姑磕头如捣蒜。七姑便问他们把王二姐的爹爹窝藏在哪里，那两个小沙弥望了七姑，把头一摇道："我们确实不晓得的，我们就晓得那天方丈交派我们二师兄，把那王老儿安顿一个所在，以后我们就不晓得在哪儿了。这尽是真情实话，姑祖宗，你老人家饶了我们两条性命吧。"说着又磕下头去，七姑想起方才他两个一搭一和所说的轻薄言语，哪肯把他两个放过，剑光一闪，也把他两人送回西天。

七姑翻转身走出东配殿，又寻向后而去。这时驼叟等人已迈步进了中层殿中，七姑随着也走了进去，看桌儿上残肴剩馔，仍好端端摆放在那里，只是不见了方才陪同正明的那两个妖冶妇人。在殿壁左侧，却有一个立橱，外面黄纸书字，上写经卷两字。七姑过去推了推，呀的声两扇橱门开了，一看里面哪里有一本经卷，却是个暗门儿。七姑一招手儿，把三姑喊过来，迈脚就要走入。驼叟看了，忙拦道："仔细提防呀，看内中有什么机关？"七姑听了，脚尚未落稳，慌忙撤了回来。忽地震天价轰的一声，一面千斤闸从上落下，当时尘土四扬，七姑吓得大惊失色，咋着舌说道："好险呀，若不是刘老伯拦阻，恐怕我此时早被这千斤闸轧成肉饼了。"驼叟等人也吓了一身冷汗，彼此面面相觑。

正在这时，三姑一抬首，瞥见供桌下面钻躲着一人，便过去一伸手扯了出来。是个四十多岁一脸皱纹的半老妇人，涂抹了一脸的脂粉，描眉抹鬓的，脑后梳了个燕尾髻儿，一种肉麻的嘴脸，令人作三日呕。一身浓绿色棉袄儿棉裤，腰中扎了一条红色汗巾，脚下那双肥厚金莲，穿的是红缎子飞蝴蝶儿的弓鞋。三姑一看她这模样儿，忍不住咯咯咯笑了。那妇人忙不迭地爬在地下叩首乞饶，一听三姑的笑声，立时胆量壮了好些，抬起头来，向了三姑看了看，做了个笑脸，哟了声说道："姑奶奶饶了小奴的命吧，小奴也是这方近的良家妇女，被这儿僧人掳来的。只因小奴生得有些姿色，即逃不出这儿僧人手中了，姑奶奶饶命放了小奴吧。"三姑听了她这口吻，忍了笑呵斥道："你站起来，我先问你，这暗门里是什么所在？里面还有什么机关没有？"那人忸忸怩怩地站起身来，扯了那张雪白粉面，赔笑道："姑奶奶问这暗门儿里是什么呀，晓得的。这暗门里是他们藏娇的所在，内里还有几个姐儿呢。这门儿里，除去有一面千斤闸，以外没有什么机关了。"

52

七姑忙跑过来接着道："以外既没有什么机关了，你快给我们头前引路。"那妇人转过脸去，向七姑看了看，回身向前引路，来到暗门近前，又哟的声忽停住脚步道："千斤闸不是落下来了，怎的进去呀？"驼叟、维扬向前抢了一步各扬手中刀，把千斤闸上面绳索削断，由纪维扬两手一推千斤闸，尽平生气力，只听咕咚一声，把千斤闸推倒地平。那妇人看了，伸出舌头，半晌缩不回去。维扬向旁一闪身，只见里面黑魆魆伸手不见掌。三姑忙回身跑出殿外，找了两根残余火把，持了进来。那妇人迈动莲步，曲曲弯弯向里行去。驼叟维扬及三姑姊妹，随在她的身后，步步提防望里行去。走了没好远，借了火把光亮，看里边又现出一个门儿来。那妇人顺手一推，门儿呀的声开了，不觉眼前一亮。门内明灯高燃，十分明亮，房内修饰很华丽，内中燕瘦环肥有四五个妇人，有的面容憔悴，有的一脸妖冶之气。她们这四五个妇人见了驼叟等人，陡地全惊慌失色起来，都立刻矮了半截。原来这暗室正是恶僧藏娇纳垢的所在。

驼叟令她们站起，七姑便走向前问她们道："这儿除此之外，还有什么暗室没有？"这四五个妇人齐声答道："除了这里之外，再没有什么秘密处所了，不过后层殿中还有一间地窖。"七姑心下暗想，王二姐定是从所说的这地窖中逃出的了。便又问她们，可晓得王二姐的爹爹，被贼秃藏在何处？她们齐摇着头说："这我们可不晓得了。"看她们那神色，确是不知。驼叟向她们一挥手道："这里凶僧逃的逃了，杀的杀了，这里的金银什物，你们尽量拿去，各回你们家中去吧。"

这些妇人一听，喜形于色，跪在地下，又给众人磕了一阵头，站起来各自归掇什物，预备逃走。驼叟等人走出这间暗室，转往后殿行去。七姑看后殿旁院还有间小房，又寻了根火把，走进这旁院。见门儿紧锁，一剑把锁削落。推门走进，将一迈步，不由毛发根根倒竖起来。房内竟张挂了五六张人皮。七姑抽身退回，暗咬银牙，心中说道："这贼秃平素不晓干了多少伤天害理的事，可惜不曾把恶僧正明捉住，被他逃脱了。"心中这么想着，出了这旁院，看驼叟他们分路搜寻，又走进了这后殿内。七姑也提步走进，绕到正面佛像莲台的后面，看现出了个门儿，料想必是那地窖了。维扬过去一脚把门踢开，这里果然是个地窖。驼叟、维扬和姊妹三个走下去一看，不由得立时怔住。

这里燃着一盏油灯，似明不暗的冷气森森，见了令人不寒而栗。一抬眼，瞥见墙角一个十六七岁的女子，四首攒蹄地捆在那里。七姑跑到近前，看这女子一张清水脸儿，蛾眉蠌首，模样儿十分俊俏，一身布衣服，一望而知是个小家碧玉。七姑忽想起听那两个小沙弥口中说那雏儿，必是这女子了。但这女子两目紧闭，已昏迷过去。七姑忙把她绳索解了，弯下身去，俯在她耳旁喊了两声。这女子悠悠气转，苏醒了过来，口中骂道："你们快一刀给我痛快吧，我誓不顺从你们的。"七姑一听，哧的笑了。这女子听了七姑的笑声，睁开杏眼向七姑看去，又向七姑身后驼叟等人望了望。见他们短小服装，手中明光光提兵器，当时把她弄得惊疑万状，望了他们呆呆发怔。七姑早看出她的心意，笑道："这儿的，都被我们收拾了，你不必恐惧。你住哪里，如何被他们掳来的？"

这女子听罢，就要屈膝跪下，怎奈四肢被绳索捆得酸疼彻腑，七姑忙伸手扯住。这女子两眼含泪，说道："我就住在这方近山下，我姓张，只我母女两人，依靠十指度日。这两天我的娘偶染风寒，害起病来，十分沉重。我们一个贫寒人家，哪里有余钱请医生呀，所以我跑到这火神庙，诚心诚意的，想在佛爷面前求个药方儿。不料竟被贼秃掳到此处，百般恫吓，我誓死不从，故此才把我捆绑此处。"说罢，望了七姑姊妹，好像有几分面善。七姑忙返身同驼叟等人把她引出了这地窖，把她先安置在前面暗室，和那几个妇人一起，驼叟维扬同三姑姊妹三个，分着在这庙的前后搜寻了一遍。偌大庙宇，空洞洞并无一人，一些火工道人，也早逃了个干净。但是那王二姐的爹爹踪迹全无。

七姑心下暗自焦急，自忖王老儿莫非叫他们害了性命了吗？王老儿真若丧了性命，我既应允了王二姐搭救她爹爹，若是回去告诉她你的爹爹十有八九是丧命了，那王二姐不知要伤心到什么地步。心中正这样思想间，猛然看维扬从庙前走了来，迎面向七姑道："那王老头就在弥勒佛的大木肚内呢。我师父他老人家把那大佛拆开，看看那老儿连吓带饿喘息个不住，我去给他寻些稀粥烂饭去。"四姑一听，也不顾得向维扬答言，迈步望前跑去。果见一个老人，在拆散的木佛像前喘气。驼叟站在他身近。七姑尚未走到跟前，驼叟回身向七姑笑道："我已问他了，这老儿正是王二姐的爹爹。"七姑未答言，那王老儿抬眼看了看七姑，转首有声无力气嘶喘喘地问道："这就是刚才你老人家所说救小老儿女儿的那位伍家小姐吧。"驼叟把头一点，王老儿勉强扎挣着，就要转身跪下，七姑忙把他拦住。此时维扬已从这庙内厨下，寻了半碗稀米汤来，递给了王老儿。那王老儿偌大的年纪，直闷在这空肚弥勒佛大肚皮之内，已两三天没进饭食了，饿得头眼昏花。接过那半碗米汤，喝下肚去，这才勉勉强强从地上爬了起来。

此时天光眼看已将亮了上来，忽然听驴声嘶喊，七姑顺了这驴嘶声音寻去，见西南有个角门。忙过去推开角门，一看见是片空场，内中树下拴了两头小驴。王老儿说道："这大约就是小老儿父女乘来的那两头驴吧。"七姑忙叫他过来相认，王老儿步履蹒跚地走过一看，忙道："是的，是的，不过以外还有行装呢。"说着，东瞧西看，算是在东配殿，把行装寻着。七姑看东方已微微发白，便命王老儿把行装放在他自己的驴上，牵了他这两头驴，头前先回黄堡去了。

打发王老儿去后，看三姑、四姑从后走来，暗室里的那一些妇人，每人手里提了个大包袱，忸忸怩怩，同了张姓女儿，随在三姑、四姑后面，走了出来。见了驼叟等，扔下手中包袱，福了两福，一弯身提起包袱，就要走出庙去。七姑一横身，把她们拦住，这些妇人立时又慌了手脚。七姑向前挨个把她们手中包袱搜查了一遍，包袱里的银钱，都给拿了出来，凑在一起，看有六七百两银子。七姑拣出有二百两来，下余那五百两仍旧璧还了她们，叫她们分了，这才挥手令她们走去。便叫张氏女先候一时，看这几个妇人联袂走出庙去。三姑笑向七姑道："你怎么趁火打起劫来了呢?"七姑笑道："我这倒不是趁火打劫，不过是慷他人之慨罢了。"叫过张氏女，把这二百两银子一股脑儿递给了她手中。说道："你拿了这银两，赶快回去，给你娘请个医生。你这一夜不曾回去，你那病榻上的老娘，也不知急成什么样子了。"张氏女接过银两，听了七姑的言语，感激到万分。不由泪痕满面，跪在地下，向七姑们问道："不知恩人们，肯将居处姓名，告诉我么?"四姑接过来说道："你快起来。"指了驼叟道："你就念我们刘老伯的好处吧。若不是我刘老伯，哪里能把这儿秃驴收拾得一干二净呢。你问我的姓名居处，我们就住在黄堡……"底下的话尚未说完，张氏女忙道："知道了，三位恩人们是黄堡伍家那三位小姐吧。怪不得瞧了有些面善，三位恩人以前进山打猎，也曾从我门前走过的，所以我也瞧见过几次。"遂先向驼叟

56

磕下头去，随又转身要给维扬及三姑们叩头，七姑拦住了她。张氏女子千恩万谢，离了这火神庙，自回家中去了。

七姑向驼叟问道："天已然大亮了，这庙中倒了这些尸身，咱们爷几个这么扔下一走，还是去报知该管官府，听你老人家分派。"驼叟摇头道："你说了这两个办法，都是不妥当的。若是扔下一走，被官府侦知这些尸身，这里乡约地保，岂不要担罪名的。若是咱们去报知官府，遇上了清廉的官还好，如若是糊涂虫，这杀人的凶徒，岂不要加在咱们身上。趁天时还不很亮，路上尚无行人，咱们先回去，庙门仍给他从里关闭着，我自有主张。迟一时路上一有了往来行人，咱们这装束，而且一身血污，被人看了，却有许多不便。"维扬及三姑、四姑、七姑听了，点头称是。由维扬把庙门关好，爷儿几个从庙墙上蹿了出来。三姑姊妹回了黄堡，驼叟带了维扬，放一把火，把庙烧成一片灰，然后分道返回八仙观。

三姑、四姑、七姑从火神庙返回黄堡家中，看王二姐喜眉笑脸，真是说不出的万分感激。王二姐父女又住了一夜，因离年关已近，不便久停，第二天拜谢了三姑姊妹，父女双双起程回去了。那八仙观的驼叟，看王铁肩已来了两个年头，平日很是任劳任怨，虽说他已拜在门下，若按门中规则来说，总算尚未正式拜师。以往驼叟虽命维扬教了他些初步功夫，不过是些皮毛罢了。这日驼叟摆了香案，中间供了武圣神像的牌位，把王铁肩唤到近前，说道："你来在这里已有两年，虽然你拜在我的门下，按规则说，仍是不算正式拜师。我叫你师兄维扬教你些初步功夫，不过是些皮毛，毫没有用处的，今天才算是我正式收你的日子。"遂命王铁肩向香案正中的武穆牌位磕下头去。王铁肩喜孜孜叩罢了头，又三跪九叩地给师父行过大礼，跪在香案之前，静听师父训谕。驼叟坐在香案旁一张凳上，对王铁肩说道："你今天算是的确我的及门弟子了。我们形意门中有四诫，先念给你听，矜躁色私四个字，以后叫你师兄慢慢讲给你听吧。"又手指武圣的牌位，继续说道："咱们形意派剑自岳圣，所以咱们门中是供奉岳武穆的。近来门外的人，都以咱们形意门武当派，说是张三丰传授下来的，这是大谬。若说形意门为内家派则可，若说内家派统为武当派，这就大大不对了。不过咱们形意门的功夫，就是本门中，也是各有不同。本门所传不过八式，系采五行十二形中的鹤形、马形、鸡形、燕形，在拳腿上根采崩拳、横拳、攒拳、炮拳，混合而成的。至于我那师伯所传的，却又与你师爷不同了。他老人家是以鹰熊二式为主，看来这两支虽不同，可是练法同出一源。咱们新传虽没有鹰熊二式，但是暗中还含着这鹰熊二式。"王铁肩跪听到这里，不由疑问道："师祖新传既没有鹰熊二式，怎的还有鹰熊二式含在其中呢。"驼叟解释道："咱们形意门的生化之道，说起来皆由于先天的横拳而生，即是万物都生于土。所以说横拳为各形之母，八式皆从此而生。故此形意门的拳术，是以横拳为母，以鹰熊二式为主，攻像鹰，守像熊，形意拳中一动静，含鹰熊二式。虽说各形皆生于横，其身心连用，却都基于鹰熊二式。这是要心思会悟，不可以言喻的。"王铁肩听了这片理论，虽未深彻明了，但是也了悟许多。

驼叟又道："现在我再把咱们形意门的源流，向你简略地说一说。方才我已向你说了咱们形意门是创于宋朝岳武穆，以后到了明末清初，各贤又出，本门益形光大。不过初练时，有三步功夫，又有三种练法，又有三层道理。三步功夫，是易骨、易筋、洗髓。三种练法，是明动、暗动、化动。三层道理，是练精化气，练气化神，练神还虚。这几句你要牢牢记住，这是咱们习形意的诀窍。"道罢源流，开始授艺，从此王铁肩朝夕不辍，苦练起来。

这一天三姑、四姑姊妹到山上去猎野兽，路过八仙观，便走了进去。看驼叟正指点徒弟练功夫，看她姊妹俩走来，一同让到房中。驼叟便问："七姑怎的没有一同出来呢？"三姑接过来哧哧笑道："人家有了婆家的人儿，不肯抛头露面，不像先前疯丫头也似的了。"驼叟笑了笑，便又问道："你不提起，我几乎忘掉了。去几岁鉴青来信说，定今年三月迎娶七姑进门，现下已二月杪，眼看就到三月了，怎的还没有信息呀。"三姑道："真个的眼看就是三月，还没一些信息，是送到大名任所去就亲，还是来这儿迎娶，喜期已近，此时一些还不晓得呢。"四姑笑道："过几天总有信息的，人儿已经给了人家了，早晚还愁不叫人家搭了去吗？你看七妹她也不一天到晚舞剑和练拳脚啦，终日钻在房中，针儿线儿的，自己忙她自己的针黹活计了。"驼叟笑着打诨道："照你这样说来，七姑倒是个忙人了。"三姑道："她自有了人家，哪一天离开针儿线儿了呢。除了去岁救王二姐，直到破了火神庙，算是她没有弄那针儿线儿，歇了几天。"四姑道："她一天活计不离手的，我也不晓得她是忙着做什么呢。"驼叟道："她那妆奁各物都已预备齐全了吗？"四姑忙答道："去年我大姊丈走时，统统全托他置办去了，至于七妹的衣服，我大姊临走时，也都把尺寸用尺子量了去了。现在想都已齐备，这倒不必顾虑。我姊丈走时，吩咐我姊妹两个，如果喜期有了准日子，赶紧派人，给他们个信儿。如果在这儿迎娶，即把妆奁衣物等，送到这儿来。如若是到冀南，便派人给送到大名去。"驼叟把头点了点道："周兴元毕竟是个商人，心思倒还精密。"

说至此处，王铁肩把茶烹了来，三姑、四姑忙起身谦逊了几句，便向王铁肩问道："我姊妹进来时，看师兄正练功夫，不晓师兄近日练到哪里。"王铁肩尚未答言，驼叟道："他八式拳均已练完，他进步是很有可观，我正式传他不过一个多月的样子。"王铁肩看师父同她姊妹谈话，笑了笑，慢慢退了出来。三姑、四姑听驼叟说王铁肩不过一个多月，居然把形意八拳练完，不由伸了舌头道："他进步确是很有可观。"驼叟道："他一个粗人，心地倒还专纯，将来造诣，恐怕要在你们那纪维扬师兄之上。他现在练到杂式捶，不过却有一层可虑，他每每犯那贪多的毛病，我常拿那其进锐，其迅速的言语斥责他。不说旁人，就拿维扬来说吧，自拜我门下，如今已有七八年样子，他向我求讨了好几次，叫我把形意枪的点子传给他，我还没应允他呢。非是我自秘，只因他别的器械，尚未臻佳境，怎能再传他形意枪呢。若传了他，弄得全都不成，岂不白白耽误他了吗？"

四姑笑道："你老人家这种口吻，却同我们师父言出一辙。他老人家因我们姊妹俩的造诣，不如七妹，所以除了拳腿之外，只教了我姊妹俩一趟剑就罢了。我七妹十八般器刃，我师父样样都传她了，可惜他老人家那独有的形意绝命三枪，临羽化带了去，未曾传与人的。"驼叟叹了一口气道："可惜你师父那独有形意绝命三枪未曾传人，本来却也难怪，他那古怪的性子，一辈子只收了你们姊妹三个女弟子，除去你们三个，他又有谁可传呢。这形意绝命三枪，就是传给你们，一个女孩子家，也不去冲锋上阵，又有什么用处呢。这不过是他不曾传给你们的意思。说起这形意绝命三枪，当初我们师兄弟几个，你们师祖也就算独传给你师父了。这也难说，在传给他的时候，正是你师祖病危之际，那时我们师兄弟都没有在他老人家近前，只有你师父一个守在身旁，设若那时我们如一同守在那儿。你师祖也都传我们了。听说

60

你们师祖在传你们师父这形意绝命三枪时，系坐在病榻上，只用了一根竹筷，就一招一式的指示着传给他。不料你们师父未得其人而传，把咱们这形意门绝无仅有的绝技，临羽化带了去，实在是一件憾事。"说着，彼此太息了一阵。

三姑、四姑随又闲谈一时，方辞了驼叟，姊妹俩又到山上猎些野兽，直到夕阳衔山，才回近家中。又过了没几天，果然有舒鉴青夫人母家的人，从大名回来，顺便到黄堡带了信息来。说喜期俟缓到秋后，再为办理。因舒知府近又调任山西，夫人公子也都随同到山西去，因此喜期不得不缓到秋后了。以外又有舒知府致驼叟一封函件，除了致候之外，内容也是这一样的言语。三姑便派人把这函件给驼叟送了去。三姑、四姑姊妹两个向七姑调笑："妹妹可是误佳期了！"这天姊妹安寝，只七姑一个，尚坐在灯下穿针引线，做她的活计，四姑躺在被中笑道："天已不早，该歇着了，一天活计不离手，也不腻吗。鞋儿袜儿，和贴身褉儿裤儿做了些，就够好了，难道说，把一辈子的都做出来吗。秋后才出聘呢，忙的哪门子呀。过了门好这样忙吗？不说旁人，小姑爷先得心疼坏了。"这句话甫罢，七姑扔下活计，扑了过来，两眉一叠，怒嗔道："你嘴又淡了吧，我非收拾你不可。"扑到四姑头前，四姑粉面向被中一钻，忙嬉笑道："你别动手动脚了，我不打趣你了。"正在取笑之间，忽听院中叭哒一声，像是夜行人问路石的声音。四姑、七姑一惊，停住手脚，侧耳听去。此时已更深夜静，一切声音都听个逼真。随着又听好像有人从房上落下，但是声音极其轻细，一听就知这人本领不凡。这种声音如何瞒得过这精细的七姑，七姑忙向四姑一使眼色，一回身子把灯吹熄，便忙摸黑束扎利落。这时四姑也把三姑悄悄喊起，也一起装束齐整，各抄手中剑。在这当儿，猛然听院中一响，哈哈笑道：

61

"三个丫头，今天是你家佛爷报仇的日子到了，快出来，不要叫我费事。"三姑、四姑、七姑一听这口吻声音，正是那火神庙逃去的方丈正明。姊妹三人明知不是他的对手，立时大惊失色。七姑眉头一皱，计上心头，附在四姑耳旁，低声道："你悄悄从后窗越出，快到八仙观去请刘老伯吧，我和三姊同他打几个照面，便把他引到八仙观那条路上去。"四姑点首示意，不敢怠慢，从后窗越出，转到了前院。

这凶僧立在阶前，短衣窄袖，提了他那对八楞铁锏，仇家见面，分外眼红，不曾搭话，便打在了一处，正明舞动手中锏，恨不得一下把三姑、七姑结果了。三姑、七姑仔细提防，摆手中剑相迎，当时铿铿锵锵，厮拼起来。一些男女仆役们，一个个睡梦中听得这兵刃相击之声，都吓得钻在被中屁滚尿流，连大气都不敢出。三姑、七姑不敢久恋，交手不到十几个照面，寻了个破绽，向正明虚晃一剑，一转身，姊妹两个雀鸟般，早蹿到了房上，身法确是十分矫捷。正明收了锏式，冷笑道："丫头你们也有今日呀，看你俩哪里逃，你俩就是上天，我也追你们南天门的。"一跺脚，纵上房去。

这时三姑、七姑已跳出院外，奔八仙观那条道中跑了去。正明哪里肯舍，紧紧在后面追赶。一气跑了五六里，眼看就快到了八仙观，仍不见驼叟和四姑走来，七姑不由暗暗焦急，一壁跑着，一壁向三姑抱怨道："四姊姊真不是办事的人，这时怎还不见她同刘老伯走来。"说话间，已到了八仙观近前，看双门紧闭，侧耳听去，静悄悄并无人声。喊了两声，也无人答言，她姊妹却有些慌了手脚了。正明早已追到身近，三姑、七姑复又举剑，向他杀过去。怎奈三姑、七姑是个女子家，究竟气力不佳。况那恶僧正明不但膂力惊人，而且又是一身超人的功夫，她姊妹俩当然不是他的对手。又打了没有两三个照面，三姑、七姑已气息喘喘，眼看就要败在凶僧手里，那正明唯恐她俩脱逃，舞动手中那对锏，左右乱闪，紧紧把她姊妹俩缠住，若想脱身，却是休想。她姊妹俩堪堪就要被正明的锏击倒。七姑一壁和他交手，一壁暗忖脱身之法。在这危急之间，七姑忽娇声喊道："刘伯来了吗!"正明一听，锏式稍一松慢，三姑、七姑趁势回头，抹身便跑。正明左右看了看，哪有驼叟的踪迹，冷笑道："丫头，你们也在我面前耍这套把戏吗？看你们今天逃往哪里。"边说边追了下去。

三姑、七姑心想此番性命休矣，跑出没好远，正明相距不过两三丈，眼望着就要追上。七姑回手把如意金珠弹打出一丸。那正明把头一偏，那丸金弹擦了他耳旁，飞了过去。正明腿下，不免稍有些迟慢。三姑、七姑又跑出了好远，正明怎肯轻轻放过，紧紧追在后面。转山绕岭，又跑出了四五里。三姑、七姑一抬首，瞥见前面，一片黑乌乌树林，心下暗喜，直奔这片树林跑去。到了树林以内，一纵身跃到树上。这黑夜之间，借了树的枝杈遮蔽，隐住了身躯。偌大这片树林，正明哪里觅得见？他自忖她姊妹俩是穿林而过，按武林门规来说，若追人入了树林中，万不可轻进，恐受暗算。这正明却艺高胆大，追进了树林，从三姑、七姑攀登的这两棵树下过去，毫不觉得，健步如飞地跑过去了。

被七姑抖手一暗器，他这才怒叫一声逃去。这正明和尚自从战败后逃走，到他早年一个姘妇家中，潜藏了些天，转过年关，探知他那火神庙被火烧没了，他听了这消息，越发把驼叟及三姑姊妹恨之入骨了，恨不得含口火，把他等生吞活咽下去。这天夜间，原想先把三姑姊妹三个结果了，随着再去暗刺驼叟。不想三姑、七姑十分乖巧地脱逃了，三姑在树上待了好一时，料正明已然去远，方才跳下树来，姊妹俩转向回路走去。

七姑尚不觉怎样疲乏，唯有三姑周身大汗，两腿已觉酸疼，口干舌燥，心想寻个住户歇一歇腿儿，顺便寻些水解一解口中干燥。无奈在这深夜之间，一些人家均已入睡了，姊妹两个溜向回路。七姑看了三姑这疲乏模样，便道："三姊姊，我来背起你走吧。"三姑眉儿一皱道："你虽不似我这样的疲乏，也够劳累的，你还想背我吗？慢慢走吧。"且行且看，见前面微微透出一丝灯光来，三姑一看喜出望外，手一指道："你看那户人家，还没有睡觉呢，咱们紧赶几步吧。"不消一时，到了那家门首，矮矮圈了一段篱笆墙儿，内里有三间茅草房屋。姊妹俩不便鲁莽，轻轻把篱笆门儿叩了两下。听房内一个女子答问了一声，呀的声开了房门，向篱笆外面问道："这早晚谁来叩门呀？"三姑忙答应了声："我们姊妹俩路经此处，口燥起来，特来寻口水的。"那女子听了，方迈开莲步，开了篱笆门儿，那女子仔细朝了三姑、七姑望了望，喜得她不顾开言。翩若惊鸿般回身走转房内，高声喊道："娘呀，快把活计收了起来，咱们的恩人那黄堡伍家小姐们来了。娘快把房里略略收拾收拾吧。"复又翻身走出，笑嘻嘻道："恩人快请房里坐吧。"三姑、七姑见女子，正是那火神庙搭救的张氏女。

当走进房中，看她的老娘是个五十多岁的老妇，原来她母女正坐灯下给人缝做衣服。这张老婆见了三姑、七姑，扯着那张满面皱纹的笑脸道："恩人们，我母女一天不知要念叨几遍呢，今天怎的这般晚，路过此处？真难得恩人们到来！"说到这儿，屈膝便下跪。七姑手快，伸手扶住了她，连忙道："这大年岁，我们可生受不起，不要折煞我们的寿数了。"张氏女忙问："怎的不见四小姐呢？"七姑当把正明如何到黄堡去厮拼，四姑如何去八仙观请驼叟，她同三姑又如何被追到树林，才得脱身的一片话，向她母女说了一遍。张老婆听了，不住咬牙骂凶僧。张氏女忙道："娘先陪在此少坐一时，我赶紧给恩人们烧柴泡茶去。"抹身走出。

张老婆向她姊妹道："这万恶凶僧，迟早要遭报的。我女儿若不亏恩人们搭救，她再晚一天回来，我不病煞，也要急煞了。恩人们，不但搭救了我女儿，而且又赏了她些银两，我母女俩提起来，感激到万分，我们真没法报答的。"七姑忙道："快不要恩人恩人震天价喊叫了，我们听了反觉怪刺耳的。"张老婆忙改了话口，笑道："小姐们不愿叫我称呼恩人，我不这么称呼了就是。"说话间，张氏女已把茶泡来，斟上了茶，恭恭敬敬给三姑、七姑端了过来。三姑这时身上越发燥起来，汗仍出个不住，索性她上身衣服脱去，只穿了薄薄一件衫儿。张老婆看了，忙拦道："小姐快穿上吧，夜深了，不要受了凉的。"三姑哪里在意，忙说不妨。

七姑又问："你母女怎的这般晚，尚未歇息呢。"张老婆未语先叹了声道："我们一年到头，倚恃着十指，给人家缝做活计，度这贫寒的日月。哪一天我母女都到三四更上，才得歇息呢。"说到这里，好像想起一桩事儿，忙又说道："我女儿和我每提小姐们的本领，很是羡慕。她常说遇机到黄堡去求小姐们，收她做个徒弟吧。不知小姐肯不肯收她这个徒弟？"七姑笑道："我们姊妹同她岁数儿，也是仿上仿下的，怎能收她做个徒弟呀。"张氏女一旁哧哧笑道："小姐必是不肯收我这愚钝的徒弟。"七姑道："你愿意练习武功夫，常到我们那儿去，我姊妹定教给你的，何必要叫我们姊妹收你做徒弟呢。"张氏女喜道："小姐们既肯教我练习武功夫，虽不认可我是小姐们的徒弟，可是我这徒弟的名儿，是毫无疑议了。"又闲谈了一时，天已大亮，三姑穿好外面衣服，同七姑便要走去。母女苦留不住，七姑便让张氏女有暇到黄堡去，张氏女笑道："不用吩咐，徒弟当然要去拜望师父们去的。"七姑笑了笑，同三姑迈步走出。

将到外间，七姑一眼看见正中佛案上，供了有两个长生牌位，一个是驼叟的，一个是她姊妹三个人的。七姑过去把她姊妹三个的长生牌位抓在手中，待张氏女过来抢夺的当儿，七姑早放在脚下踏了个粉碎。随着七姑说道："我们刘老伯的长生牌位，你们自管供奉，我们姊妹可生受不住的，不要折我们的福了。"张老婆在旁把嘴干叭哒两下道："小姐们怎把我女儿的命根子踏毁了，她每天净了手上三遍香呢。"张氏女看已把长生牌位踏个粉碎，深悔自己粗心，夜间她姊妹俩来时，不曾收了起来，粉面低垂不作一语，七姑对她笑了笑，别了她母女，竟自走向回道去了。

姊妹俩走了没好远，三姑微觉身上有些不舒适，头微微也有些疼，当时并未介意，走了一时，忽地一抬眼，瞥见迎面四姑同了王铁肩走来。七姑怒容满面向四姑责道："四姊姊，你把刘老伯请到哪儿去了，昨夜不亏我姊妹俩机警，险一忽儿，就把性命丧在那恶僧手里。我们姊妹俩若丧了性命，你思索思索，对得起你这三姊同你这七姑妹吗？"四姑忙道："你先不要呵责我，容我慢慢说了详情。你就晓得了。我这一夜急得心里，也同着了火也似的。"四姑旋又说了一片言语，七姑方才怒火全消，转怒为喜地道："这就怪不得你了。"

原来四姑自后窗越出到八仙观去请驼叟，施起陆地功夫，恨不得背生双翅，飞到那儿。一时到了八仙观，也不顾上前去叩门，一踩脚儿，纵了进去，看空洞洞并无一人，立时怔住。看驼

66

叟住的那间房门倒扣着，来到对面房内，有维扬物件齐整整放在那儿，王铁肩的被儿却好好铺在那里，床前桌上好端端放了一壶茶，手摸茶水尚温。四姑现出失望颜色，自忖驼叟同维扬必定是出门去了，王铁肩想是在殿后面。趄身走出，站在阶前，三师兄三师兄地喊了两声，不听回语，心下了然，料想他一定趁驼叟不在家中，他在这夜晚，到邻村吃酒去了。当时毫不迟疑，窜出八仙观，向邻村寻去。果然不出四姑所料，在途中遇见了王铁肩，见他醉醺醺走来，忙问他刘老伯到哪里去了呢？王铁肩一看是四姑，他酒吃的这个模样，未免面现局促忙答道："我师父带了我师兄，出川到山西去了。"四姑忙又问道："他老人家到山西，有什么事么？"王铁肩道："我那直隶孙能深师伯，他老人家派徒弟，把师父请了去的。听说孙能深师伯的徒儿，保了笔镖银，路过山西丢失了，故此特来请师父，帮同他们去寻这笔镖银。我维扬师兄也要一同去，所以师父也把他带去。"说至此，又问四姑："因何贪夜至此，寻我师父？"四姑听驼叟果出门去，自己所料不差，当时急得汗流如注。听王铁肩这么问着，忙把恶僧正明夜入黄堡的话，说了一遍。王铁肩一听，酒立时吓醒了，忙道："听我师父他老人家说，那恶僧本领确是了得，三姑、七姑怎的是他对手？"四姑同王铁肩很焦急地说着，已快到了八仙观，忽见两三条黑影即是三姑、七姑同那恶僧动手了。

这正是三姑同七姑在八仙观门外同正明厮拼的当口，七姑诈喊了声刘老伯来了吗，趁势脱身，向东北跑了下去。王铁肩便要随在后面看个究竟，四姑慌忙拦他道："你跟了下去，也不精细，我想她同我三姊，决不能被他追上。就是追上，她也有法摆脱，万不会吃亏的。"

四姑口中虽这么说着，一颗心却早提起了多高。四姑当即别了王铁肩，踅回了家中，取出暗器，小心护宅，见一些男女仆役吓得大气不出，还静悄悄钻在房中。四姑便把他们喊了出来，这些仆役忙问三小姐同七小姐呢？四姑把她姊妹被凶僧追下去的话，向他们说了。这些男女仆役听了一个个也都提心吊胆的，替她姊妹俩捏了一把汗。四姑坐在房中，提了兵刃，愁眉双锁，四姑至此心内越发着慌了。忙走出门去，顺了夜间她姊妹俩跑的那股道上，寻下去了。

路经八仙观，瞥见王铁肩站在门外，王铁肩忙问她姊妹俩夜间可曾回返黄堡？四姑满面愁容，把头摇了摇。王铁肩看四姑这神色，心中自不免也是一惊，便回过身走进观中，忙把门从里关闭上，越墙蹿出，同四姑一起寻了下去。恰巧走没好远，遇上了三姑、七姑，四姑同王铁肩方把一颗心放下，不想七姑劈面不问情由，便向四姑呵责，四姑把驼叟不在的话，向她姊妹说了一遍，七姑方才明白，忙不迭地道："这就怪不得你了，却原来刘老伯出门了呀。"七姑当把夜间，她姊妹怎样在树林脱身，后来又怎样到了张家，也向四姑忙说了一遍。王铁肩忙让她姊妹三个，到八仙观歇息一时。七姑道："不去了，我姊妹俩跑了大半夜，也该回去歇息歇息。"

姊妹三个别了王铁肩，回了家中。一些男女仆役见三姑、七姑姊妹俩安然回来，也全把悬了的那颗心落下去。一夜光景，想她姊妹们全已饥饿了，仆妇们忙到厨下预备饭食。三姑一进门，便一头倒在床上，身上作冷作烧起来。一时饭菜端上，三姑摇着首说："你们吃吧，我是不吃了。"四姑忙过去，伸在她额上摸了摸。啊呀了一阵道："三姊姊怎么了，头上烧得这么滚热？"七姑一听，也兀地一惊，连忙道："三姊姊她定是夜间，在张家脱了衣服，受了凉了。"忙扯了一床被子，给她盖好。又道："叫她睡一时，发些汗，就会好的。"四姑、七姑两个转眼把饭用罢，仆妇们张罗着把碗盏收下，四姑、七姑不觉也有些倦意，心想睡下歇息一时。她姊妹俩这一觉，睡了足有大半天，一睁眼醒来，金黄色的阳光，已射到东面的房上，映照着大半边院中一棵老槐树的影子，日色已是偏西了。

第四章

王铁肩计擒恶僧

四姑、七姑翻身坐起，抬手把鬓边的乱发，向后理了理，转眼看三姑一张脸通红，看她那样子，热势并未少退。七姑紧皱二眉，向四姑道："看来三姊病热来得不轻。这是她自己不小心在意的缘故。"四姑道："看她这模样，一天半天不能痊愈的，总要给她请个医生诊断诊断。"七姑点首道："今天是不讲了，明天当然要给她请个医生的。她这一病不要紧，不过却有一层可虑，那凶僧未必甘心，难免今晚不二次来寻我姊妹厮拼。咱们又不是他对手，偏巧刘老伯又在这时离川去了，今晚凶僧若来时，三姊她又病倒床上，叫咱们姊妹俩怎样对付他呀？"四姑听了，也是不得主意，姊妹面面相觑，思索不出一个妥善方法来，立时愁云密布，房中寂寞了许多。

正在这时，猛然一个仆妇跑来报说："八仙观王铁肩来了。"七姑便命把他先让到前面房中，姊妹略略梳洗，迈步走出。到了前面房中，见王铁肩喜眉笑脸迎头说道："小姐们请放心吧，我擒拿了一个大和尚，视那样子十有八九是那凶僧正明。"四姑、七姑哪里肯信，忙说道："那凶僧一身惊人武功，他如何叫你拿得住呀？和尚可多着哩，快把人家放了，定不是的。"王铁肩笑

70

道："是与不是，小姐们去看一看，那厮被我尚捆在八仙观我那房中呢。"四姑、七姑听了，见他一团高兴地跑了来，不便驳回，当把首点了点，便同向八仙观行去。到了那里，看王铁肩房中，四马攒蹄捆了一人，近前仔细望去，却是出乎意料之外，正是那恶僧正明。四姑、七姑大喜，忙问王铁肩道："你究竟怎把他拿住的呢？"王铁肩哈哈一笑道："算他倒运，算我瞎猫捉住死老鼠罢了。"这正是善恶到头终有报，也是合该正明到了恶贯满盈的日期。那正明自从追赶三姑、七姑，眼望着她姊妹俩跑进树林中去了，及至追进林中，受了一暗箭，他就跑回去了。他本想拔去暗器，再来寻仇，他一看东方已微微将要亮上来，才颓然若失地返回他那姘妇家中，倒头便睡。心想三姑姊妹弱不能久战，又不能逃走，还恐她们逃到哪里去吗？今晚再到黄堡去，定把她们这丫头们做了。这么想着，不觉呼呼睡去。醒来时，天光已至中午，把面洗过，便走出他这姘妇家中，想寻个酒家吃盅酒。来到附近村中一个酒铺内，要了两角酒，以外又切了一大块腌牛肉，一个人自斟自饮吃了起来。正吃酒中间，一眼瞥见一个高大汉子走了进来，酒保对这汉似十分厮熟，忙迎面笑嘻嘻地道："王二爷来了吗？我去给打两角酒，切上两块腌肉。"酒保一边说着，一边走到酒缸近前，拿起酒器，给这汉子打酒。

这汉子听酒保向他招呼，把头点了点，一转首看见了正明，正明也正向这汉子打量，这汉子望着正明略一沉吟，忙扯了笑脸，走到正明身旁，招呼道："大师父难得也到这里吃酒来了。"正明微把身子欠了欠，仔细朝着这汉子看了看，暗忖这汉子，我并不认识他呀。这汉子看了他这形象，又笑道："大师父记忆不起我来了吧，本来我有三四个年头不曾到庙中去了。"正明听他这口吻，心说这汉子必是从前常到庙中去的，怎奈一时想他不起。这时酒保已把酒肉给这汉子端上，这汉子见了，忙向酒保说道："快把酒肉给我挪到大师父这面桌上来，我来陪同大师父，吃个尽兴。"正明一个人正在纳闷，听这汉子这么说着，忙说道："好极，好极，快把酒肉挪过来，一同喝吧。"酒保把酒肉接过，便向这汉子问道："恕我眼拙，一时确想不起来尊驾的姓名。"这汉子笑道："我就住在附近村中，我姓王，都叫我老王老王的，大师父想不起来了吗？"

这汉子非是别个，正是王铁肩。正明听铁肩说罢，一颗秃头摇了两摇，猛地伸着巨拳，震天价叭的声在桌上拍了一下。王铁肩以为他觑出破绽，不由暗吃一惊。哪知正明一拍桌子，真像想起来一样，说道："你是不是头几年，常到庙里去，那个卖山货的王老五么？"王铁肩顺口答应，把手向大腿上一拍道："一些不错的，大师父可想起我来了。"说到这句，举起杯子说了声请干一杯吧。正明并不推辞，端起杯子，仰脖干了一杯。王铁肩走来时，正明已经吃了有几分醉意，这时王铁肩又左一杯，右一杯相让，大凡吃酒的人，全犯这明明已醉，却偏不承认他醉了的毛病，酒已顶上了喉咙，人家若再让，还左一杯右一杯地吃个不歇。不多一时，铁肩把正明灌了个酩酊大醉，正明觉得头沉脚轻，一步却也行走不了。铁肩看他醉的这模样，立时大喜，便道："大师父请到我那里睡一个觉儿吧。"把正明和自家的酒账一股脑儿会了，扶起正明，走了出来。正明醉得昏沉沉的，俯在仇人的背上，走了没好远，哇的一声，吐了许多酒出来。王铁肩唯恐他酒醒，解下身上系的带子，紧紧把他手脚捆在一处，提起来便趔向八仙观走去。

正明此刻酒已醒了几分过来，心中明白受了暗算，怎奈四肢无力，而且又被捆上，只可任其摆弄。一时到了八仙观，铁肩知正明一身硬功夫，怕他酒力散了，挣断了带子，那时却要吃他的亏了。猛想起自家师父房中，有两根牛筋绳索，听师父常说，无论有多好功夫的人，若被这牛筋的绳索捆上，休想挣开。王铁肩忙去拿了这两根牛筋的绳索，重新又把正明四马攒蹄捆上。仍恐他逃脱，当又把他吊了起来，把嘴堵上。这才把观门从内锁好，喜孜孜到黄堡去，告知三姑姊妹。不料三姑病了，四姑、七姑听了，有些不相信。及至四姑、七姑同铁肩来到八仙观一看，果然恶僧正明，吊得半死了，心中大喜，忙问王铁肩怎样把他锁住的。王铁肩把拿住正明原委说了一遍。当把正明解救下来，仍缚手脚。正明的酒早已醒了过来，冷笑道："我一时大意，被你等拿住。看你等把我怎样摆布。"王铁肩听了，回首向四姑、七姑道："把这恶僧提得回山中结果了吧，留了他不知还要害多少人呢？"四姑、七姑银牙一咬，齐声道："这恶僧不结果他，留着叫他再去为非作恶。"王铁肩一听，拿了兵刃，把正明跌在地上，弯身把他提起，便同七姑姊妹出了八仙观，直奔观后山中。王铁肩提着凶僧，直走到无人处，把正明狠劲向地下一抛，笑了两声道："恶僧你害了多少妇女，今天可是你遭报的日子了。"正明圆睁二目，冷笑了笑，又把二目闭上，不作一语。王铁肩一看他这凶狠颜色，当时大怒，举刀向他秃头项上砍了下去。使了十足气力，满想一刀下去，把他那颗秃瓢全给砍落。忽地就听当的一声，火星乱迸，正明的脖颈比铁还硬，震得王铁肩手臂麻木，险些松手把手中刀扔落，慌忙撤回刀来，一看刀刃已卷，吓得惊慌失色。四姑、七姑看了，也是一怔。正明一颗秃头晃了两晃，冷笑道："你们自管砍来，我是不惧的，看你等怎样处置我。"王铁肩一听，一团怒火越发按捺不下，两手齐执了刀柄，一翻两腕，二次又向正明腹间刺去，只看正明一吸气，肚腹立时凹了下去。

刀刺在他那腹上，觉得其软如棉，那刀就如同嵌在他腹上一般。正明猛又一凸肚腹，王铁肩不由倒退了好几步，两手一松，那柄刀就像断了线的风筝也似，给摔出了好远，呛啷落在了地上。

二女侠和王铁肩一齐咋然吃惊，呆望了正明，束手无策。三姑、四姑眉儿一皱彼此观望，也是不得主意。正明看他们这窘态毕现的神色，面上很得意，哈哈笑道："你等若知趣，赶紧把我绳索解去，我抖手一走，决不为难你等。如若不然，看你等能把我怎样。"这正明幸亏是用牛筋的绳索把他捆绑的，如是普通绳索，早被他挣开了。

四姑、七姑、铁肩听了他这狂语，七姑眉儿一紧娇喝道："既把你凶僧捉住，岂能轻轻把你放掉。"说到这儿，忽然把二眉一展，忙转首向四姑、王铁肩道："凶僧这身硬功夫，若像这样用兵刃去砍他，当然是不能伤他分毫的。此时我忽地想起来了，记得我们师父在世时，曾向我说过，大凡遇上硬功夫的人，本领低弱的是不谈了，若是本领绝顶的，兵刃是莫想伤他一根汗毛的，必得先要把他的七窍挑了，只一见血，立时刻一身本领扫地无余。姑且试他一试！"说着，便叫王铁肩去把刀捡了过来。再看那正明听了七姑小片言语，面上当时改变了颜色，不似先前凶狠样子，狠狠地道："不想我今天丧在你等小辈手中！"七姑从王铁肩手中把刀接过，走向前，刀尖对准凶僧眼角，狠狠一刺，果然怪喊血流，随手又一刀，把正明的咽喉割断，立刻气绝身亡。可惜他一身绝顶本领，既叛佛门，不说遵守清规，却专干伤天越理的勾当，今丧在这荒僻山中，也是他咎由自取。四姑、七姑要扔下他那尸身，去供那野兽果腹。王铁肩说："不好，还是埋了吧。"解开他那两根牛筋绳索，掘土成坑，把凶僧埋了。

四姑、七姑踅回了黄堡，一进门儿，将走到院中，一眼瞥见张氏女嘻嘻笑着，莲步声碎，迎头走出，说道："四小姐、七小姐回来了，你看你们这女弟子诚恳不诚恳吧？等不及明天，今天我就烦了我们邻户一个伯伯，把我送来了。"七姑忙道："丢下你娘一个不寂寞吗？怎么不叫你娘也来住些日子呢？"张氏女笑道："我娘怎能来呀，全来了，家中怎好意思全托人家邻户照管呢。这我来了，托付了我一个邻户，同我娘做几天伴，我娘倒也不寂寞的。"张氏女已进了房内，看三姑仍是烧得双颊红晕，鬓发乱乱地围了被子，坐在床上。

四姑、七姑忙问："三姊姊此时身上觉得好了些吗？"三姑头摇了两摇，有声无力地问道："我听说三师兄把恶僧拿住，你们去看，究是不是那恶僧正明？"七姑一扬眉儿，便同四姑，把果然是正明，已把他结果在那八仙观后面山中的话，向三姑说了一遍。三姑听罢，喜出望外，把个张氏女更喜欢得手舞足蹈，连连说道："这个大害居然被小姐们除去，不是当面称扬，我常听人讲说什么十三妹，据我看，小姐们比那十三妹还要高出一节的。"四姑笑道："你别胡比乱比的了。那何玉凤我们怎敢比拟呢，再者说这凶僧也并不是我们把他拿住的。"说了一会儿话，三姑又倒身躺下，四姑忙又向七姑道："三姊这病症委实不轻，不要延迟着了，我看就去给她请个医生去吧，不要等待明天了。"七姑尚未答言，张氏女忙接过来道："我来时看三小姐病势委实不轻，怂恿三小姐派人请医生来了，立了方儿，已经抓药去了。"七姑忙问道："郎中诊罢脉，怎么说的呢？"张女连忙答道："郎中诊罢脉，说是受些感冒，吃了两剂药就会好的。"四姑、七姑听了，方把心放了下去。七姑道："叫三姊姊清静的休息一时吧。"一扯张女的手，打趣道："随师父到那间房内去坐吧。"

走到对面房中，彼此落座。张氏女喜道："小姐们是承认我这徒弟了，我还没有拜师父呢，我就在这儿给师父行礼吧。"说罢，真就站起身来，四姑坐在她身近，一伸手，把她按在座位上，笑道："你不要听我七妹妹说戏话，我们决教你武功夫的，何必定要拜师呢。一来全是相上相下的岁数儿，我们怎好意思收你，二来拜师也没有这么简单的。"张氏女忙道："还论什么岁数儿，圣人还师项橐呢，项橐不是一个十几岁的孩子吗？这样看起来，岁数儿又有什么关系呢。反正我晓得不拜师，是说不下去的。"七姑忍不住笑道："看不出你记了不少典故，你要一定拜师，就不用学功夫了，可惜要怪我们姊妹要恼你的。"张女道："就依了小姐们，往后我练好了功夫，人家若问起我的师父是谁来，我不是还要说出小姐们来吗？难道我还能说出别人不成？"七姑笑道："我们先教你些初习功夫，只要进了门径，决不辜负你的一片坚决心意，你还有什么可说的吗？"张女听罢，也就不再言语了。

四姑当把她引到后面空院中，先向她说了一片初学要诀，又把各拳法的功夫，略略给她试解一遍，随即教了她一趟开门功夫，这是一套形意拳，四姑、七姑指点了她一过，张氏女很是聪颖，不消多日，脚、眼、身、法、步、形，便已熟习。四姑、七姑便又引她回前面房中，七姑向她道："我们形意门各式有各式的作用，各形有各形的神妙。形意拳以各形为进阶，必须要由阶而进，此形习熟，再习他形，非至纯熟，万不能续练，最忌速效，须有恒心，一式通则各形易精，所以拳经上说，一通无不通，即是这个道理。在初习时，似你最好先练明劲，这就是第一步功夫易骨法，也即是那练精化所，再进一步即为暗劲易筋，即练气化神，神而明之，再进而练化劲洗髓，练神还虚，拳经上所说的三加九转，即是此意。"张氏女听至此，连忙问道："像我初

76

学须先练明劲，明劲容易得很，我先天天练习着搬动些粗重器物不成吗?"七姑哧的笑道："你把初步明劲功夫看得容易了，形意最难就是这初步功夫明劲。并不能纯刚，纯刚易折伤筋骨。说句本门内的话，即是纯刚易强，但是又不可纯柔。"张氏女舌一伸道："照这样说来，这初步功夫，确是最难的了。"七姑道："专心唯一，又何惧这一难字呀。还有一层最紧要的，若第一步明劲功夫未成，再去求那第二步和第三步的暗劲化劲，就是练习十年八年，也等于不习的。由此可知形意功夫是全得基于初步的。所以练初步时，总要奇正得体。呼吸得法，刚中求柔，柔中寻刚，气归丹田，运转周身，无论变化何形，当以规矩理法为准绳。"

张氏女听罢这段言语，半解不解，牢牢紧记。七姑又道："你这初学乍练，须得随时参悟，方能有进境的。从此用功不辍，你这样的聪颖，将来的造诣，或者要在我们姊妹之上。"张女嘴一撇地笑道："不要先夸赞我了，我练成有小姐们一半的功夫，我就知足了。要像小姐们的功夫，我练个十多年，恐也未必追赶得上的。"七姑正色道："练武功夫的人，说出这话，却是不对的，自要循序而进，由阶而升，苦心参悟，何愁不及人家呢。你要晓得，功夫是没有止境的，在你看来，以为我们的功夫，是登峰造极了吧，其实相差还远。不过我们的功夫，也就将到山阶而进的程度上，说来不怕你畏难，似我们姊妹再用功，练他个几十年，也不能抵于大成呀。"

张氏女偏着首听一句诺一句，直待七姑说罢，才忙着说道："我听了这片训言，才晓得功夫是没有止境的。"说至此，忙又道："我将学的那八式不要忘了，待我去再练习吧。"说着，翩若惊鸿般，站起走出，奔向后院去了。四姑看了笑道："看来她倒是很有专心的。"七姑道："初习功夫，当然全是要这一股子热气的，但望她从此以后不改变了这样专心。"四姑道："看她这坚决的心意，决改变不了的。"说到这里，听仆妇嘈杂地说药已抓来了。给三姑煎好端来。四姑、七姑忙站起，去看三姑的药方上面，开的究是什么药味。三姑吃下药，也就见好了。

那一边出门赴会的驼叟被孙能深派徒弟请到山西去寻镖银，带了维扬，同了孙门徒弟，日夜兼程，行了不消几日，已到山西。一打听匪徒劫了镖车回去，一看是插了孙能深的旗儿，便要把原镖车璧回，镖银并未短少分毫。却怪孙能深派的这随镖的徒弟不曾把话说明，便和劫镖匪徒厮打起来。等到驼叟赶到中途，已闻人家早将镖银退回。驼叟见风平浪静，便带了维扬返回川中。继而驼叟又一想，同孙能深师弟阔别有年，前次为周家冤狱赴京，本不知晓他在京城开设镖局，今既闻讯，决定到京城，去探望师弟一趟。维扬本不曾到过京城，听师父要到京城去探望他师叔，心中甚是欢喜，心想借此到京城游逛游逛。师徒两个便同孙门的这个徒弟名叫魏良，一起又起程赴京。

这天到了京城，维扬初来观光，东张西望，看街门之上，人烟辐辏，车马喧闹，京城所在，与他处毕竟不同。一时来到前门外镖局，魏良忙头前跑进，禀知他师门，此时孙能深听知师兄驼叟来了，忙迎了出来。维扬一看孙能深是个中等身材，黑紫面色，苍白胡须，两眼神光十足，年岁不过比自家师父相差个一两岁模样。孙能深和驼叟相见之下，手握手把驼叟让到里面，分宾主坐定，维扬垂手立在驼叟身侧。驼叟忙道："维扬你还不给你师叔见礼！"维扬忙朝着孙能深行下礼去。能深含笑欠身把他扶起，略略问了问维扬功夫练到什么境地，维扬一一回答了。能深忙命人引他到外面房中歇息，能深这才和驼叟各道别后情况。当日要了两桌酒筵，款待师徒两个，能深陪同驼叟在这里面房内，魏良师兄弟等，陪了维扬在外面房中。一时酒菜摆上，驼叟是不善吃酒的，他师兄弟两个就座后，正吃谈忙问，能深忽然停住手中筷箸，向驼叟道："师兄认识这儿王府教师杨露禅吗？"

驼叟道："是不是那太极门广平府的杨露禅？"能深头点了两点道："正是他，师兄认识他吧？"驼叟回答道："不过我耳闻此人，并不曾会过面的，这杨露禅有什么事故吗？"能深道："这杨露禅倒没有什么事故，他在这京城名头总算也是很大的。现在肃王府人出了一董海川，是八卦门的，一身本领确已至神妙境地。这董海川在前几日，同杨露禅彼此岌岌乎弄了很大的误会出来。"驼叟忙回道："晓得的，晓得的。"接着说道："那老六爷府有个秦太监，外人全称呼他秦五爷，同我十分要好，常到镖局来寻我攀谈。他和这董海川是旧友，所以董海川的来历都是他同我说的。他也把这董海川给我介绍了，现时董海川也截长补短的出城到这里来，我们彼此间也很是相得。说起这董海川，他乃是这直隶霸州文安县城东南朱家坞人氏，他壮年不晓怎的净身了，故此人全把他唤作董老公。他幼年在江西，随祖师学艺，以后投到肃王府充了一名太监。"驼叟听到这里，忙问道："现在这董海川在肃王府还是充当太监吗？"

能深道："此时董海川早已升任肃王府教师首领了。原来那肃王爷虽身居王位，也是一身绝顶的武功夫。这董海川在肃王府，一直有五六年的样子，上至王爷，下至家丁仆役，都不晓他是一身绝技。这一天，肃王提了一条长枪，在花园内练习。这肃王也很有两膀膂力，他那条长枪的样子足有茶碗口粗细。肃王舞兴正酣的中间，不前不后，恰在这时，董海川一手托了一个茶盘子，上面放了一杯茶，跑到王爷身边，单腿打千的说，王驾请用茶吧。肃王见他这等没眼色，当时大怒，拨转枪头，朝了海川抢起就打。海川忙立起身来，向后便退，肃王正在气头上，哪肯放松，挺手中枪，追了过去。海川一步一步后退，直退到墙根近前，肃王爷哈哈笑着说，我看你这还向哪里走。一拧腕子，就是碗口大小一个枪花儿；在海川胸前绕了两匝。再看海川托着茶盘，早一个旱地拔葱，纵到四五丈高矮这段墙上。肃王爷一见，忙点手把他喊下，海川跳落平地，又一举手中茶盘，说王驾请用茶，肃王爷一看他手中托茶盘内放的那杯茶，随他这一上一下，一些并未溢出。"

驼叟忙说道："照这样说来，这董海川的功夫，确也很是出色。后来怎样呢？"能深道："肃王爷当时一看茶一些未溢出，心中大喜，知他本领定是出众，立刻把手中长枪递了他，命他走一趟枪。他放下茶盘，接过了长枪，光看他那长枪到了他手中，就和面条儿似，颤动个不住。海川走了一回他们门中的八卦转枪，肃王爷看了十分称赞，立时把他提升府中教师首。现时他的徒弟程廷华等人，本领也全是了得。"师兄弟宴饮豪谈，能深陪同驼叟，少时饭已用罢，自有仆役把家具撤下。驼叟又问道："这董海川同那杨露禅，究弄出什么误会来了呢？"这时候，仆役献上茶来，能深端起茶杯，呷了一口茶，这才慢慢把董海川和露禅弄出误会几乎彼此恶斗起来的话，向驼叟说了一遍。

驼叟听罢，忙道："杨露禅的太极功夫，不消说我是晓得了。这董海川的八卦门功夫，听你这样说来，确是空前绝后。"原来这京中的教师久负盛名的，即为端王府的教师首领杨露禅。这露禅自到端王府，平素访他寻衅的，可以说不计其数，都败在他手下，故此他的声名越来越大。偌大的京城，一提起杨露禅三字，几至无人不知。此时露禅年已六十开外，皓发童须，望去犹似五十许人，自然是有武功的人，体质是强壮的。忽有这一日夜间，露禅在王府前院已熄灯就寝。正蒙眬睡间，忽地就听有人在他这窗前，用手把窗纸轻轻弹了两下，随着低声笑着道："杨露翁歇息了吗？我特来拜访你来了。"露禅一听，睁开二目，忙坐了起来，向外问了两声，不闻言语。耳听更锣三下，暗忖定是府中人跑来作耍的，也未介意，复又倒身躺下。工夫不大，又听那人在窗上又弹了两下，哈哈低声笑道："露翁我来特地拜谒你，怎的把我蹲在门外了呢？"露禅慌忙起身披衣下地，一开房门，那人紧紧从外推住。露禅兀地一惊，方明白来的这人定是特意寻衅的。一抬手推开上面的前窗，艺高胆大，毫不顾忌的，当时雀鸟盘纵到院中，看天空之上，斜挂月轮，映照地上，四外寂静阒无一人，方才那人早踪迹全无。露禅前后搜寻了一回，哪有一些踪影，不由暗暗惊赞道："这人好快身法呀，在我从前窗纵出的当儿，他却没有了踪迹。看来这人不可轻敌。"心中暗自这样称赞着，又在院中踱了一时，也不见一些动静，方才踅转房中，复又和衣躺下。闭目养神，却不敢再睡下去，一直到隐约听得远处鸡声报晓，东方微透鱼白之色，这才安然睡去。到了次日露禅也未把夜间这事告人知道，心下盘算，今夜他必然还要到来，我却要加意的防范。不来便罢，若来时我必不能把他轻轻放过。转眼到了晚间，露禅果然加意提防，静待昨夜那人光临。露禅这夜当然不敢安心就寝，盘膝坐在了床上，随手器刃放在身旁，以外又预备下了一把连珠弹，熄去灯光，静待那人光临。直等到四更头上，连一些动静也无，自忖那人定料今夜有了准备，必不敢再来作耍了。想到这里，只听外面房瓦哗喇一声，暗道：大概来了！凝神仔细听去，一阵风声过处，吹得窗纸微觉唰唰作响，紧随着又是那人把窗纸弹了两下道："露翁昨晚多有冒昧，今晚特来请罪。"

露禅蓄精养锐，正等他到来，听他说罢，抄起兵刃，拿了那连珠弹跳下地来，一脚把浮掩着的门从里踢开，疾似鹰隼般跃到了院中。一看那人，却又没有踪影了。正四下看望间，就听上面嗤声笑道："露翁，我在此处了。"露禅顺着声音，抬首向北房上望去。看那人一身短服色，直竖竖端然站在房脊上，月光之下，面貌却看不甚清。露禅不由一时火起，举起手中连珠弹，对准了那人，唰的一声，一粒弹飞奔那人射去。当时那人呵了一声，向后倒去，眼望那颗弹明明打中那人身上。露禅不觉突口说道："一连两夜跑来和我作耍，却休怪我下此毒手，看你这还向哪里跑？"说到这里，就要纵到房上，去看那人。猛地听南房的房脊上，那人拍掌笑道："露翁弹法虽准确，却不曾打在我身上。"露禅听他这揶揄的口吻，一团怒火再也按捺不下，怒声喝道："我杨某和你远日无仇，近日无恨，何故连日跑来和我作耍？"举起手中那连珠弹弩，唰、唰、唰，连珠般向了那人射去。那人真的是好快身法，早又到了北面房脊上，哈哈笑道："露翁我已领教过了，恕我不陪，告辞啦。"露禅回过首去，看那人已不知去向，不由暗暗惊佩那人功夫非凡，反把心中那团怒火消了下去，十分爱慕那人本领。

这时露禅的侄儿杨班侯同王府众人，正睡梦中，听得外面声响，在这黉夜之间，不晓出了什么事故，急忙穿衣下地，各拿器刃走了出来。一眼瞥见露禅一手提了兵刃，一手提着弹弩，站在院中，望着北面房脊默默出神。班侯等人近前忙问缘故，露禅方才移转二目，向班侯等人具述所遇。班侯等人听了，也是一惊，忙说："这人太怪，你老人家倒要提防一二。"

到了第二日，露禅用罢早餐，下人跑来报说老六爷府的秦五爷来了。露禅听了，忙吩咐一声请，一抬首看秦太监已提步走进。露禅忙起身让座。这秦太监年岁五十开外，黄白色面皮，穿一件裘红长袍，腰系一根黄绉带子，带子上面缀了些槟榔盒包和眼镜盒子等物，垂在身前。来到露禅房中，露禅连忙笑道："秦五兄今天怎的这样闲散，许久未见了。"秦太监笑道："一向府中不得消闲，所以无暇出来，今日到这里办点小事，顺便跑来，寻你闲谈一时。"说话间，秦太监一眼瞥见墙上斜挂了个空刀鞘子，一柄单刀却明晃晃放在床前，那单刀近前，还放了一张短弩，不由露出很惊异的神色，向露禅问道："你们府中闹什么事故着吧？弩弓也放在手旁，单刀也掣出在鞘外了呢？"露禅忙答道："府中倒没出什么事故。"便把连日间有人跑来戏耍的话，向秦太监说了。秦太监一听，二目向上转了两转，便忙说道："听你这样说来，这人的本领，北京城中，除去一个他，没有两个人的，大约必是他跑来和你作耍。"露禅忙问这人究是哪个。秦太监道："据我猜想，连日夜间跑来，和你作耍的这人，没有两个，十有八九决是那肃王府的董海川。"露禅道："我同他又没有什么仇隙，但不晓何故跑来和我作耍。"秦太监笑道："这不是很明显的一个道理，怎的不晓何故呢，不过是我兄声名两字所招的罢了。话虽是这样说，但是若不是他时便罢，要是他时，我出头给你两个见一见面。不要再这样闹下去，不要彼此间由误会再生出恶感来，到那种地步，却有许多不便。"露禅听了，所说确也有几分见地，旋又闲谈了一时，秦太监便起身告辞，临行时，向露禅说到肃王海川那里，探问究竟是否是他。

别了露禅，一直奔往肃王府来。一问海川，不出所料，果然是他。秦太监道："海川弟，你连了两夜，跑去耍笑杨露禅，究竟是什么心意呢？"海川笑道："我并没有什么心意，不过我看他这太极名家，是怎个人物。"秦太监也笑道："太极名家四个字，他确是当之无愧。"海川道:"话虽如此,但是听来的话,是不足信的。"秦太监忙问道:"怎么你才相信呢?"海川笑答道:"耳听纯属子虚,眼见方为事实呢。"秦太监听他这单刀直入的语调,显然是要和露禅比试高下,方才甘心的。遂忙说道:"海川弟,我来给你们定个日期,在我那里与你两个见一见面,彼此做个好友,岂不圆满,可不要再这样闹下去了。"海川道:"我兄美意,小弟是非常赞成,不过话却要说在头前,到时我可要向他过一过手,领教领教他的本领。"秦太监满口应允道:"这层我倒不便驳回你,至时我很愿给你俩做个中间评判人。"海川道:"既然如此,就请规定日期吧。"秦太监道:"日期俟我回去,派人通知了杨露禅,再为规定。你是没有异议,尚要去问人家哪日有暇呢。"海川道:"我兄既这样说,我就敬候我兄的日期了。"秦太监把首点了点,站起别了海川,径向老六爷府去,即派人去征求露禅同意,并问露禅哪日有暇。

过了没两三日,秦太监便把露禅、海川请到六爷府他那里,露禅一见海川,看他不过是个五十多岁的干瘪老头,细高身材,面色黑黄,因他在壮年净去了下身,所以嘴上一些胡须也无,手中托了一根长杆旱烟袋锅子,两目神光炯炯。莫看面貌清癯,精神却很饱满。海川也向露禅打量过去,见他年近古稀,皓发童颜,一部苍髯,飘洒胸间,偌大年岁,身子一点也不伛偻,挺胸叠肚站在那儿,望去犹是健壮的少年,心中不由暗暗钦佩。当由秦太监给他俩介绍了一遍,海川因两入端王府耍笑露禅,先向露禅道歉,随着两人各又客气了一阵,海川即直要来说出和露禅过手领教。露禅也正想同他比一比手,倒要看他功夫怎个高妙。听海川一说,毫不迟疑,便忙说道:"足下既拟和我比手,我是情愿奉陪的。"海川听他允诺,心中甚喜,秦太监忙站起说道:"你等过手，我却不相拦，但是我有几句忠告，过手不怕过手，拳脚之下点到即是，万不可认真的。设如到了两虎相搏，必有一伤的田地，那时你们却辜负我原来给你俩介绍的这片心意了。"露禅、海川齐声说道："请放宽心，我们彼此决点到就是。"

两个人各宽去长衣，迈步来到房外庭前。秦太监也随着来在院中，看露禅和海川各站在一方，立了个开门式子，彼此相对，一拱手，齐说了一声请。海川一出手，使了个推山入海的式子，左掌向露禅当胸击去。露禅看来势甚猛，如封似闭，化开海川的左掌，使个倒攒猴的招式，向海川的下路取去。海川一抽身，一个仙人脱窍，疾似闪电，已纵到露禅身后，露禅身法十分迅速，早把身躯转了过去。二人就在这庭中，各尽平生本领，一来一往，交斗起来。露禅施展出他那太极拳十三字要诀，绷捋挤按采捌靠静进退顾盼定，海川也施出他那八卦门中八字特长，是穿搬捷拦拧翻走转。两人走了约有五六十个照面，不分胜负，却把个秦太监看得呆了。露禅、海川全暗暗生了戒心，两人全累出了汗，可是谁也不肯先住手。在这胜负难分，不可开交的当口，秦太监霍地跑到他俩中间，两手一分，把他两个隔开，哈哈笑道："你俩均称得是劲敌，今天却饱了我的眼福了，就此住手吧。"露禅、海川停住手脚，回到房中，重又各分宾主坐定，两个各自惊佩。海川这时也方信露禅太极名家四字，外人所言非虚了。从此两人便成为知己之交，往来过从甚密。

驼叟在镖局中，听孙能深口中说出杨董较技之事，驼叟听罢，忙道："露禅太极功夫不消说，我是晓得的，这董海川八卦门功夫，听你这样说来，称得是空前绝后。"能深笑道："他的八卦门功夫，当然可以说是绝无仅有的。"驼叟道："这八卦门功夫也和咱们形意门是同一样的，他们八卦门也是内家拳，有人说八卦门是张三丰传下来的，此话却是不对的。"能深道："京中也常有人说，他们八卦门是张三丰祖师所传，我便向他们纠正说，这乃以讹传讹，八卦门并非张三丰所传的。"驼叟道："他们八卦门中最出名的，除了八卦掌以外，说兵刃即属他们门中那八卦神枪了。"能深道："我听海川说过，他们门中连八卦神枪，系分上三枪，中三枪，下三枪，共是九枪。他们这套枪歌，我还记得。"说至此，便念那八卦枪歌道："八卦长枪扎九州，扎到江边水倒流，虽然不是斩龙剑，神鬼见枪也发愁。上三枪插花盖柳，下三枪孤树盘根，左三枪乌龙摆尾，右三枪大蟒翻身，上扎掤下扎搭，中平枪向外举，上有圈枪为母，下有封避捉拏，枪响往里进，枪空往外拔，有人学会此枪法，万马营中全凭它。"驼叟听能深一气把八卦枪歌念完，便忙笑道："不想师弟你这大年岁，居然记忆力尚不衰弱。难得这董海川倒毫不藏私！"能深道："不要看海川，我们相识不久，却是一见倾心，因此他到我这里，便和我彼此谈论功夫。"驼叟道："我听人言，八卦门兵刃里面，除去这八卦神枪外，还有八卦神钩，也是最负盛名的。"能深道："八卦神钩除了钩歌，有十二个招式，八字要诀。单说他那十二招式，是铁扇关门，一截二进，迎门推扇，黄龙转身，猛虎拦路，力托千斤，霸王开弓，顺水推船，鹞子翻身，推山入海，回头望月，上截下拦。他那八字要诀，是推托拎霍钩搂掤攒。他们这八卦钩行动起来，也同咱们形意门中的虎头钩相埒，也是那八字考语，随心所欲，变化无穷。"

驼叟同能深师兄弟一起东谈西扯，本来他们师兄弟多年未见，当然十分亲昵。能深特给师兄打扫出一间房子来，他也陪在一起。当日师兄弟两个，足谈了有大半夜，方才安歇。次日那维扬同魏良等师兄弟用罢早餐，便请魏良引他出去游逛。正在这时瞥见一个汉子走来，看这汉子生得獐眉鼠目，年纪也就三十一二样子，魏良师兄弟等人全把他唤作牛皮胡。魏良用取笑的口吻，向他问道："牛皮胡，你这时从哪里来，这两天可和什么名家过手来着！"这牛皮胡大拇指一竖，嘴一咧道："诸位怎的全同我取笑，爱叫我牛皮胡呀，怎见我胡老二是牛皮呢？"魏良等人笑道："你一跑来，便和我们说，不是同这个名家比手，便是和那个名家比手，可是我们一要和你走两趟，你便推三推四的。看来你不是嘴上的牛皮吗？"牛皮胡一颗头摇了两摇道："不是我不同你们比手，你们晓得拳脚是无情的，你们伤了我，固然是没有什么紧要。比如我要伤了你们，叫我心中怎样过意得下去呢。"魏良等人摩拳擦掌地道："比起手来，保不住谁伤了谁的，可是都没有什么紧要。你伤了我们，我们也埋怨不上你来，你又有什么过意不去呢。"说着，过去便扯他到院中去比试。牛皮胡把脖子一伸，晃着那颗头道："不用比手，你们自管打来，我决不还手的。"魏良等人笑道："你这是老把戏了，我们一要同你比手，你就是这套言语的，还怪我们把你唤作牛皮胡吗？"牛皮胡脸上微觉一红，忙又把头一摇道："我同你们过手，就是谁赢了谁，又怎么样呢？就拿方才来说吧，我到肃王府去看一个朋友，正遇上了那董海川的大弟子尹寿朋，他非和我过手不可。我一见推托不开，便陪了一趟。"牛皮胡话未说完，魏良等笑着插口道："尹寿朋败在你手下了吧？"牛皮胡把头摇了两摇地道："败却不曾败的，他和我走了个平手。"将说到这里，镖局的一个厨夫走了来，一眼看见牛皮胡指手画脚，说得正在兴高采烈，便轻笑了笑道："胡二爷才来吗？那天我在天桥，看您叫人家一个练拳卖药的，一拳打倒地上，您没有伤筋动骨吗？我看那天却把您跌了个正着。我见您四脚八叉躺在就地，半天方才爬起。"牛皮胡面色一红，头摇得和拨浪鼓也似，连连分辩地道："我向来不到天桥去，你定是看错了人了。就是我去天桥，也不去同那走江湖卖药练艺的过手呀。"那厨夫笑了两声道："我又不是睁眼瞎子，那天我看了个千真万确，没有错误的，不是您又是哪个。"说得牛皮胡那张脸就和大红布相似，一直红到耳后，立时窘态毕现，嘴里还强辩道："您一定看错人了，绝不是我的。"那厨夫却也故意和他为难道："没有错，我决不会误认人的。"招惹得魏良师兄弟等，连同维扬，忍不住哄堂大笑起来。牛皮胡的面皮像下了染缸一般，越发红胀，羞容满面的，便过去扯了那厨夫，要同到天桥去对质。正在不可开交，忽见一个镖客从外走进来说道："董老师带了尹寿朋师兄，爷儿两个来了。"众人听了，忙跑进禀报孙能深。就看牛皮胡一听海川带尹寿朋到来，立时局促不安起来，忙把手松开，也不顾同那厨子纠缠，早一缩脖子，溜出了镖局，能深已从里迎了出来。此时海川同尹寿朋已到镖局门前，能深把他师徒让进里面。

驼叟一见海川，年纪比自己不过小个五六岁模样，当由能深给介绍了一遍，海川忙含笑道："听孙兄谈论我兄大名，我是久仰的。"彼此客套了一阵，宾主就座，这时仆役献上茶来，先给海川斟上，仆役回身复又去与驼叟斟茶。正在这当口，海川便双手捧了自家这杯茶，却去敬给驼叟，驼叟忙站起身躯道："这可是礼由外来了，董兄究是客人，哪有先敬我的道理？"说着便伸手去接海川手中的茶杯，谁知海川却要借此欲试驼叟的功夫究是怎样。趁了驼叟伸手接茶杯的当儿，海川右手拇食二指，已捏在驼叟左手命门之上。海川唯恐驼叟支持不住，彼此伤了面皮，只用了三四分力，见驼叟像是毫不觉得，当时不顾一切，又加了十成力，驼叟只提了一口气，面露微笑，仍是并不在意。海川大惊，就见驼叟当把左腕转了一下道："董兄请坐用茶吧！"驼叟这一转腕子，若换个本领平凡的，虎口早已迸裂。两人都是一惊，一看彼此全是无恙。海川松了手，回身入座。

在这言谈相让之间，两人的功夫虽未过手比试，可也都领略过了，彼此心中都暗暗惊佩。海川一回首，见尹寿朋尚站在身侧，便忙命他上前见了驼叟。随着魏良走了进来，把寿朋让到他们师兄弟房中，先与维扬绍介了。海川同驼叟能深三人，坐在房内，谈论些武功夫。驼叟和海川虽属初次相晤，谈来十分投契，大有相见恨晚之概。能深当留待酒饭，饭罢，又谈论了一时，直到更鼓声敲，海川师徒方别去。次日海川又命尹寿朋到镖局来，请驼叟同能深。当日驼叟、能深去到肃王府海川那里，盘桓到晚，才回镖局，一进门儿魏良迎头拿了个红柬套，递给了师父。能深接过一看，却原来是河南马三元师兄的请求。这马三元今年正是七十整寿，能深看罢，便忙问道："你马师伯的这请柬是谁送来了的？"魏良道："是他老人家一个徒弟姓李的送来的。据来的这李师兄说，他们师父今年虽是七十整寿，并非专为作寿，不过借此同诸位师伯师叔欢聚几日。李师兄临行时，还再再地和我说，请您务必届时亲去呢。"驼叟在旁听到这里，忙向能兴道："这样看来，马师兄的请柬定也少不下我的。"能深尚未开言，魏良忙道："我问了有的，据来的这李师兄说，已另派人顺便给您把请柬送进川中去了。"驼叟向能深道："你看他寿辰的日期是哪一天？"能深看了看柬儿，忙答道："早着哩，七月十六日，还有一两个月呢。"驼叟听了，自想只得在此多留些日，俟到了马三元寿期，同能深到河南与他祝寿，再从河南起身回川。与马三元师兄阔别多年，今正值他七十寿辰，当然是要去盘桓些日，以倾积愫的。能深却也是决意亲往，驼叟自此安心在能深这镖局住了下去，静候马三元寿日期近，以便结伴去豫。驼叟与师弟在此时偕逛京城，纪维扬每日挽了魏良，也到各处游逛，京中各繁华所在，差不多足迹全已踏遍。

这一天能深陪驼叟将要出去闲逛，忽见魏良带了个家人模样的汉子走了进来。此人风尘满面，见了能深，纳头便拜。能深仔细朝他望去，乃是好友闻郁文的家人陈升。便问道："陈升，你可是从你主人原籍浙江来吗？你家主人倒还健壮吧。"陈升面色哭丧，连忙答道："小人家主回籍没有好久，即染病下世去了。"能深一听老友谢世，不由黯然。那陈升又道："小人家主下世后，家主母带了少爷小姐，守了原籍那几亩水田度日，倒也相安。谁知祸从天降！……"

能深没待他说下去，忙惊问道："你快说，出了什么事了？"陈升道："家主故里位居浙东，近几年盘踞了一伙土豪，平素专干那打家劫舍勾当。在上月初间，我家小姐无意中被那土豪徒觑见，先派人来提亲，要娶我家小姐做他的夫人。我家主母哪肯把小姐许给那土豪呢，当时不顾利害，把来的那人骂了出去。那人回请一说，却把土豪招恼，第二天便又派人拿了彩礼，硬给家主母撇下，说三日后迎娶。家主母见匪徒去后，同了小姐、少爷娘儿三个抱头痛哭。"能深忙插口道："匪徒这等行为，怎的不报知本地官府呢？"陈升道："这土豪就是报告官府，也不济于事，反倒徒招匪徒们忌恨，反而全家性命都要不保的。"能深道："你家小姐究叫匪徒们掳了去没有呢？"陈升道："有财有势，本是秘帮，匪徒们丢下彩礼，说三天后迎娶。主母娘儿三个痛哭了一阵，主母原打算带了小姐少爷离家躲避些日，哪知匪徒们却早防备上了，恐主母们脱逃，早暗地派下党羽，所有村中左右出入道口，都已密布，逃是逃不脱的。主母娘儿三个没活路，三番两次

90

要悬梁自缢，都被方近邻舍苦苦拦住。一眨过了三天，毫无一些信息，后来一探听，恰巧这土豪在这时背生恶疽，故此不顾来掳我家小姐。主母们听了信息，很是庆幸，可是匪徒们派的党羽仍密布在各道，并未撤去。又过没几日，匪徒们又派人来送信息，说匪首背上恶疽渐告平复，不过尚未收口，喜期改为八月。主母听了这信，又焦急得痛哭起来。小人心想八月还有两三个月日限，便同主母商量别无他法，特远道来京求您搭救。家主在日，与您交称莫逆，想您决不能袖手的。”

孙能深想了想道：“我当然是不能袖手的，我先问你这土豪有什么可畏？他手下人有多少？他们本领怎样，你可晓得？”陈升道：“他们一伙不过百余人，别看他们有百余人，不过就是他们几个会舞几套枪棍，其余都是不会的，只是恃着有些蛮力，勾结盐枭恶役，随伙鬼混罢了。”能深把首点了点，吩咐魏良领他下去休息。

驼叟问：“这陈升的家主闻郁文是何等人？”能深道：“他主人系是前在漕运督衙中充文案师爷，人品很是和蔼可亲，没有一些官场中的臭架子，我俩很是要好。谁想他丰才劣运，中年死亡了呢。”驼叟向能深问道：“看来你必得亲走一趟吧。河南马师兄寿期，恐不能分身前往了。”能深道：“照方才陈升所说那伙土豪不过都是平凡之辈，却倒不足虑。若不是师兄寿辰，我却要亲走一趟吧。现因马师兄寿辰在即，不能再分身去，我想命魏良师兄弟中去个三四个，足可对付得了那伙匪徒们的。”驼叟道：“这却也是个办法，匪徒们既是本领平庸，他们师兄弟们自然足可对付得了的。”

能深便把魏良师兄弟等人唤进，除了魏良外，又指定了两个徒弟，吩咐他师兄弟三个明晨同陈升起程，去到浙东，又嘱咐他三个到那里却要小心从事，万不可鲁莽。魏良等三个唯唯听命，听师父把话交派完毕，方慢慢退出，魏良又走了回来，能深看了，便问他有什么事，魏良嘴干动了两动，并没说出什么来，却把两眼望着驼叟。驼叟一转首，瞥见房外维扬身子一晃，忙又抽身退了回去，又见魏良这种神色，心中早明白八九。便道："你是来代维扬说项的吧？大概维扬听你们师兄弟三个，明晨起程去到浙东，他心里定痒痒的，也想同你们去，特求你来和我说是不是呢？"魏良笑了笑，驼叟道："他既愿同你们去，我不便拦他，就叫他随你们去吧。"维扬隐在外面，听师父允许随同去浙东，心中大喜，这时又听师父命魏良把他唤了来，维扬不待魏良走出，早大迈步走了进去。驼叟见维扬走来，便道："你既愿同到浙东也好，我同你孙师叔已定于四五日间，去河南你马师伯处，你同你这三个师兄师弟，到浙江把事办完了，你到你玉娥师妹处候我，再一起回川。"维扬唯唯应诺，能深道："维扬同去甚好，他年纪还大些，自然比魏良师兄弟们老练。"旋即驼叟又交派了维扬一遍。

次日破晓，维扬拜别了师叔和师父驼叟，同了魏良师兄弟四人，随陈升离了京城。向浙东进发。维扬四个都不惯乘车，全是步行。陈升虽不会武功，却正在壮年，脚下也是很健。朝发夕止，渡水过山，这天已入浙境，陈升道："明天总可到的了。"当日路间投了村庄一家店中歇下，陈升便拟先行下去禀报主母知道。天将三鼓，陈升别了维扬四人，头前去了。次日维扬师兄弟四个离了这家村店，健步如飞向前行去。天将至午，已近山下，转过一道溪岗，见涧声淙淙出松篁间，景致幽秀，转过一道溪岗，忽见山势大开，山峰矗立，眼前步入山中，见乱石杂错，歧路四出，穿崖翻巅。走了一时，越走越荒僻，时当夏日，遍山野花点点，五色缤纷，日光照耀下，越发娇妍动人，赏花玩景，不知不觉走了好久。忽闻一阵犹如铁马金戈声似，狂驰奔雷，音震山谷。魏良、朱贵、张文焕三个相顾惊讶，不由停住了脚步向四下望去。维扬在川中这种听音已是司空见惯，毫不觉奇，见魏良等惊慌神色，忙笑道："这乃是这山间飞瀑的声浪。"魏良师兄弟三个听维扬说罢，这才又举步向上行去，绕过一个山崖，果见一匹白练从上而下，阳光中晶莹夺目，飞沫四溅，俯视泉落处，平叠三四层，如万马结队，穿梁狂奔，声如雷鸣，至此不觉心旷神怡，立在崖下，看了一时飞瀑，一看日色已然偏西，不便久停，又向前行去。

维扬见走了大半日，未见人烟，猛然站住道："我们定是走错路了，我们虽知闻家是在这浙东笠泽山，柳树村，但我们也忘记问陈升详细路径。待我到顶巅看看哪里有人户，我们好去借问一声。"说罢，攀了峰下崖间藤干，猱升而上。魏良等看了大惊，连忙道："纪师兄仔细些，不要跌着了！"维扬生长蜀中，这不过是他的惯技，哪里在意。陡壁半天的山峰，矫若猿猴般攀上去，就见维扬愈来愈小，没有一袋烟的光景，早到了峰巅。魏良在峰下等了一时，看维扬仍又援藤踏干而下，向朱贵等道："峰上面四下望去，只见烟岚四封，一些也看不出路径来，我们还是走向回路，出了这山，再打探去柳树村的道路吧。"魏良、朱贵等一想，也只好如此，便回转身躯趑向来路，其实这山中的歧路四下交叉，他们早模糊了来时之路，而却又岔到了另一股山道里。渐渐斜日西沉，山石色暗，虽在夏日，却似深秋，微微有些寒意。维扬等人越走越觉不对，寂静空山，不闻人声。兄弟四个整整走了一日，口干肚饥，看这模样已是迷了方向，今天恐不能转出山去。所幸他等随身裹带着干粮，毕竟还是维扬有些见地，看这情势，便忙说道："我们今天恐走不出山去，趁了天尚未黑，寻个栖止之所，明日再设法出山吧。"魏良等人一听，却也只好这样。这才在山坎，寻一平坦之处，师兄弟四人围拢着坐下，拿出随身带的干粮，先去跑到涧前，捧了些山水饮了一气。这山涧中的水倒还甘洌，饮罢，胡乱地吃了些干粮，算是聊把饥肠充了。这时举目四望，山色向暮，大地上黑幕罩笼下来，耳听山谷回声，仿佛有虎狼声啸，令人不寒而栗。

维扬等四人走了一天，全已疲惫，虽睡眼欲瞌，但在这山林之下，强打精神，不敢熟睡，唯恐虎狼噬伤。夏日夜短昼长，一夜容易度过，他师兄四个背倚树干间，南天北地地闲磕牙，不知不觉东方已然微明。晓雾重重，迷漫山间纵横缭乱，树石不辨，又一时旭日上升，顿时雾开色霁，全山野花芬芳袭鼻。魏良始觅路下山，曲折往外走。走没好远，山路忽然宽阔，一时绕到半岭，方隐约听得人声。顺了声音走去，一眼瞥见挨近崖傍路侧一家野店，酒帘树间，茶棚竹下，维扬师兄四人见了拍手喜道："这却不怕了，我们去问一问去柳树村的路径吧。"

第五章

浮罗子观光得剑

　　四人正从野店茶棚下来，一个年逾古稀的道士，鬓发如银，颔下一缕白色胡须，被山风吹得根根飘起。这道士头上挽了一个道髻，穿了一件蓝色道袍，腰间悬了一口绿沙鱼皮古剑，脚下蹬了一双黄色挖云缎子鞋，别看他偌大年纪，行在这山路中，脚底下强健异常，并不觉吃力，望去体质却就和二十许壮丁也似。一时走至近前，和维扬等四个挨肩而过，无意中微碰了朱贵左臂一下，但觉一阵麻木酸疼，暗忖这道士却有一把蛮力。维扬忙回转身去，喊住了这道士问道："请问道爷，我们去柳树村，可是这股道路？"就看这道士转回身来，朝了维扬师兄弟打量了一遍，扯了洪钟般的声音，反问道："你们到柳树村谁家去呢？"维扬面貌虽粗鲁，心里却还精细，听这道士这么反问着，心说：这道士莫非是那伙土豪们的同党吧？仔细又向道士面上望了望，看他道貌俨然，蔼然可亲，是个年高忠厚长者，决不似歹人模样。这才答道："我们到柳树村闻家的。"这道士听了，二目转了两转，又问道："你们是从何处来的呢？"朱贵在旁听他这寻根究底的，心中早老大地不耐烦起来，向维扬一使眼色，意思是不叫维扬再同他啰唆了。维扬并不在意，便向这道士答道："我们从京城来的，

95

请问道爷，去柳树村究是这股道路不是呢？"不料这道士问了半天开篇，此时维扬向他这么一问，忽看他把头摇了两摇道："我不过晓得柳树村这个名字，至于路径，我却不晓得的，你们再问别人去吧。"维扬看他问了个底掉，却原来他也不晓得，枉费了半天唇舌，不由心下有些火起，将要发作他几句。正在这时，忽听山谷回音震耳，小店茶棚之外，一人道："小人寻了一早晨，四位爷却在此处了。"维扬顺声看去，见陈升从野店茶棚下转了出来。维扬撇了那道士，迎了上去。陈升忙道："小人昨日不曾把路径说明，四位爷迷了路了吧？"维扬便把昨夜迷路在松下休息一夜的话说了。陈升连忙道："都怪小人一时粗心，忘记说知路径，害得四位爷在这荒山间屈尊了一夜。此地离柳树村并不算远，小人在头前给四位爷带路。"引了维扬向上行了去，转过这家野店山路忽仄，径似羊肠，山峰当前，五人直上了绝顶。维扬等武功全有根底，尚不觉怎样。那陈升早已汗流浃背了。转到绝顶那旁，忽见一座石洞现于眼前。陈升道："过了这座石洞，路即平坦了。"转向下行去，左转右绕，下了这座山，望去固是平原了。又走了一程，前有柳林。转眼穿过柳林，耳闻鸡鸣犬吠之声，但看短篱参差，竹木掩映，微露一层一层屋角，山村已是在望。

这柳树村不过寥寥几十家，四外阡陌连亘，交错不辨。进了这村口来，到迤北一家篱门前，陈升停住脚步道："四位爷请吧，到了。"维扬、魏良、朱贵、张文焕四人见已来到闻家，便随陈升步入篱门。门内是一片广有亩许的坪场，里面方是院墙，进了二道院门，方见院宇，陈升便把维扬等让进客房中。连忙去回禀他主母闻夫人知道。浙东民俗向来淳厚，男女界限甚严，到如今还守了那男女授受不亲的古语，陈升出了客房，走到屏门外立住，轻轻弹门喊了两声，不一时走出一个女仆，陈升向她说了两句。那女仆又返身走进，陈升这才转身来到客房，给四位客人备茶。工夫不大，把茶泡来，按位敬上。旋闻女仆把陈升唤入内宅，良久，听一阵脚步声响，陈升当先奔来忙道："家主母出来了！"维扬等望去，看闻夫人年已五十余，一脸愁容，扶了一个女仆走来。陈升忙给维扬等引见了，闻夫人忙道："为我家事，劳诸位远路来此，老身我真感激到万分。"旋又问候孙能深镖头，由魏良一一代答，闻夫人已听陈升口中说知孙镖头与驼叟，各派弟子前来解难，便忙又向维扬等称谢，旋又道："诸位远路劳碌，夜来又在山中坐了一夜，想已很是疲惫，用了餐休息休息吧。"命陈升吩咐厨下预备酒饭，跟着细说土豪近情，回转后面去了。

维扬等在闻家住了几日，闻夫人十分款待，陈升却也很是殷勤伺候。在这几日中，当地土豪党羽，每天还不断地在这里盘旋。维扬等四个守在闻家不便出来，依了朱贵，便要去寻那些匪徒拼个上下，维扬忙拦住他，说："万使不得，我们虽知匪徒全是平庸之辈，我们初到这里，头一宗山中路径不熟，第二宗匪徒在山中盘据多年，山路定是娴熟，我们若鲁莽从事，打草惊蛇，匪徒逃匿山深处，我们如何去寻。在此固无关紧要，我们若不走，救不了人家，反与匪徒结上仇恨了吗？好在还有十几日就到了八月中旬了，至时匪徒来时再看机行事。"魏良点首说："师兄所见甚是。"四个壮士代守门庭。却是出乎意想之外，在这日期还有两三天中，匪徒们不但信息毫无，而且各道口匪徒布的党羽，也都不见了。转眼间又过了几日，已逾了匪徒所定日期，维扬、魏良每天摩拳擦掌等待匪徒来时厮拼，一天挨过一天，匪徒索性连一些举动也无。

这天早餐后，看陈升从外走入，满脸喜色，笑嘻嘻向维扬等说道："不劳四位爷费手脚了，那伙山上的匪徒，已杀的杀，逃的逃，全完了！"维扬等忙问道："你这是从哪听闻来的，但不知甚人把匪徒们除掉了的。"陈升道："外面纷纷传说，方近全已知晓，据说在中秋节前十几日，算来即是四位爷和小人将到这儿那几天的样子，在那山根忽发现一位皓发的老年道士，腰间悬挂了一口长剑，外貌看来很像是个方外侠士模样。这道士逢人便探问山内匪徒的行径，匪人眼线很多，人们半吞半吐都不敢和他从实说。在两日前，有人到山外樵柴，忽看那老年道士从山中步出，向了那些樵柴人道："你们这儿从此是高枕无忧了，这山中匪徒的巢穴，已被焚烧尽了，匪徒们也都杀的杀，腿快的已逃的逃了。"那几个樵夫哪里肯信，看那道士把话说完，扬长地走去。第二日便有几个那胆量大的樵夫，结伴冒险到山里，要看个究竟。到得山中只嗅一阵腥风扑鼻，看匪徒们依山起造的房子，果然成了一片瓦砾，匪徒们尸身也都被火烧剩了一堆堆的焦骨。维扬忙失声道："听你这样说来，定是我们在山中探问路径的那个道士无疑，看他那形象，决不似那平常道士可比。"朱贵忙接道："匪徒们决是咱们遇见的那道士给结果了的，记得那天，他无意中，微碰了我左臂一下，忽地就觉一阵酸疼微肿，当时我几乎叫喊出来，便要和那道士翻脸。又一想我们练功夫人，被人家碰了碰，就忍受不住了，唯恐落了师兄的笑话，所以吃了个哑巴苦了，没有发作，忍了下去。此时我这左臂还有些微痛呢。"陈升道："小人也想了起来，你四位向那天爷道士探问路径，小人也隐约约看了他个后影。"又道："待小人去禀报我家主母知道，我家主母也就把心放下了。"说着，走到屏门外，喊出仆妇，把那些匪徒已被人结果的话，向那仆妇说了，叫她快去里面禀知主母。闻夫人听了，心中一块石头方才落下，自是十分欢喜。

维扬、朱贵等四人看匪徒已除，便要向闻夫人作辞。闻夫人恳留宽住数日，以防后患，又命陈升引导四人在本地方近山中赏观山景。维扬等见闻夫人情意恳挚，心想，再多留两日，却也无关紧要。当日由陈升引导，向山中游去。是日天色微阴，转入山中，见峰横云上，树乱山间。白云飞悬，迷漫一气，两旁悬崖树木，若有似无，维扬、朱贵看了较来时经过的那山的景象，却又不同了。将行到半山，忽闻殷殷雷声，音起西北折而向东，猛然见黑云一片，犹似墙形，随风而至，电闪下耀，雷声已近。陈升大惊，忙扯维扬等道："四位爷快随小人寻个避雨之处吧。"说着向前跑去，维扬等随在身后，攀萝拨榛，朝上跑了约有半里许，瞥见上面有一座小亭，来到亭中，喘声甫歇，看四外皆云，身如在半空，俄而风声大吼，若万马奔驰，木石皆动，移时大雨滂沱而下。山谷声响，犹如击鼓，云山烟树，历乱眼前，目观此景，耳聆雨声，不禁胸襟爽然。雨止时，维扬等鼓着勇气，兴致勃勃，续进游山。玩了一时，朦胧山间，触石皆云，卷舒荡漾，或聚或散，浓淡相错，纷纭变幻，顷刻万状。陈升说道："不知不觉，天不早了，该向回道了，四位爷想都已饥饿了吧?"魏良也向维扬、朱贵催促道："师兄我们游了大半日，真该转向回道了。"维扬把首点了点，仍由陈升在前引路，逶向山下行去。所幸陈升熟识路径，一时到了下面，见适才那阵山雨，地下却无一些积水，在这万籁俱寂中，只闻泉流声松涛声震荡耳鼓。转出山嘴，将穿到柳林内，猛然听张文焕哎了一声，维扬始听了，忙回首一望，却是这林中一棵枣树上的残余枣子，被风吹落，恰巧落在他头顶上。张文焕兀地一惊，不由呵哎了一声，一低头看是个鲜红大枣，不顾许多，弯身拾起，忙送进口内，维扬等忍不住笑了起来。穿过这片柳林枣木丛中，回到闻家，晚餐早已预备好了。

　　维扬等又在此游览了雨日山景，才作辞分道上路。闻夫人诚意恳挚特赠资斧，维扬等人哪里肯受，只拈一锭银，聊以示意。维扬等离了闻家，彼此分途相别。魏良等三人回京复命，维扬一人独行奔往襄阳，不是一日，已渡过长江，进入湖北地界。走过了省城，这天来到地名唤作梨子村，不想贪走了些路程，错过店口，身已入乱山之中。只可健步飞行，心想转过山去，定有村庄，哪知山势连绵，过去一山，又出一岭，越走越深，一时晚霞西射，映照着大半山，均成一片红色。维扬走了些时，心中暗道："看这光景，又同前走着山一样，今晚恐又要栖在此山里面。"肚内这样想着，看眼前山路益觉陡仄，步至山腰，绕过一个山丛，暮色苍茫中，遥望竹树环拥，黄英纷披，由花梢丛隙间望去，隐隐露出半段红墙来。维扬看了，忙提起脚步，分花穿竹，走到红墙近前，却是座破瓦残垣的废庙。这时夕阳西沉，二三星斗微露光芒，庙外匾额年久得已看不出字迹。进了庙内，院里松柏参天，荒草没膝，两厢殿早颓败得不成模样，正殿虽已残毁不堪，门首却还尚在。提步走入，天光还未大黑，看殿内只余中间三位神像，可是也残坏得看不出貌相来，那两旁偶像却已残缺得东倒西歪。维扬看神像下面，有一面土台，微把土台尘垢掸了一过，解下随身包裹同兵刃，俟身坐下，心想权且在此忍耐一夜。维扬这次却未随身备有干粮，好在练功夫的人，挨上一顿饿，倒也不觉怎样。坐在这面土台之上，四顾悄静，但闻外面风声草声，不觉寒气袭人，毛发根根竖立。维扬不由打了个寒战，便站起把殿门掩上，回身盘膝坐下，闭目阖睛，待天明上路。一阵神思昏迷，竟自呼呼睡去，猛地听得殿门咯吱吱乱响，立时把维扬从梦中惊醒。一睁眼只看见一道闪灼的光芒，从上直射到殿里墙角之下，忽地一惊，一抬首，原来却是上面坍塌的一个瓦盆大小的窟窿，月光从此穿入。猛听殿门又咯吱吱响了两下，凝神侧耳仔细听去，好似野兽前爪，抓搔殿门的声音。

维扬暗忖，在这荒僻无人的深山中，难免夜间有野兽出没，慌忙把随身包裹和单刀斜系身上，把刀拉出鞘外，坐观动静。正在这时候，两扇残旧不整的殿门，呀的声开了，定睛看去，黑魆魆跳进一个三尺多高毛烘烘的东西，看不出什么形象。维扬觑那东西跳到自己身边，忙举刀一挥，刀光一闪，向那物砍去。那物身子十分灵巧，一转身迅似闪电纵出殿外，维扬随着也窜了出去。月光之下一看，却是一个猿猴。那猿猴见有人追出，早三跳两跳，跑出这座废庙。及至维扬到在这废庙外，他早逃向竹丛乱石间跑去。维扬不再追赶，仰首看残月西斜，北斗星耀，不霜而凄，天光眼看将明。维扬自忖到山岭去望日出，却也有趣得很，便离了这座废庙，转向山上行去。走了约有三四里，来到一座小山绝顶，寻了块山石坐下，但觉凉风习习透骨，引颈东望，鹄候日出。不一时，东方忽现一月痕白色，转瞬白色渐高渐淡，候又变成黄色，黄以渐高，而成红色一片，红色随又渐高，红光尽处，又转淡而成白色，白又变黄，黄又变红，如是数十次，方吐一线线于苍茫间，候而半规，候而全轮，形色光华，瞬息千变，维扬连喊有趣有趣，又移时，霞彩化而为光，至此却不能正视，只见光中荡漾，有如冶金，不晓是日色动摇，抑是日光迷离。维扬观看良久，向山下行去。一眼瞥见前面人影一晃，看背影却似前山所见的那个年老道士。维扬想这道士决非庸凡之辈，想赶上前去，问他究是怎个来头。肚内这样寻思，脚下越发如飞赶了去。再看那道士，已转入路间林丛中。及至维扬赶进一簇一簇竹树交荫里，陡觉竹木交错，阴森迫人，途径曲折，那道士已走得失了踪迹。维扬穿进竹丛以内，叶干遮蔽，不见天日，只听水声汩汩，亦不辨水声所在，时时由蔓叶疏隙处，窥看悬崖下，青苔岩绿，翠色欲滴。维扬一口气走了三四里路，方出了这簇竹荫已到在山下，再看那道士，业已绕过山嘴去了，维扬急于欲问那道士来头，哪里肯舍，两步并作一步望前飞奔。一时之间，转出前面山嘴，前面却有四五股岔路，不晓那道士转进哪股岔路中去了。只得作罢，不便再赶，慢慢走入中间路中。过了一小道梁，看稀落落有几家人户，维扬饿了半天一夜，肚皮早已饥渴交迫。便寻了家野店，胡乱吃了些食物，休息了一时，又向前赶路。

不到两三日，来到襄阳。维扬这日天方过午，即到了襄阳，照奔往王家他师妹玉娥处。来在王家门前，瞥见那王家的老家仆王成，无精打采地坐在门内一面机凳上，仰了那张苍老的面色，默默望着天空。维扬走进，他好似不曾觉得，维扬看他这老气横秋模样，便向他招呼了一声，王成一惊，忙转过首来，抬了手把那双昏花眼拭了拭，这才定睛向维扬看去。苍老面皮露出一丝喜纹，哎呀了声道："纪大爷从川中来的吗？恕老奴上了几岁年纪，耳目全已不中用了。我家外老太爷没有来吗？"纪维扬略说行程，随又命他里面去禀知主母玉娥。王成竟先长吁了一口气道："纪大爷早来一时，还见得着我家主母……"维扬未待他说完，忙问道："你家主母到哪里去了？"王成昏花二目，含了泪点，喑哑的声音答道："闭门家中坐，祸从天上来，这两句话可以说应在我家主母身上了。"维扬一听大惊，急于要问个仔细，忙道："又出了什么祸事，你快说，你快说！"

王成声音哽咽继续说道："说来真是祸由天降。我家少主人，今天清晨同了他那书童来福在门前闲站，看走过来一个独臂怪人，一脸横肉，相貌生得很是凶恶，打扮得非僧非道，不村不俗，这独臂人走近我家少主人身旁，向我家少主人望了望，一弯他那单臂，由怀中掏出一个小包儿来，打开包儿托在了手内，向了我家少主人和来福面上吹了去。只嗅一股异香扑鼻，立时迷了本性，随了那独臂人身后跑了下去。出了城，到了河堤僻静所在，把来福捆在了一棵树上，那独臂人带了我家少主人，觅舟渡河，奔往樊城而去。工夫不大，来福清醒过来，破了喉咙一喊叫，便有行人看见，忙过来把绳扣解去。来福忙跑回来，禀报主母。我家主母只守了王家这一脉根苗，如今平空被那独臂人拐了去。听了这消息，哪有不急的道理。便也不顾许多，忙束扎利落，带着挂了多年久已不用的那口锋刃双剑。临行时，紧皱二眉，向老奴说，按情理来说，我这未亡人是不能抛头露面，现今却不能顾及这个了。我此去寻见你家少主人便罢，若寻不着，我也就寻个自尽，无颜再进这家门了，你好好照应家中吧。老奴忙要去拦阻，主母已走出门外去了。"

维扬忙吃惊道："你家少主人被那独臂怪人拐去，此时定走不甚远，待我赶上你家主母，一同追了下去。"立刻解去身上系的那个包裹，递给王成手内，问明去向，迈步出门，大踏步去了。出了襄阳城外，来到岸前堤上，见河中往来船只如梭，急忙间喊过了一只船，船夫拨船近岸，维扬跳了上去。船夫举篙点入水中，船渐渐已泛到江流，一时来到彼岸，维扬付过渡资，直往樊城跑了去。将到樊城城楼前，一眼却又看见到那年老道士正顺了城墙根，向北行着，相距不过两三箭远近，维扬再顾不得："道爷，道爷！"连喊了两声。那道士像是不曾听见，举步走去，维扬因急于要寻师妹玉娥，追那独臂怪人，见道人太难跟缀，照直走进樊城去了。维扬走进樊城，到在了街市正中，逢人打听，因那独臂人形容太怪，向了个小贩一探问，这小贩忙道："不错的，在晨间有个独臂怪人，带了个八九岁孩童，从这里经过向北行去，大约是出了北门。方才还有个斜背双剑女子，也在这儿探问那独臂人的行踪。有人告了她，那女侠急忙地追赶了下去，那独臂人看那模样，定是拐子。"维扬探问明白，不顾向他答腔，急忙向这小贩道了一声谢，匆匆转身，也奔北门赶去。

出了北门，沿途探问，一气跑了有十余里路，一眼瞥见一个妇人迎面走来。渐行渐近，就看这妇人一身青色短服，头上青帕子罩额，额前结了个蝴蝶扣，右肩侧隐隐斜露了尺余长剑柄。心中暗想，走来这妇人，看模样十有八九是我那师妹玉娥。一转眼间，那妇人已走至切近，维扬看去果然是师妹玉娥。就见玉娥面庞焦黄，额间汗流如注，口中喘息个不歇，维扬将要开口招呼，玉娥张皇四顾，也看见了维扬，忙道："哎呀，可好，纪师兄来了，我爹爹他老人家呢？"维扬忙答道："师父从京到河南去了。"玉娥心急似火，不顾细问，忙向维扬道："我家金哥被一个独臂怪人拐了去，师兄你快帮帮我，你大概也听说了吧？"维扬忙道："我已听王成说了，故此特赶了来，不知师妹可曾追上了那独臂人没有？"玉娥泪眼汪汪，紧皱二眉道："追是追上，怎奈那东西本领十分了得，别小觑他是一只单臂，我同他交手，险些丧在他的一条七截鞭下。"维扬忙问道："师妹可曾看见了金哥？"玉娥说道："不曾看见的，那厮却原来就在前面那座三清庙中，他定把金哥藏在那庙内。我既斗不过那残废人，夺不回来金哥，这便怎好？"说到这里，早哽咽不能成声，泪痕满面。随又说道："既夺不回金哥，我也就要寻个自尽，无颜再进家门！师兄既来，我总算尚有一线希望，但是我师兄妹两个，恐怕也不是那残废怪汉的对手，到此田地，说不上许多，同他拼了性命，再厮斗一场。"维扬忙道："师妹何必先自气馁，那残废怪汉本领就是怎样厉害，

104

师妹请放宽心，今日总要把金哥夺回来。"将说到此处，忽听路旁树林之内一人扑哧笑了一声。玉娥同维扬忙转首向林内望去，但见浓林深密，静悄悄并无一人。玉娥心急如火，不遑寻索，维扬也是急于想把金哥夺回，所以听树林笑声，一望无人，也就未在意。玉娥忙回转身躯，引了维扬，朝三清庙走去。

　　走了约有里许，看从树干丛隙处，微露出半段红墙。玉娥手一指道："那即是三清庙了。"来到切近，看这座庙只有一层殿宇，规模虽不大，庙貌很堂皇，朱红色两扇山门，上面悬了块黑底金字横额，上书"三清庙"三个大字。玉娥、维扬师兄妹俩已到庙前，回手各把兵刃亮出，迈步就要闯进庙去。恰在这时，忽听庙内脚步声响，看是走出一个四十向外的道人。玉娥停住莲步，一摆手中双剑，娇声喝道："恶道，快去把那独臂怪人唤出！"这道人向了玉娥打量了两眼，又望了望维扬，这才慌忙答道："女侠士问我那不成才的师弟吗？他领了个孩童，已然走去，适才在庙外，同他厮拼的大概就是女侠士吧。"玉娥听他说那独臂恶人已带儿子走去，怎肯相信，也不顾向他作答，举剑直奔这道人挥去。维扬忙拦道："师妹先莫伤他，待我问他个仔细。"玉娥一听，忙把手中剑停住，转身闪在一旁。维扬走向前，问这道人："你说那独臂恶人是你师弟，你必是和他一党。"

　　这道人听了维扬这话，长叹了声，答道："侠士哪里晓得，小道虽同他是一师之徒，因他自幼行为不端，我的师父未羽化前，就把他逐出庙外，所以我们师兄弟已断葛藤，有二十余年不曾见面。今天他改装俗家，忽然领个孩童走来，想在此歇一歇脚，不料尚未坐稳，大约就是这位女侠士追了来。我同他别了这些年，真不知他练了一身好本领，可是他一只左臂不晓何时断去。他听女侠士追来，立时走出这庙外，不一时趑回，向我笑那女侠士险一些被他丧掉性命。我看他这不尴不尬的行径，料他决非好路道，想那孩童定是他拐骗来的。我曾劝他给人家把孩童从速送回，万不可干这伤天害理的勾当。他不但不听，反倒怒狠狠地负气带那孩童走去。小道所说俱是实言！"

维扬、玉娥听罢，怎能相信，喝道："贼道，休要巧语花言欺骗我们！"维扬右手一扬，举刀向他砍去。忽眼前一闪，疾似鹰隼，从庙外松柏树上窜下一人，正落在维扬身旁，一抬手恰把维扬右臂托住。维扬立时不觉大惊，把刀撤回，定睛向这人望去，非是别个，正是适才一进樊城时，看见的那个长髯道士。就听这道士洪钟般声音道："不可伤他，这位大师父所说的一片言语，大约不会假的。方才贫道坐在那路旁林中歇息，你等所说的那独臂怪人，从头至尾，贫道全已听明。"维扬忙道："我们师兄妹立在路上说话当儿，猛然听路旁林内扑哧笑了声，转首望去，已不见踪迹，这样看来，那定是道爷你了。"长髯道士头点了点道："贫道在林内听你言词间，太把那独臂恶道看轻，所以贫道忍不住笑了一声。当时贫道离了那片树林，来到这儿，正赶上那独臂恶道，领那孩童，负气从这庙中走去。贫道本想追下去，救了那孩童，又恐你等到此不明究竟，错伤无辜，故此贫道隐蔽在树上，特意等候你等。"维扬忙道："那独臂恶人想走出不远，道爷既肯相助，我们一同赶紧追去，以便把我这师妹的令郎夺回。"道士笑道："你莫小觑那独臂怪人，贫道先把他的来历，和你说一说，你们就不轻敌了。他自离开了这庙以后，投在了鲁省茅山白莲余孽，叫什么炎山祖师门下，不但他练了身出色本领，而且熟识水性，又天生一双飞腿，每日能行五六百里，故此外人把他唤作飞单翅飞鱼，他断了那只胳臂，听说是同官兵交战时所伤，若非他会泅水，早丧了性命。近来不晓他师父炎山恶道又出了什么花样，派他到各处拍拐十一二岁孩童。贫道并非小觑你等，似你等脚程，恐追赶不上他的。他走出这庙，一定把那孩童挟在腋下，如飞地行了下去，此时恐是走出四五十里开外了。"

道士说罢这段话，弄得维扬同玉娥面面相觑，一时心中不得主意。这道士看她师兄妹俩这神色，忙向着玉娥说道："待贫道追了去，把令郎救回。今天是来不及了，明日定将令郎送回府上。"说到这里，便问明玉娥住址，由维扬代答了，这道士听罢，袍袖一拂，返身顺大路赶了下去。就看他脚下轻飘飘的，行走起来，十分稳快，一转眼间身影已渐渐隐没于树木丛处。玉娥看这道士去后，忙向维扬道："那独臂恶人既离开这里，难道我们就回去，静候这道人把金哥送回吗？无论怎样，我们师兄妹还是尽人力，听天命，追赶一程，绝不是听这陌生道人片面之词。"维扬摇了摇头答道："这道人确是大侠，我已领教过了，绝不是欺骗我们的，勿容我们师兄妹再去追赶了。这道爷明天既说准可把金哥救回，师妹请放宽心吧，不出后天，定可母子完聚。"玉娥听罢，忙问师兄："你怎么深信这道人言语，莫非你知晓这道人吗？"维扬便把这道士，怎样以一人之力，扫除山匪土豪，略略说与玉娥。玉娥听了，这才深信不疑，稍把心放下些，但这心下恨不得这道人一时把金哥救回，方才坦然。

此时日色垂山，晚霞斜射，大地渐已向暮，玉娥、维扬看天光已是不早，师兄妹两个便要想返襄阳，一转眼看这三清庙的那道人还站在那里，呆呆望着他师兄妹两个。玉娥、维扬忙向他告了一声罪，才返身离了这座庙，转向回道。及至渡河回了襄阳家中，却早已灯火万家。老仆王成看维扬寻了主母玉娥走回，心中略微安然了些，又看不曾把少主人夺回，紧皱两道苍眉，忙问怎的没把少主人救了回来。老仆王成因急于要知道今日可曾追上了那独臂恶人，是否见了少主人的情形，口里问着，一双昏花二目，不转睛望了主母玉娥和维扬面上。维扬忙把今日追赶独臂恶人，去夺金哥情况告知了王成，老仆听罢，才把心中悬了的一块石头，微微放下。玉娥回到家中，到了后面房内，除去头上帕子，解下背上双剑，理了理鬓间乱发，轻拭弓鞋落的浮尘，整了整衣衫，这才走出外面客房里，问维扬自家爹爹如何由川中去京的详情。师兄妹坐谈了一时，玉娥吩咐厨下，给师兄维扬预备晚餐，自己因急火攻心，却倒不觉饥饿。不一时，厨下给维扬把饭菜端上。饭罢，当晚维扬即留在王家客房中。这晚后面房中玉娥因怀念爱子，一夜未能成寐。暗思明日道人把金哥救回，尚不敢定，设若救不回，这便怎好？王氏门中只他这条根苗，从此王门绝嗣，叫我怎对得住我那九泉下丈夫。玉娥睡在床上，千愁万绪，涌集心头，酸辣苦甜，也不知是哪种滋味。想至焦点之处，流泪不止，直到鸡声三唱，她兀自还未把眼合上。少时天光大亮，已是次日。玉娥忙起了床，略为梳洗。直巴巴坐在房中，盼着道人把爱子救回。

天交正午，王成从外飞跑进来，边跑边喊道："主母快出来看，少主人回来了！"

玉娥听了，犹似天上掉下一颗活宝一般，忙莲步砰砰地跑了出去，看金哥站在维扬身前，维扬正向他问话。玉娥忙过去，扯住他的小手，拉到怀内，杏眼含泪说道："我儿你可安然回来了，把娘可真真急煞！"说着，便抬首看去，却不见那道士，忙地问道："我儿，救你那个恩重如山的道人呢？"维扬忙从旁插口说道："金哥说那道爷把他送到这巷口，即转身去了，好在这门儿距巷口没有好两步，方才我听金哥说罢，急忙追去，原想把那道爷请回来。谁知我跑到巷口，在这一转瞬之间，那道爷却已走得没有踪影。我想这道爷脚下如飞，怎能追赶得上，只得作罢，便忙又转回。"玉娥听维扬说罢，自忖道人这的行径，称得是神龙见首不见尾，决非那等闲的平常道士，足证昨日维扬所说他双手剪除恶徒之言，并非子虚。心中不但万分感激，而且简直把这道士看作了神人一般。

玉娥当时扯了金哥，同了师兄维扬，走进这外面客房之内，彼此落了座，这时老仆王成，同一些仆妇人等，见少主人安然回来，也齐拢上来，一时之间，房内全已站满。玉娥便问金哥："那道人怎的把你救回？"金哥头摇了两摇道："我也不晓怎么救的，我模糊记得昨天早晨我同来福站在门外，就看一个独臂怪人从怀中掏出一个包儿，打开包儿，向我吹了一口，就嗅一股异香，不由己的一阵昏迷，随了他走去，以后却就不晓了，到明白过来时，睁眼望去，已不见那独臂怪人，看是一个老年道士站在我身前，拉着我手，和我说那独臂怪人见了他已然逃去，我便央他把我送回来，他说此地离你家有百余里，你看天黑了，今日已晚，明天把你送回家去，他把我领到一家村店中，又给我买了一些食物。今天将一亮，就离了那店，把我背负在他背后，走起来可快得很呢。"金哥口讲指画说到这里，就看来福面上现出十分诧疑的神气，走向前问道："我昨晨嗅了那独臂恶人的迷药，怎么工夫不大就清醒过来，少主人是怎么了呢？"维扬笑着接口说："他那迷药定是对准你家少主人金哥吹的，你不过在旁微嗅进鼻内一些，故此你没一时就清醒了。"金哥又道："那道士今日在路上曾问我，可愿意学学武技？我说外祖和我娘都是好本领，我在家也真爱玩弄棍棒的。他听我一说，又问我外祖的姓名，我告了他，他听了，连说他同我外祖也很厮熟的。他并且又和我说，叫我回来通知娘一声，他很爱惜我，要把我带了去，教给我武技呢。"玉娥听金哥这谈，笑了笑，却也并未在意。但听金哥说这道人像同自家爹爹厮熟，暗想候爹爹来时，再探问这道人的姓名住址，将来决意带了金哥，随了自家爹爹，亲自登他那观门，拜谢人家搭救爱儿之恩。思索至此，又想爱儿被道人负在背上走这百余里，肚内定已饥饿，便扯了金哥，到后面房中去用饭。当日命他休息了一日，次日方令他到学中去。

玉娥原在家中，给金哥请了个塾师，即是由书童来福伴同他，金哥每晚同塾师宿在书房内，来福歇在这书房外间房中。在金哥遇难回来的第三日清晨，教金哥的这位塾师醒来时，一睁眼看那旁床上，不见了学生，想他定是起来到后面去了，却也未曾在意。一转眼忽瞥见房门仍旧好好在关闭着，不觉有些诧异，心想小孩顽皮，定藏在床下。忙披衣下地，拖了鞋，伛偻身躯，俯首向床下望去，也是空洞洞的。立时慌了手脚，开开房门，看来福还在蒙头大睡，这塾师两步并作一步地跑到他那床前，把来福喊醒，告他房门未开，金哥又不知哪里去了。来福揉了揉睡眼，一听塾师言语，兀地一怔，披了衣服，蹬上鞋，跑进里面房中，就见少主人睡的那铺床上枕被依然好端端放在那里，只是少主人不晓在何时失去。来福这惊非同小可，返身走到外间，开了这外间房门，如飞跑向各处一寻，各处不见，他又奔至后宅，一边跑着，一边喊嚷道："夜来不晓什么时候，把少主人又丢失了！"

来福这一喊嚷，惊动后面房内玉娥，听见丢失了爱子，立时惊慌失色，犹似冷水浇头。慌忙起床跑出房去，却也不顾许多，照直来到书房中，看那塾师拖着鞋，呆若木鸡地站在那里。此时维扬同男女仆役听了来福一喊，全已跑到书房之内，看果然不见了金哥，不由得面面相觑。这位塾师见主妇人等全已走来，连连摇头道："这可稀奇，房间好好的仍然关闭着，怎会就把人丢失

110

了？吾未闻之也，吾未见也！"玉娥无暇和他作答，跑到书房里间，四下看了一看，忽然瞥见后窗像是被人微微有些开动痕迹，玉娥看了，指了后窗哎呀了声道："金哥定是从这后窗丢去的。"语声将罢，忽见仆人举了一张字柬，慌张张走进书房内，忙不迭地道："主母卧房窗外，一块碎石压了一张柬儿，主母快瞧这张柬儿吧。"玉娥接过这字柬，看上面潦潦草草，写了没有几行字。看那字迹写的是："令郎天资甚佳，颇欲授以绝技。日前送回令郎时，在路中已令回府先为奉达。贫道此次带回令郎，文武兼授，迟则五载，快则三年，定命令郎归来，请勿悬系。愚此举非但为传技，亦系为令郎防备后患。断臂怪人未除，恐其再来陷害，今交贫道，可谓两得其益，既避大祸，又获承学。况刘公琪与贫道亦系至契也。"下署浮罗子留字，玉娥看罢，想起金哥那日回来时，曾说救他那道人，要带他去传授武技，深悔当时自己听了，并未在意，以致爱子回来没两日，却又被这道人黄夜带了去，从此不晓把爱子带至何处，天涯地角，何时我母子方得见面。想到此处，不由己地落下泪来。

那塾师看了主妇这模样，忙趋前问道："这字柬写的究是什么言语，我那学生定是被人夜间盗了去的吧？"纪维扬也正纳罕，玉娥忙把字柬递给了维扬，一看这字柬，忙道："这道爷原来是浮罗子呀，一向我却闷在鼓里，常听我师父提说他的，既是金哥被浮罗子带了去，师妹请安心吧。将来金哥的造诣，一定是不可限量。"玉娥忙道："师兄既听我爹爹提说过这浮罗子的来历，居处你可晓得？"维扬忙道："晓得是晓得的，不过是说不甚详。"随着维扬把浮罗子的来历居处，就他所知，和玉娥说了一遍。玉娥听罢，心想爱子既是浮罗子带去，自是没有什么舛错，不过爱子终日守着膝前，一旦远离，心中未免有些伤怀。其中却把个塾师急煞，学生被人带了去，自己饭碗已是没了，不住地摇着头咂着嘴着急。

纪维扬对玉娥盛夸浮罗子的武技侠风。据说这浮罗子系是罗浮山深处玉清观主，这玉清观坐落在罗浮山的深山之处，四面悬崖洞壑，地势十分险峻，是个人烟罕至的所在。曾值南方流匪作乱，人民逃入山中避难，幸脱大灾，便集资修了这庙，恰值浮罗子偕徒游方至此，曾恃武功，逐走逸贼，大家公推他做了这玉清观的观主。带了两个小徒弟，在此观中，开山为田。师徒三个一年下来，很可自给。这浮罗子嫡派当初是武当门弟子，从师髯道人苦修三十余年，不但练了一身惊人功夫，而且又练了一绝妙的轻功，大可以说青出于蓝，比他师父的功夫，似有过之。可是他一些师兄弟们，见师父对他这情形，不由百般嫉恨，时时跑到髯道人前，给他进些谗言诽语。怎奈髯道人心明似水，何曾不明白他们这伎俩，反倒把他们严加呵责，由此越发嫉恨他了。及至以后髯道人羽化，他一些师兄弟无所顾忌，简直把他视成仇人一般，常故意向他责难。他因师父羽化未久，骨骸未寒，却不愿和他们计较，伤了师兄弟的和气。谁知他这些师兄弟们不但不说加以体谅，对他倒益发变本加厉起来。最后他见师兄弟们实不能相容，便带了他两个小徒弟，离了本庙，到各地去云游去了。这年云游来到罗浮山，耳闻山内窝藏一伙流匪，夏来秋去，为害已非一年。浮罗子听了，便带了他这两小徒弟，到罗浮山，出其不意，很容易即把那为首匪徒除掉，下余一些匪徒都已逃去。浮罗子看自己带了两个小徒弟，云游了几年光景，总没有着落之处，今承当地士绅修庙挽留，便把二徒安顿在这观内，自己仍到各处云游，趁机做些外功，每年总是二三月间出去，到九月间回来。

这一年冬间，积雪早满，日间被阳光照映，积雪渐渐溶化，到晚间被山间寒风一吹，却又冻得凝结成冰，所以观外山崖岩壁，都已成冰。此时的玉清观，莫说外面人迹难至，就是鸟雀，也难飞入。这一日傍晚，徒弟青皓、丹林二人到观外去拾松柴，日色早已垂西，四外暮气苍茫，但觉山风刺骨。青皓猛一抬首，忽瞥对面岩间光芒闪灼，忽而隐没无所见，忽而光彩四射，晶莹夺目，忙喊丹林道："师弟快看对面岩间是什么光亮，忽隐忽现，可有趣得很。"丹林一听，忙撇了手中拾的松柴，抬头望去，就见光芒忽又隐没，在光芒一敛的当儿，猛然忽听天崩地裂般轰的声，好似满山皆鸣，把他小师兄弟两个震得两耳嗡嗡作声，当时吓得魂飞魄散，呆立在观外松树之下。声绝处，定睛望去，倏地一道光芒又从岩间迸出，这次较前尤觉明澈。先还围绕岩间那方尺之地，闪闪灼灼地发光，不移时犹似一道彗星一般。忽地飞向天空，直驰下去。青皓、丹林忙随了这道光华，向上看了去，就见光彩缭人眼目，转瞬忽又不见。但望明月在天，四外稀落落几点疏星，再俯首看那岩间，已毫无所见了。小师兄弟两个观察良久，似觉山中必有宝气神光，便匆匆跑回观中，把适才所见，禀知了师父。浮罗道人细听弟子之言，觉得有些奇异，问明那光芒出没所在，便走出观外窥寻。月光下映，只见山涧下，奇石嵯峨，薄罩层冰，眼前景色纷呈隆冬阴森之象。看对面削壁危岩，直立半天之上。站立了一时，毫无所见，自忖徒儿决不会在自家面前扯谎。正自怙惚，岩间忽觉一亮，定睛望去，仿佛似是一线光华，围在岩间闪摇个不住。初望时这线光华细如游丝，忽隐忽现，渐渐光华越来越亮，忽而上射天空，倏而杳冥不见，倏而矢矫如电。浮罗道人望了一时，记准这岩间光华出没之处，走回观内。到了次日，施起轻功，向昨晚光华出没的岩间行去。

山路崖间，冰雪相凝，途径险仄，稍一失足，就要葬身山下深壑之内。浮罗子恃一身轻功，行走这陡削雪山路之间，很是自然。山路奇险，还得渡过一道索桥，一时来到索桥之前。这是竹子和麻绳所造，横跨两山崖间，这里终年人迹不至，所以桥板欹仄朽腐。而且上面满结成冰。行在桥上，跛倚摇荡，低首下视，怪石枪植，奇险之状，令人魂飞。浮罗子行过悬桥，毫不在意，提气凝神走了一时，已到对面那岩壁之下。辨了辨方向，仰首向昨日光华出没之处望了去。但看那岩间一块大有二三丈见方的冰块，已然裂下，故此崖下跌碎的冰屑遍目皆是。冰裂之所，树木丛间，隐隐似是现有一面洞穴，形态甚奇，从下向上看去，洞口约有二三尺大小，崖势陡峻，攀登不易。况在隆冬岩冰奇滑，就是插翅恐也难飞到那面洞旁，浮罗子四下看了看，便攀藤踏干，轻似猿猴般，转眼到了洞旁。再看那洞口，大小却有两三丈见方，较岩下所望竟大好几倍。向洞里一看，十分黑暗，深不见底。浮罗子凝眼往内看，立时迈步直奔洞里。曲折而入，幸值隆冬，洞中没有瘴气，只觉阴冷。走入没有好远，猛觉脚下一绊，黑暗间看不仔细，忙弯下身去，用手摸了摸，觉得光滑滑，宽径不过五六寸，长却有七八尺。仔细摸去，似是个木匣模样。忙拿起走回洞外一看，果然是个木匣。开了木匣看，内中是一口绿沙皮古剑。心想看一看这口剑的锋刃，谁知把剑将擎出四五寸，只见寒光袭人，随着唰的声，擎出剑鞘外，光芒四迸，耀眼晶莹，令人不敢直视。浮罗子料是千年之物，因在山岩的半空，故此至今方才发现。把玩多时，忽看剑上镌了几个古篆，月影下看不清。想昨晚岩间光华，定是此剑作祟。想至此，要试一试这剑的锋刃。挥剑向洞外一棵一人合抱不交的松树削了去，剑光过处，深入尺余，果然锋利，连削数下，这合抱松砰然折断，堪称是稀世奇宝。心下异常的欢喜，忙收回鞘中，仍就放到木匣以内，系在背后，复又攀着藤干走下这面岩壁，由来路返回观内。白日细观，方知剑镌"庄砺之造剑"五个字。浮罗子自得了这口剑，方知这口剑不但切金断玉，吹毛得过，而且遇有风雨将至，或有匪徒暗算之时，这口剑自动离鞘寸许，铮铮作响。自此云游各地，便把这口剑悬挂腰间，寸步不离，成了云游时旅中的良伴。

在浮罗子得剑的第三年他云游到贵州，时当盛夏，午日当空，天气炎热非常，浮罗子行走途中，心想寻个树荫之处，眠一时午觉，再行赶路。浮罗子遥望前溪，丝柳成行，便寻临溪一棵大树下，拂地坐下，瞑目调息。此时神明内敛，微闻远处村童在小河内捉鱼戏水。却一阵风吹来，忽闻隔林似有哭声。浮罗子睁开倦眼，往四面寻去，果见一些小孩也正往林后跑。林后分明出了事故。

第六章

循渡口仗剑除妖

浮罗道人无意中获得一把古剑，仗此宝剑，到处云游，颇诛土豪恶盗。这一日行经小溪旁，倚树打坐，忽闻近处有了哭声，一群村童也奔了去看。浮罗子寻声过去，声在林后，是一家村舍，浮罗子过去打听。出来一个妇人，把柴扉掩上，把村童也喝跑。浮罗子一步来迟，餐了闭门羹。转想自己是出家人，这哭声是女子，索性白天不去打听。找一小庙暂且休息，挨到夜间，这才略束道袍，飞身出来，直跃上村舍的短墙。

此时这村舍微透灯光，哭声依然断续时有，听来是老少两个妇人哭泣。浮罗子忙轻轻跃下平地，挨到窗前，湿破窗纸，单眼看去，果然像婆媳二人，且哭且诉。那老婆婆说道："今天不来，明天也脱不过去。迟早你我婆媳还得要分离的。"说到这里，又哭了起来。浮罗子听了一时，见那婆子同那妇人一边哭着，一边叨叨念念，到底不知何故。浮罗子本想推门走进房去，问个究竟，忽又一想，在这黄夜间，人家门户开得好好的，我忽然走进，她们这老少两个妇人一定要疑鬼疑神的，还是不可冒昧。想至此处，忙又纵出院外，抬手把街门连叩数下，内里立时止住了哭声，沉了一会儿，房中那婆子声音抖抖地向外问道："外面什

116

么人叩门，可是刘三爷吗？"浮罗子尚未待答言，那婆子已走出房外，来到院中，一时"呀"的声把门开了。睁了泪眼，一望是个长髯道人，当时不由怔住。借着月色，朝浮罗子上下打量了两眼，哑声问道："这位道爷定是化缘的吧？再不就是寻错了人家了吧？"浮罗子忙道："贫道并非是寻错人家，贫道今日路过贵处，忽闻哭声悲切，故此特来问个情由。"那婆子又看了浮罗子两眼，面上现出很不耐烦的神气道："道爷不用问吧，就是告诉你，也不济事的。"浮罗子听了她这语气，忙又问道："照你这话口听来，难道说是有什么恶人欺压你们吗？"那婆子摇头道："俺们这村莫说是没有土棍恶霸，就是有，也欺压到不了俺们婆媳头上呀。道爷还是不用问吧。"浮罗子听罢，越发地摸不到头脑，自忖她婆媳在此深夜悲哭，究竟有什么大不得的事，忙又含笑问道："你们婆媳究有什么为难之事，和贫道说了，贫道虽不敢说能搭救你们婆媳，但是贫道认识的善士很多，总可代你们设法出个主意。"

那婆子道："道爷既是定要问俺们婆媳啼哭的缘由，就是和道爷说了，却也无关紧要。不过道爷听了，也决无策搭救我那媳妇的。"那婆子说到这里，掀起面前衣襟，拭了拭眼中的泪痕，这才又接着说道："俺们这村庄因挨近庐江，常有水灾，年年到了这夏日，便提心吊胆的。谁知在头几日，忽来了个一只独臂的怪人，又像头陀，又像道门。这人便说，今年是南海龙王的生日，传谕向本村索要四名孕妇，定期送到河岸上，如若不然，便发水淹没你们这村庄。"浮罗子忙插口问道："这独臂残废怪人，可晓得他是从哪里出来的，村中有人眼见吗？"婆子答道："怎会没人眼见呢？凭他口中一句空话，那怎肯相信呢。那天他说完了走去，俺们这村的刘三爷同了邻居，把他送到江岸前，眼看他跳

117

到江中去了。刘三爷又怕又信，回到村内，恐村人葬身鱼腹，便探询哪家有孕妇。俺们村里除了俺那媳妇，还有村西一家少妇，听说邻村也是两个，合起来共是四个孕妇。本订今日用四乘小轿，一班鼓乐，由刘三爷同两村首事人，把她们四个孕妇送到江岸前。今天若不是这场雨，早已送去，现又改在明日了。俺儿子在省城作商，家中只俺婆媳娘儿两个，俺有心撇了这条老命，不允把俺媳妇送去，怎奈俺媳妇事小，全村人命事大，故此俺婆媳对坐房中啼哭，不想惊动了道爷。俺已说完，道爷也是没法搭救俺吧。"说至此，回身砰的把门关上，浮罗子一看，不便久停，返身又回小庙。心想那婆子所说的言语，必是妖人诡计，决意明天停留一日，倒要看个仔细。

夏日夜短昼长，一宿易过。次日浮罗子便在村近进些食物，信步向江岸前行去。逢人打听，直到祭江的所在，岸上搭了一个小小席棚，并无异处，便在岸近处，寻了一片林丛荫蔽所在，憩息一时。浮罗子坐憩林内，正赏玩四外景色，忽听林外人声嘈杂，转首望去，只见七八个健汉，抬了三四乘小轿，原是奔这片林丛走来，一眼看见浮罗子，便回身又向对面那片密林走去。浮罗子见这七八个健汉行迹有些诡异，定睛看时，已隐没对面密林中。又沉了一时，日色西偏，猛然就看林外人影一晃，奔向岸前跑去。浮罗子寻迹望去，那人好快的身法，形影尚未看清，已沉没岸前堤下一排杨柳丛处。暗忖这人来得蹊跷，立时疑窦丛生，想纵到树干交叉处，再攀缘到树梢尽头，看个详细。但此时已是酉末戌初，夏日虽昼长，可是这时黑影已笼罩下来，日没黄昏。四顾苍茫暮色，只听江水奔波，在这时响得越发起劲。浮罗子又起身，仰望近旁一株垂柳，在这欲上又止的当口上，忽地微风送来鼓乐声音，料定是村中送那四名孕妇来了。穿绕林丛，又向岸近走了两步，寻一株高大的柳树，箭一般迅速，跃上树枝间，随着攀缘到了树最高处。浮罗子脚踏的这根枝干，圆径不过才有拇指粗细，若换个本领平常的，早已枝折人坠，四五丈高矮的柳树，虽不能跌得粉身碎骨，却也要骨断筋折。就见浮罗子施起轻功，偌大身躯，踏在那拇指粗细枝干上，那枝干毫无些微颤动，十分的稳定。浮罗子攀在树上，看天上一轮明月已出，江涛汹汹，果甚骇人，波浪起处，犹似片片鳞甲一般，水声怒吼盈耳。这时鼓乐之音，越来越近，回首向南望去，火把通明，渐走渐近，果然是一簇人拥了四乘花轿直向岸前行来。浮罗子目不转瞬，望着他们这簇人，忽听扑通一声，急转首望去。河中水花四溅，好似什么笨重物件落在河里。忽又觉得眼前一亮，猛听林外有人嚷道："到了，前面那不就是俺们搭的那席棚儿吗？"浮罗子向林外路上急瞥过去，那群人已到林前，鼓声停处，隐约听得轿内嘤嘤啜泣。那群人见已到岸上，鼓乐大作起来。浮罗子暗忖这定是妖人无疑，倒要看个究竟，见他们怎样发落这四名孕妇。

那群人直到席棚前，四乘花轿落平，把孕妇都安置在席棚里，当把带来的香烛燃着，那群人诚心不贰，循序朝江面跪拜下去，看那种形象确是令人可恨，亦复可怜。那群人拜罢，将站起身来，倏地水声哗的一响，浪花起处，现出一个人来，身躯灵活非常，一个鲤鱼跃龙门的势子，早纵到了岸上，落脚处不前不后，恰是香烛之前。浮罗子看了，当时不禁也是一怔。火光照耀下，看从河中跳跃出这人，光溜的秃头，一身油绸短衣靠，扎束得很是利落，却是一只单臂。浮罗子心中暗忖昨夜村中那婆子说的那独臂的怪人，大约定是他了，方才扑通一声，也定是他。只见这独臂怪人跃到岸上，那群人慌不迭地又跪拜了下去，口称："信士弟子已遵法谕，给海龙王把四名孕妇贡献来了。"那独臂怪人听了，向席棚儿里望了一眼，便忙高声说道："龙王在水宫中已知晓尔等把孕妇们送来，特命我出来迎接，尔等不可在此久停，速速去吧，路上万不可回首张望，要牢牢紧记。过一时，水势一起，恐怕波及尔等。"那群人哪敢违拗，回转身躯，抬了那四乘空轿去了，一路向回道行去，哪敢回头，工夫不大，早走得不见踪迹。浮罗子静气凝神，望那独臂怪人，看他怎个举动，如何摆布这四名孕妇。此时就见他看那群村民走远，吹一声呼哨，对面林内立刻有一阵步履声响，正是那七八个健汉抬了四乘竹兜，奔向岸前。那独臂怪人刚说了一句黑话，这七八个健汉中有一个急忙说道："俺们来时，那片树林下有一个道士，不晓此时走了没有，待俺去看一看。"这个健汉说罢，大踏步跑进浮罗子坐憩的那片林内，各处看了一遍，忙跑出说道："那个老道走了。"浮罗子攀登的这株柳树，枝叶下蔽，那健汉怎能看得见。

那七八个健汉来到岸上席棚前，放下了竹兜，独臂怪人便命把四名孕妇装在竹兜里，四名孕妇早吓得手足瘫软，任凭他等摆布，人已半死的了。那七八个健汉抬了竹兜，如飞奔岸下西南一股小道行去。独臂怪人从岸旁一株树，拿下一个小小包袱，就在岸前把身上湿淋淋衣裤换下。猛觉他腰间哗喇喇一声响亮，像是七截鞭声音，见他换好衣服，便就岸上，把换下湿衣服拧了拧，胡乱包在空包袱里面，围在身上，一矮身，迈动大步犹如箭离弦般，顺西南小道，向那几个抬竹兜健汉跟踪赶去。浮罗子早看出他等路道来，便不怠慢，一个蜻蜓点水，从树间落下，心中说道："这独臂怪人好快的身法，看来他本领可也十分了得。"便也忙施起陆地轻功，追了下去，追了约有里许，看他已赶到那八个抬竹兜的健汉近前。浮罗子相隔也就有一箭远近，看独臂怪人十分精细，已觉身后有人跟踪赶来，忙回转身躯，从腰中哗喇喇把七截鞭亮将出来。

此时浮罗子已到他身边，他定睛向浮罗子看了看，一阵狞笑，拖着手中七截鞭，朝浮罗子一指道："你这老杂毛，若是知机，休要多管闲事，趁早躲开，我决不和你这入木半截的为难，否则你可是自捋虎须，莫怪洒家不仁了。"浮罗子冷笑一声，骂道："好个白莲余党！"一回手便把宝剑掣将出来，月光照耀下，寒星四迸，闪灼晶莹。这独臂怪人见了浮罗子这口剑，知非凡品，自不免暗吃一惊，肚怀着先发制人的主意，一抖手中七截鞭，使了个招数，奔浮罗子下三路平扫过来。满想这一鞭，过去总把浮罗子跌个斤斗。浮罗子看他来势甚疾，一撤右腿，剑光下映，锋芒寻地，一个拨草寻蛇的势子，本意是想把他七截鞭削折。这独臂怪人手眼甚是灵巧，一看不得，恐伤了自家器刃，一翻腕子，手中那条七截鞭哗喇喇一声响亮，返转过来，算是侥幸不曾碰到剑锋之上。立时又改变了路数，转向浮罗子上三路取来，仔细提防，处处躲避浮罗子的剑锋。独臂怪人这手中鞭施展得就像一条蟒，左旋右绕，毫不松弛。浮罗子不由暗暗惊异，二人就在路间，一来一往打了足有一二十个照面。浮罗子故意把手中剑稍一松懈，独臂怪人觑出破绽，心中暗喜，自忖这杂毛可真是自寻晦气，当时哪肯放过，使了个十足气力，一鞭直向浮罗子耳旁打去，口中喝道："老杂毛，莫怪洒家要下毒手了！"他满心想着已操左券，这一鞭下去，浮罗子虽不脑浆迸裂，也得给击倒地下。他这却上了大当了，浮罗子看他七截鞭扫将起来，见他已着了道儿，忙一矮身躲过，他那七截鞭已从顶上空扫过去。趁了他的鞭还未撤回，剑光一闪，向独臂怪人头上削去。独臂怪人喊了一声不好，急忙把头向下一低，觉得一阵寒风从头顶间掠过，当时吓得魄散魂飞，面色如土，回身撒腿便跑。妖人一跑，那八个抬竹兜的健汉看情形不妙，也不顾那四名孕妇，扔下竹兜，随了那妖人身后，抱头鼠窜地逃去。

浮罗子的心意，本是救脱这四名孕妇，故此任凭他等逃去，并不追赶。过去一看那四名孕妇，呆若木鸡坐在竹兜上面，手脚已吓得瘫软。看昨夜村婆的儿媳，果然也在其内。这四名孕妇惊吓得虽一时作声不得，心中却都清楚，也看穿那独臂怪人的把戏来，本早就把真魂吓掉。又看浮罗子同那独臂怪人厮斗一处，剑光耀眼，鞭声震耳，都是乡间村妇，哪里见过这种阵势，越发吓得没了魂。浮罗子见她四个吓得这样，忙把剑收回鞘内，满面笑容，向她四个孕妇安慰道："你们莫要惊慌，贫道并非歹人，特来搭救你们的。"那四名孕妇听了，沉了半晌，惊神方定，手脚才渐渐方能活转，忙从竹兜上爬出，朝着浮罗子跪了下去。浮罗子忙叫她们四个站起，此处距她们的村庄没好远，由浮罗子把她四个送了回去，那四乘竹兜即撇在这路旁。这四名孕妇回到家中，自然对于浮罗子千恩万谢，百般地感激。直到以后，浮罗子到太空山，看望一位释门中老友璧如，提起搭救四名孕妇遇的那独臂怪人，从璧如和尚口中，才知这独臂怪人一切底蕴，果是白莲余孽。

又过了两个年头，漫游黄山，与武林故友，盘桓了些时，便转向江南，要去再探望一位道友。不想路过浙东，听人传说山内聚了一伙土豪，为害地方已非一日，最近又要强娶柳树村闻家少女。浮罗子听在耳内，决意为这一方除害，遂又在方近一探询，所听传言并非子虚。这一日恰巧遇见纪维扬师兄弟四个，向他问去柳树村的道路，他不由有些惊疑，故此才寻根问底地向维扬等四个盘问。若非闻家那仆人陈升喊叫着走来，几乎维扬等一腔怒火发作起来，浮罗子又看他四个行色，也料定他等是闻家请来和匪徒厮拼的。浮罗子既探明了匪徒的行为，这天便直往柳树村外匪徒们的巢穴而去。山上那伙匪徒，除那为首的会舞几套枪棍，其余不过都是恃着有些蛮力，随伙鬼混罢了。浮罗子闯入匪徒们的巢穴，那为首的匪徒，正背生恶疮，疮口未平，躺在床上，尚不能动转。所以浮罗子到在他们巢穴以内，掣剑在手，趁其不备，如切瓜削菜般，毫不费手脚，即把这伙匪徒除去。有那精明的一看不妙，当时逃散。浮罗子看匪徒们亡的亡逃的逃，立时引火把匪徒巢穴焚毁，唯恐以后再窝聚匪人，不一时，火光上照，映得满山通红，转眼之间，已化为一片瓦砾。

浮罗子焚了匪巢，便又回了他那道友处，盘聚了几日，便别了道友，取道往湖北而去。在途中又被维扬瞥见两次，浮罗子为避免纠缠，不愿人晓得他的行踪，因此维扬扯了喉咙招喊，他只故作不曾听见。浮罗子来到襄阳北郊，想在路旁树丛里少憩一时，无意中遇见男女两个一答一和在路旁谈论，这正是维扬和玉娥谈说金哥被一个独臂怪人拐去。浮罗子一听，心下料个八九，决想是那妖人又玩把戏。浮罗子唯恐二人轻敌，才故意纵声一笑。及至维扬、玉娥向内望去，他早转入林密处，忙施起轻功，奔向古庙。到了那庙方近，正赶上独臂怪人引了金哥从那庙走出。浮罗子忙隐在一旁，定睛看去，正是那独臂怪人，见随了他身后又追出一个道人，不住向他喊道："你快把人家孩童送了回去，万不要做这伤天害理的事。"单臂妖人面目狰狞地冷笑道："你休管我闲事，若不看在往日师兄弟情面，我对于你早下毒手了。"带了那孩童，头不回地狠狠走去，却把那追出来的道人气了个脸白，望了他后影长叹了一声，趑进庙内。浮罗子看到这里，原想追去把那孩童救回，忽又一想，恐路旁那男女二人到来错伤无辜，这才一提气纵到树上。待到维扬、玉娥到了这里，维扬要举刀伤那道人，才忙窜到树下，把话说明，问了问维扬、玉娥姓名住址，又说了那妖人脚程甚快，恐他等追赶不上，这才回转身躯，代他们追去。赶了足有七八十里路，方才追上。那单臂怪人一回首，看见浮罗子，不由大惊。哪敢再和浮罗子交手，把腋下挟的金哥急忙放下，迈步如飞地逃去。

浮罗子看他已撇下金哥，到了金哥身前，看金哥睁着二目，如呆如痴，迷药的药劲尚未散去。便忙把他抱到一道溪旁，手蘸溪水，在他头顶上拍了两下，金哥当时一个寒战，立时苏醒过来，呆呆望了浮罗子发怔。浮罗子看金哥生得方面大耳，五官很是清秀，见他这模样，忙向他说道："你是被拍花恶人所拐，我特赶了来把你救下。"金哥听了，忙朝着浮罗子跪下，拜谢搭救之恩。浮罗子看他小小年纪，居然彬彬有礼，十分喜爱，便伸手把他扯了起来。金哥依在浮罗子膝前忙说："道爷你老人家把我送回去吧。"浮罗子笑道："此地距你家有上百里路，天已这般时候，今天是来不及了，明晨必把你送回。"说着，扯了金哥小手，想到方近村中寻家店房，权且歇息一宵。那金哥看浮罗子道貌岸然，蔼然可亲，随着浮罗子身旁跳跳钻钻地向前行去，小手不住地抚摸浮罗子腰间悬挂那口古剑。

当晚宿在村庄一家店内，次日天明五鼓，即离了这村店，把金哥送回襄阳，路上浮罗子便问金哥可愿随他去学习武技。因浮罗子一见金哥，看他天生异禀，资质不凡，便有心把他罗致门下。这才一问金哥，就看金哥喜得手舞足蹈，便要不回家中，从此随浮罗子走去，浮罗子把头摇了摇道："你得回去禀知你母，我方能把你带去。"金哥小嘴一噘道："我娘晓得，决不肯放我去的。"浮罗子看他这烂漫天真样子，笑着向他抚慰道："你不必顾虑，你母不肯放你，你禀知你母，我自有法把你带走。"金哥听了，方把小心放下。当下浮罗子把金哥送回。第三天上，夜间来到王家，留了个字柬，悄悄把金哥带了去。

玉娥自爱子金哥被浮罗子带去，只好等待驼叟来时，随爹爹到川中去看爱子究竟是否在那里，心中一块石头方能落平。每日坐在家中盼望爹爹驼叟到来，直到十月初间，驼叟才从河南马三元处来到襄阳。玉娥见了爹爹驼叟，当金哥怎样被单臂怪人用拍花手段拐去，后来又怎样由浮罗子救回，金哥回来没两三日，忽又被浮罗子夜间来此悄悄带了去，并留有一个柬儿一边说着，一边把浮罗子留的那张字柬取出，递给了爹爹驼叟手中。驼叟一看字柬，忙道："金哥这孩子同浮罗子也是有这段缘法，那浮罗子一身武功，已臻炉火纯青的地步，性格也很古怪，从不肯轻易收徒。以往只有两个道门中徒儿，尚未听他收有俗门中徒弟。这总算金哥这孩子的幸遇，将来造诣定不可限量，你们不必悬系。"

玉娥忙把自家的心意是要到罗浮山去一趟，看金哥是否确在那里，以便把悬的这颗心放下，说与爹爹驼叟。驼叟摇了摇头道："既是浮罗子带去，决无差错的。况且浮罗子的字迹，我也认得，你还有什么可悬系的呢。就是你此时定要前去，现下正是十月天气，蜀山已然冰雪封塞，雀鸟难飞入；就是去，也得等来年春开，冰雪融化，方能畅行无阻。依我看金哥这孩子功夫习成，自然回来。这时你前去看他，须知他初习武功夫，一心专一，你去不是反分他的心吗？"玉娥听了爹爹驼叟这片话，因关怀爱子心切，哪里肯听从驼叟言语。驼叟见女儿玉娥舐犊情深，本来却也难怪，她中年寡居，膝前只守此一儿，王门人口单弱，唯存此一脉。今一旦被浮罗子带去，当然是放心不下，想到此处，不便再为拦阻。

玉娥忙又问："爹爹何时回川，女儿也随爹爹一同去川，俾便明春由爹爹领导到罗浮山去看望儿子金哥。"驼叟忙道:"我一两日便带维扬转回川去,在我离川的时节,七姑已定于今年秋间迎娶,但不晓此时过门也未。七姑终身这件大事,我拟早些回去,参与她这婚礼。怎奈你河南马师伯苦留不放,所以耽延到此时,才到这里。七姑婚期十有八九是误了。"玉娥道:"七妹已然有了人家,我已听维扬师兄说了,若非有金哥这事,我听知这喜信,早入川去了。"

玉娥既决定随她爹爹驼叟进川,当把家事料理了一遍,又吩咐老仆王成及一些男女仆佣好好照应门户。在第三日上,一路上荒山寒寂,鸟道盘屈,晓行夜宿,非是一天,早已走入蜀境。这日转过一个山环,眼前现出一座村庄,这座村庄四面环山围绕,周匝古树盘纡。维扬在前引路,一看来到了自家居住的乡村纪家屯,忙向驼叟道:"师父,前面已是徒弟居住那村庄,同师妹请到徒弟家下吧。天已不早,索性今日就宿在徒弟舍间,明晨再行赶路吧。"驼叟一看天光已晚,意在两可,维扬未得师父驼叟答言,便大踏步头前向村中跑去。驼叟随了女儿玉娥轿旁,进了村内。维扬同他老娘和他兄弟猎户纪九,都站立在门外,等候迎接驼叟父女。维扬家中只母子三人,他母年老尚健,驼叟父女来在维扬门前,进了维扬家内。维扬母子三个,殷勤相待。那两名轿夫由纪九他们另安顿在一间房中,驼叟向纪九问起黄堡近来可有人从此经过。纪九忙答道:"在上月初间伍家周姑爷同了四姑送七姑北上出嫁去了,从此地走过,那日恰赶小人进山打猎,在路上遇见。"谈了一回闲话,立即杀鸡作黍,款待佳宾。山中村户好在猎来现成的山鸡野兔,倒也不用到外面去购买。驼叟父女在此停了一宵,次晨便带同维扬起程上路。在路上又行了几日,便到了黄堡,主人多出门,是在火神庙救的那张氏女,同了几个男

126

女仆役在主家照应门户。那张氏女看驼叟师徒同了一个素装少妇走来，她也常听四姑、七姑谈论，即料定是玉娥无疑，忙向驼叟道："你老人家怎的今日才回来，四小姐、七小姐眼都望穿了，若在上月这日回来，四小姐、七小姐还未起程呢。"说着，一双杏眼呆望了玉娥，却不便贸然去打招呼。驼叟忙给她们引见了一回，来到里面房内。这些伍家的仆妇人等和玉娥本系素识，往昔玉娥到此，对于她们甚厚，今见玉娥到来，都现出十二分的殷勤，张罗着献茶献水。问起来，方知三姑因病夭逝，父女大惊，不禁落泪。驼叟父女看房中三姑那口剑好端端依然斜挂在壁上，那剑柄上系的那嫩绿色丝线蝴蝶飘穗，还是当年玉娥给她打的，观物思人，便向仆妇等问起三姑怎的竟一病不起。张氏女一听问起三姑，忍不住一腔热泪，夺眶而下，极力遏止着，当把三姑病逝情形，以及得病缘由，说了一遍。

原来三姑自那夜同七姑被那恶僧正明追赶，回路上在张氏女家偶受寒凉，回到家中，便自病倒床上。哪知自此百药罔效，竟自香消玉殒。张氏女细说她垂危的情形，早已哽咽不能成声。当时除了驼叟父女，就连仆妇们，也全落下泪来，都是泪眼相向，房中布满悲哀气象。驼叟又坐了一时，便要走出，带了维扬师弟两个回返八仙观。张氏女看驼叟站起，忙道："你老人家稍候一时，七小姐给你老人家留了一张字儿，命我俟你老人家回川时，呈给你老人家看。"说着，从身内掏出一张字儿，双手呈给驼叟手中。驼叟接来一看，系是七姑请驼叟收下张氏女这个女弟子，并且说她不但聪明过人，而且现时初步功夫已稍进门径，悟性甚佳，将来造诣定在侄女们之上。最末尚说请驼叟破例收归门下，万望勿却。驼叟看罢，见张氏女秀外慧中，便也喜悦收她这个女弟子，忙向她道："过一两日我再来看一看七姑教你的几手初步功夫，这字柬上的话，我已晓得了。"张氏女不由喜出望外，她听驼叟言辞之间，十有八九已允收她这弟子，当时便要跪拜下去。驼叟忙止住她道："此时尚不到你拜师的时候。"张氏女忙笑道："我这并不是拜师，不过是拜谢你老人家允许之恩。"说罢，跪拜下去，驼叟看她这伶俐机警，益发欢喜。张氏女跪在地下，向驼叟叩了三个头，站起身来，便又转身给师姊玉娥见礼，玉娥忙向前拦阻，看她已跪拜了下去，慌忙地还礼不迭。

驼叟便又把七姑留的信柬递给女儿观看，转首又向张氏女说道："好在你师姊也留在这儿，你对于功夫如有不了悟的地方，尽管先向你师姊请教，我一两日必来。"张氏女连忙领诺，驼叟说罢，带同维扬回返八仙观，从此玉娥便留在黄堡。驼叟师徒两个回了八仙观，看王铁肩的功夫也较前进步得多了。

王铁肩自师父同师兄离川，他无拘无束，每天出去尽量狂饮，但是功夫从未间断。今见师父回来，心中甚喜。驼叟因已允许收张氏女这个女弟子，况且女儿玉娥又住那里，便常到黄堡去看女儿，借便暂先为先教给张氏女些武功，看她进境如何，再为择日令她拜师。张氏女却也是专心，若遇驼叟不来时，便向师姊玉娥请教。玉娥看她聪慧非常，也很是喜爱她，所以毫不嫌烦地向她详细解释武技门中要诀，因此获益良多，进境自然也是迅速异常。驼叟看她循序渐进，已至由阶而升的境地，见她行动起来，姿态活泼，刚柔合度，毫不呆滞，并无极刚不柔之弊，所有一形一势，均能切中要窍，于形意门中，已算稍窥门径，心下甚喜，便择了个日期，在黄堡令她拜师，又命她见了维扬两个师兄。驼叟便又给她起了个名字，叫作玉英，从此她便唤张玉英了。一眨眼间，又过了几个月，已过度了年关，四姑敏贞直到转年二月初间，方回返黄堡家中。见玉娥在此，姊妹间多年不晤，一旦相聚，自是十分欢喜。不过想起三姑病逝，彼此间未免有些默默寡欢。

当时各道别后情况，知七姑过门后，翁姑很是喜爱，夫妇也十分和美，玉娥听了，也着实替七姑庆幸。四姑返后，晓得张玉英已蒙驼叟允诺收罗门下，并且看玉英功夫确也进步堪惊，再有一二年工夫，武功定要赶过自己了。自忖七姑已然毕竟有些眼力，在初次教她那几手开门功夫时，就说她的造诣将来要在我们姊妹之上，这样看来，果然不虚。想到这里，对玉英很是期望。

转眼又过了半月余，春光明媚，草木全已发动，山崖积雪，融化已尽，瞻望山光，苍苔翠色。玉娥便旧事重提，催爹爹驼叟同她看望爱子金哥。驼叟怎肯拂她的心意，便定日同她起程。四姑和玉英便也要同去，驼叟因到罗浮山路遥远，玉英一个女孩子家，况且她娘只她这一个女儿，唯恐她娘不放心她远去，便先命她回去禀明她娘。她母听她随师父和玉娥、四姑同去，倒也很是放心。起程这日，雇了三乘山轿，玉娥、四姑恐山间难行，防有歹人出没，便各带了随手器刃，玉英便也把壁上悬挂的三姑生前那口剑，带在身旁。当日天将发晓，便从黄堡来到八仙观。驼叟却带了王铁肩，一行取道向罗浮山进发，一路上山光水色，旅途中倒不寂寞。这天到了罗浮山脚下，山势雄秀，终年云雾封绕，仰不见巅，日光下山色凝红，耳听江水声澎湃，如万鼓惊雷。驼叟虽与浮罗子相善，但浮罗子所居这罗浮山玉清观尚未到过，不过听人传说山道险仄，仅仅能容一人。到在罗浮境北，便命玉娥、四姑、玉英把山轿打发了，一行爷儿几个渡过江，到在山脚之下。驼叟想寻个乡人引导，谁知到了山脚下一家野店中，一问去罗浮山玉清观的道路，请他们导往，这店户的人连连摇首咋舌地道："这玉清观听说在罗浮山深处，山道难行，歧路百出，内中虎豹野兽成群，我们这里村户虽居在这山脚之下，从来未敢轻易到过这山深之处。每年春夏两季，倒是常看有人从山中出入，但是我们这里人，都不敢冒险到山里去，客官们请自去吧，我们这儿是没人敢作这向导的。"驼叟听罢，谅他这话不虚，便同徒弟和玉娥姊妹三个，在店内饱餐一顿，日色过午，付过饭资，一行爷儿几个离了山脚这家野店，朝山内行去。

山路崎岖，山势怪特，数人行在山腰中，山路渐仄起来，天气忽而阴霾暗色，路间又是青苍密布，滑足难行。驼叟忙向玉娥姊妹三个喊叫仔细些，越走越暗，定睛辨去，却是两边陡壁半天的危岩，把阳光隔住，上面只余一线天光，行在其中，忽觉晦暗。一时转过危岩，阳光下耀，眼前景色不觉一亮，心襟豁然开朗。山上一片浓绿，日光反映，照射人面之上，都衬成绿色，却把个王铁肩喜得忘形起来，连喊好景色，好景色。路转峰回，忽闻上下水声震耳，低首下望，山溪横贯山下，水声轰訇，是一道瀑布，走没好远，山路忽而中断，只有来往两道斜坡形的绳桥，横跨两面崖壁间。驼叟见了，不觉发愁起来，望了玉娥等人道："这道绳桥滑索，你等敢滑过去吗?"四姑忙抢前说道："这绳桥有何难渡!"说着，两臂外伸，臂一弯屈，已跨上了，足一趁劲，居高临下，迅似闪电般，两足悬空，直向那面滑了过去。驼叟说了声留神谨慎些，语声未罢，看她已滑到溜索中间。王铁肩、玉娥低首向下面望去，万石林立，不由有些胆寒，不一时看四姑已然到在了那面崖前，不住向这面招手作喊。都是练武功的，怎肯自馁，玉娥、王铁肩便也先后滑了过去。玉英面有难色，但也不肯落后，也要顺索滑过。驼叟恐她气力不胜，非同玩耍，忙把她向腋下一挟，单臂跨上溜索，略一趁劲，身已凌空，展眼滑了过去。

众人没有向导，鼓勇探山，不知不觉已入山深处。玉清观在山的西北，他们左转右绕，已向山的正北偏东行去，早迷了方向，他们尚不知。又转过一个山峒，愈觉荒寂，日色西耀，巅上一股流泉，如一条银练，山容变换，被霞光映照得成了一片红色，一簇簇杂树，枝叶翠绿，点缀其间。天上不断的白云往来飞绕，远遮岭腰。驼叟一行爷儿几个，纵目流览，不觉忘其路之远近，越走越深，四周幽壑深林，不类凡境，心中惊疑，不晓走入何境。距玉清观尚有好远，也不知道，欲一借问，怎奈山深无人。正走间，王铁肩忽一眼，瞥见林内伏着一只猛虎，伸着前面两只巨爪，二目眈眈，望着驼叟一行。口角流涎，蓄势欲动。王铁肩惊喊："留神有虎！"有心后退，已然来不及。驼叟听王铁肩喊叫，却也早已觑见那猛虎，看它半蹲半立地在林下斜坡上，前面巨爪按在地下，驼叟身后玉娥、三姑、玉英也已然瞥见，惊忙中掣剑就要向前。驼叟看山路狭仄，她三个手中虽有器刃，究是女人家，气力柔弱，哪能和山间猛虎搏斗，反碍手脚。便命她姊妹三个隐避起来，看身旁这边山岩藤干绕满，她姊妹三个忙提手中剑，攀了藤干，踏了上去，上面约有五六丈高矮，恰有一块巨石突出，玉娥、四姑恐玉英跌着，不住地一手攀紧藤树的枝干，一手去扯玉英的衣角。到了这巨石上，姊妹三人紧扯藤干并排而立，俯首下望。

那猛虎饥饿交迫，前爪略按一按，便直奔驼叟铁肩扑去。从高下望，很是得眼，看那猛皮竖着一条长尾，身上黄黑色皮毛，根根立起，越显肥大雄壮，一种威猛神色，令人战栗，驼叟和王铁肩看来势凶猛，分向两旁闪去。那猛虎来势甚猛，一阵腥风平空从驼叟、王铁肩中间窜过。忽听喀吱一声巨响，那猛虎不提防正撞在一株二人合抱不交的树干上。身大力猛，树干动摇，震撼得那树连枝带叶簌簌下落。驼叟、王铁肩抽了这个空子，各把单刀亮了出来。那猛虎不曾把人扑着，反受了巨创，吼的声，似半天起了个霹雳，山谷皆鸣，看它咆哮性发起来，后爪略一蹲，前爪已翻转过来，虎尾倒竖，铜铃般两只虎眼怒望了驼叟、王铁肩。这次它却变了方式，单独直向王铁肩扑将来。王铁肩不容躲闪，一刀朝猛虎颈间刺去。慌忙间，不曾刺着，刀刃从虎耳旁擦过。那猛虎前爪离地，奔王铁肩两肩搭下，王铁肩哪里躲闪得及。在这紧要关头，王铁肩情急智生，把心一横，索性撒手把刀扔落，头一低，两手一抱，正正把猛虎脖头抱住，头顶恰把虎额撑住。王铁肩险些不曾被虎扑倒，那虎仰着头动转不得，虎尾把地打得巴巴山响，急待挣扎，王铁肩下狠力抱住，哪肯放半点松宽。那猛虎前爪从肩上隔在后面，被王铁肩全神贯注，也不能自由屈转，后爪急得在地下乱刨，登时一发虎威，连人带虎倒在地上乱滚。驼叟看长久下去，恐王铁肩支持不住，急斜刺一刀，向虎肚间扎去。那虎再凶猛，吃这一刀致命伤，猛然一窜，跟着一声怪吼，乱蹬乱抓，几乎把王铁肩震昏。驼叟急又扎下一刀，那虎又吼一阵，威势渐不能支，倒地不动了。驼叟又在它致命处乱刺了一阵，才喊叫王铁肩把手松了。王铁肩气喘吁吁，面貌惊慌变色，连喊好险好险，侥幸不曾葬身虎腹。猛地忽听岩石上面四姑慌忙喊嚷道："刘老伯、三师兄快隐藏起来吧，看那林内又来了好几个大虫！"驼叟、王铁肩一听，忙转向林内望去，果有十几只猛虎从乱林中走来，风声嘶吼，吹得林间枝叶唰唰作响，驼叟本领怎样了得，也难和群虎相搏。忙同王铁肩寻了一株树木，纵了上去，将攀枝在树上，脚下尚未踏稳，看风声过处，那群虎已到跟前。

群虎看了倒地的那只死虎，纷纷跑到它身傍，嗅舐个不歇。

那群虎好像十分灵性，嗅舐了一时，便怒目张牙，四下寻觅伤仇人。正在这时那岩石上的玉英，小小年纪，却不晓利害，拾起身旁一片碎的石块，向那群猛虎打下。玉娥、四姑看了，忙去拦阻，她已然把石块掷了下去，落在那群猛虎丛中。

那群猛虎不提防，兀地一惊，蹿起丈余高，身大力重，一阵狂啸，自相撞扑在一处，当时齐向发石所在，昂起首来望去，已发现玉娥姊妹三个坐在上面突石上，群虎露出口中长牙，弓了后爪，虎背一拱一起的，虎尾竖起，来回摆动，望了上面咆哮起来。齐按前爪，先后向那岩上突石扑去。平空蹿起两三丈，却把玉英吓得先喊叫起来。群虎扑了个空，前爪不曾抓住藤干，跌落下去，彼此相撞又滚在了一起，震得地下山响。群虎滚撞了一时，翻身爬起，越发暴怒凶狠。驼叟在那株树上，恐玉娥三个惊慌失措，忙喊着道："你们不要惊慌，群虎决扑不到那石上去。"驼叟这句话不要紧，群虎又听人声，回转虎首，朝驼叟这株树上望了去，立时又齐扑那株树下，团团地围住，仰首蓄势朝上望着。这次却不敢再向上扑去，便迁怒到这株树上去，张牙扬爪，怒向树下根干狠劲啮去。群虎争前恐后，没有好久，这株三四人合抱不交的巨干，树皮片片剥落，再有一时，这株树恐就要被群虎啮断，驼叟在树上觉得这株树左右乱摆，眼看树要连根断去。一看阳光，将次西沉，荒山寂静，下面群虎围绕，愈觉眼前景色阴森可怖，危急万分。驼叟盘踞的那株树眼望着就要连根断去，三女不由吓得魂魄惊出窍外。正在危急间，忽瞥乱林岩石处，转出一人，面貌却看不清晰，脚下甚快，奔向这边走来。玉英究是个孩子家，恐走来这人葬身虎腹，她却忘去她们自家等身处危境了，便破着喉咙向转出这人喊道："快不要到这边来，这儿有一群大虫呢。"看来人睬都不睬，仍旧向前走来，玉英心说这人难道是个聋子，便代他捏了一把汗。玉娥、四姑也替这人有些担惊，暗道这人到此，定没性命。这人越走越近，距这里约有两三丈远近，玉英忍不住二次又向这人喊道："这儿有一群老虎，快停住脚步，赶快隐藏起来吧。"这人听了，朝上望了一眼，不作理会地仍旧向前走个不停。她姊妹三个不由心里说道："这人可是自己情愿向虎口里送。"心中这么想着，看来的这人已到群虎近旁，那群虎眼望就快把驼叟攀的那株树啮断，驼叟看势不妙，早轻轻又纵到方近另一株树干上，那群虎却一些也不觉得。

　　这时群虎正运用口内巨齿，下狠劲啮那株树的根干，忽听背后有人脚步声响，齐翻转身来，围拢着奔向来的这人扑去，虎尾摇摆个不歇。驼叟、王铁肩师徒两个和玉娥姊妹三人，看了这情势，都不由突口喊了声："这人性命休矣！"驼叟哪肯望着这人丧在群虎爪下，大喝一声，掏出暗器抽出刀来，就要跳下去和群虎搏拼。忽见群虎扑到这人身前，就似驯羊般，齐蹲伏这人跟前，咂嘴咂舌地向这人上下嗅舐个不休，这人伸手不住抚摩群虎头项，此时驼叟已然下树，这人忙朝群虎把手一挥。这群虎十分通灵，站起一阵风吼，趄转乱林岩石间跑去。这人一转首，看地下血泊倒了一只虎，早已没了气息。这人方才不慌不忙，回首定睛，向跳下的驼叟打量了过去。驼叟也忙仔细向这人面上看了看，瞧这人原是个青年，生得膀大腰圆，白净净面皮，相貌非俗，决不似山中村民模样，望他年纪至大不过二十上下模样。这青年看驼叟也不像平凡之人，忙拱手赔笑地道："适才鄙处群虎跑来，多有惊犯，对不住得很。地下倒的这只虎，定被尊驾等所伤。"驼叟见竟有伏虎之能，心中惊骇，又看这人一团春风，十分和蔼，便忙向这青年请教姓名。这时树上的王铁肩和岩腰中危石上的玉娥、四姑、玉英，全已走下。这青年抬眼向他们看了一过，这才向驼叟答道："我名叫黄士钧，就住在前面转角所在。"说到这里，便又问驼叟等人姓名，到此欲往何处？驼叟等向他说了姓名，并说到此欲往罗浮山玉清观浮罗子处，不料到此为群虎困住。黄士钧听了，呵呀了声道："玉清观在这西北，尊驾等走迷了方向了。依我之见，尊驾等今晚权且到舍间屈尊一夜吧。"驼叟一想，初次相晤，怎好打扰人家，既而又一想，荒山冷落，除了到这黄士钧家中，也是别无他法。暗忖这黄士钧居在这山深之处，方才群虎见他都如驯羊般，谅他也决非等闲之辈。想到这里，便忙答道："如此便要叨扰了。"黄士钧谦逊了几句，转身在前引路。

穿过这片乱林，转了一个山崓，看是平坦坦一方广坪，四下一株一株桃李树，从树隙处，见短篱参差，傍崖结了一片房屋。转眼走到临近，黄士钧停住脚步，向驼叟等人道："这是舍间，请暂在此稍候一时，待我进去禀知家父。"即推开篱门走进。驼叟等人听了他家却还有老父，便鹄候在篱门外。但看黄士钧居住这所在，群峰环抱，界隔尘寰，屋后山巅一道流泉，从上转下，水声潺潺，围绕而过，水石清幽，灵岩独开。驼叟等四外赏览景色，就听篱门内一个苍老声音道："钧儿快将佳宾请进来。"语声甫罢，一阵脚步音响，黄士钧已从内跑出，笑容满面，闪身请驼叟等人走进。将走进篱门，看迎面走出一位六十余岁皓发老叟，额下银色长髯，微风吹得根根飘起，望去精神十分饱满，二目神光十足，挺胸叠肚抱拳当胸地道："适才听犬子说，尊驾等山行迷路，误至此处，这也是彼此有缘，恕老朽有失迎迓，请堂中坐吧。"驼叟等谦让一阵，进房见布置精雅非凡，随又通过姓名，方知这黄士钧之父，名唤黄振。分宾主坐定，黄振转首向士钧道："钧儿你把明燕姊姊喊出，叫她把这三位女客迎到后面。"士钩听罢，忙转身趋出，直向后面跑去。不一时一阵莲步声响，从远渐近，莲步停处，眼光一亮，走进一个廿一二岁女子，一身荆钗布裙，粉面朱唇，生得百般秀丽，见她青眸流动，向玉娥、四姑、玉英扫了过去。黄振看女儿明燕走来，忙叫她见过驼叟，便把玉娥姊妹三个给她介绍了。明燕很是亲昵地含笑把她姊妹三个，扯到后面她那闺房中去了。

驼叟在这里和黄氏父子谈了一时，才晓这黄振是太极门中的人，看模样本领已入化境。这黄振早年在云贵一带走镖，他有宗绝技，唤作金沙掌，运动起来，手比钢铁还坚硬。兵刃休想伤他。壮年时性情暴烈非常，闯荡了半世，遇在他手中的匪徒，从不肯轻轻放过，因此仇人遍地皆是。后来他想长此下去，难免被仇家暗算，他便收了镖行生意，携了一子一女，隐居在罗浮山东面迤北深山中，依山结屋，开地为田，住了下来。原来他夫人早已下世，他自隐在这深山后，便把自家这一身武功夫，倾囊传给了他这儿女。这黄士钧自随父到这山内，他才十一二岁，一个小孩子家，贪玩心胜，看忽来在这荒山中，连个人烟也无，哪有半个孩子童同他玩耍，每日守在家中，抓耳搔腮的。黄振只这一子一女，百般疼爱，看了儿子这模样，恐把他闷出疾病来，便带了他姊弟两个，常到山中的岩穴处，去擒乳虎回来饲养。黄士钧觉得这却很是好玩，便常求爹爹带他去擒乳虎，黄振哪肯拂他心意，没有年余，擒了足有二三十只乳虎，饲养不到五六年，这二三十只乳虎全已长得雄壮非常。驼叟一行爷儿几个所遇这些大虫，即是他幼年饲养的乳虎，所以见他就像驯羊也似的。驼叟与黄振对坐相谈，黄振想驼叟师弟两个同玉娥姊妹三人定早已饥饿，便喊士钧烧火备饭。喊了两声不见答应，忽一眼瞥见了儿子士钧拖一只断气大虫，从门外趋进。驼叟看是他们路上伤的那只大虫，心中歉然，忙即道歉，黄振笑道："不相干。"对儿子说："钧儿，你快烧火，给佳宾们预备饭吧。"士钧说了声孩儿晓得。驼叟也正感饥肠辘辘，所以也毫不客套。驼叟忙命王铁肩出去帮同士钧。主人还要相拦，王铁肩早走了出去。王铁肩走出堂外，看黄士钧把米已泡好，正蹲在那里剥扒那虎皮。王铁肩忙伸手相帮，士钧忙拦道："王兄请堂上坐吧，哪有劳客帮同弄饭的道理？"王铁肩哪里肯依，便忙帮着士钧把柴架上，烧着锅灶，把米下好，看士钧把虎皮早已剥下，用刀把虎肉切成一块块的方块，架火烧了起来。王铁肩哪里尝过虎肉，况且又是饥肠难忍，嗅到一阵一阵肉香扑鼻，不由有些馋涎欲滴。

第七章

游南荒忽遇侠隐

　　一时饭好肉熟，士钧把肉饭端在堂上，黄振坐在驼叟旁边相陪，王铁肩当然不能和师父同坐一处，便由士钧陪同在他那房内。黄士钧住的这间房中，却也很是精雅，所有一切桌椅床榻，都是伐山间林木制成，不加雕磨，自有一种天然幽趣，觉得清雅绝伦，不类凡境。士钧把王铁肩陪到他这房里，忙道："王兄少候，待我先给后面女客把肉饭送去。"返身走出，工夫不大，从后回来，兴匆匆地又跑到厨下，托了一盘虎肉，两大碗米饭，笑着走进。王铁肩忙抢着迎上前接过盘碗，放在了桌上，见那大盘虎肉热气腾腾，此时又放了些酱油五香佐料，香气较初烧时尤觉浓厚。但见一块块虎肉，五花五层，望着十分肥嫩，不过有肴无酒，却是一件美中不足。黄士钧又含笑道："王兄且慢用饭，恰巧头几日我在山外沽了几瓶酒，待我取来。"王铁肩一听，正惬心怀，这些日正感有些酒瘾难熬，不由心花怒放。士钧两步并作一步，复又走了出去，没多时，一手拿了酒瓶，一手又托了满满一大盘腌腊肉，走了进来。南方城乡中等人户，差不多家家入冬，都备造大宗腊肉，以为餐客之需。腌腊肉造后，便一片一片储置房外檐下，任凭灰尘上落，望去尘垢落满，肉色成黑灰色。

若食时取下将尘垢略略涤去，便入蒸笼蒸透后，取出切成薄块，食之肥美异常，另有一种风味。王铁肩和士钧两人推杯换盏，饮了一时，士钧忙起身到堂上去看爹爹陪了驼叟把餐用罢，忙把盘碗家具撤下，重又返回房内，二次又陪王铁肩饮了起来。士钧酒量甚豪，和王铁肩左一杯右一杯，直饮到灯阑酒尽，月色已从东岭转过山后，二人方才罢盏，胡乱地把饭用过，王铁肩同士钧把残肴剩馔收拾着撤下。见师父和黄振尚对坐堂上谈论闲话，当晚驼叟和黄振宿在一处，彼此识荆，谈来却很是投契，大有相见恨晚之慨。王铁肩自然宿在士钧房内，他两个也很说得来，三姊妹就在明燕房内。

　　一宿晚景过，到在了次日清晨，玉娥、四姑、玉英姊妹三个在明燕房中梳洗齐毕，走出堂前拜谢黄家父子三个夜来款待之情，便要同驼叟、王铁肩起身奔往玉清观。驼叟见爱女玉娥的神色，恨不得立时到了玉清观，见了金哥，心下方才安定，便忙向玉娥说道："昨夜间我听你这位黄伯父言说，从此往玉清观的路径，在头两年有一道偏桥可通，后来这道偏桥不晓何时被人移去，从此玉清观即算与外间隔离，就是从外面入山到那里的，那股正路上的竹绞溜索，也被人断了去。看来显然是浮罗子所为，不欲外人到他那里。可是听说另有一股捷径可通，浮罗子出入即是走这股捷径，但是此处重山叠岭，绵亘千里，山中道路密如棋盘，纵横交叉，怎知晓哪股路是去玉清观的捷径。若贸然行去，再迷失了途径，便不易寻觅人户了。而且这山深所在猛兽窟穴处处皆是，况且你黄伯父又说，这山深处，地僻多瘴，若受了毒瘴，非同玩耍，性命相关，自然要加以谨慎，万不可贸然起程。依你黄伯父说，莫如先命他这位令郎伴同王铁肩探一探去玉清观的这条捷径，一俟探明，再为前去，岂不比较稳妥？我想也唯有

139

这样，如此却偏劳你黄伯父这位令郎了。"玉娥听爹爹驼叟说了这番言语，却也不便再坚持己见，忙向士钧作谢，福了两福。士钧也还礼不迭，这时玉英进前插口说道："夜来我们这位明燕姊姊也是这样说法，怎奈我玉娥姊姊怀念爱子心切，哪肯听从，看来还是不可贸然起行的。"明燕忙走向前一扯玉娥的手笑道："玉娥姊姊还是依了夜来小妹的言语了吧，足证小妹之言非虚。"说罢，仍把玉娥、四姑、玉英姊妹三个扯着向后面走去，边走边说道："我们姊妹四个回头吃罢早餐，到后面山上，观望一时，趁便猎些飞禽野兽，留待晚餐享用，倒也有趣得很。"她姊妹四个一路说笑着，转进后面房中去了。

黄士钧、王铁肩吃过了早饭，二人联袂走出，去探玉清观那股捷径。王铁肩同士钧走出篱门外，见四外山间，苍松翠柏，蔽岫连云，房后山巅流下那道清溪，白石磷磷，落花沉涧，山鸟上下飞翔，景致与昨晚月下所见，却又不同。士钧走出篱门，引了王铁肩绕房后行去。到在他们居住的这片茅舍后面，士钧停住了脚步，转首向王铁肩道："王兄我们去探往玉清观那股捷径，山中道途险恶，况又不是一两里的路程，还是寻个代步吧。"说罢，未待王铁肩答言，很清脆地向了后山打了一声呼哨，回音荡耳，好似满山皆鸣，王铁肩不由怔住。黄士钧刚刚哨罢，就听山里一阵狂风，一阵虎啸，随着从山里杂树怪石深处转出二三十只大虫，迎面直向他两人身前跑来，一个一个圆睁铜铃般两眼，都是雄壮非常。王铁肩见了，不由心下大吃一惊，忽想起是士钧幼时捕的乳虎饲养起来的，惊神方定。一转眼间，群虎已到切近，摇头摆尾，围拢着士钧齐蹲卧地上，仰了虎首，张望着士钧不住地呲嘴咂舌，表示十分亲热。士钧伸手在前面蹲卧那两只猛虎的额上，轻轻拍了两下，又一扬手，朝了其余那群虎一挥。那群虎立转身躯，齐又转向山里奔去，只余那两只猛虎一丝不动，仍旧蹲卧在那里，静待士钧分遣。

士钧忙向王铁肩道："王兄你看这两虎不是我两人很好的代步吗?"说罢，在两虎背上一拍，立时两虎站起，竖起周身斑斓色短毛，来回抖了抖，看去愈显雄壮肥大。士钧当时把两虎抚摩一阵，又引王铁肩到虎前，教虎嗅了一嗅，无形中是给人虎介绍。然后两手一按头前那只虎背，翻身跨了上去。王铁肩看了哪肯示弱，不顾许多，也翻身跨上这一只虎的虎背上面，顺了山路，飞奔下去。只觉耳畔风声呼呼，没多时转下一道斜形山坡，绕过一个山口，忽听水声聒耳，但望这一长流横现眼前，两面悬崖对峙，中间江流如一线。看江心乱石槎丫，水不能经过，涌而立，搏面拂，盘洄而破碎，波浪相激，犹如惊雷。人行此处，对面语声不闻。

士钧、王铁肩跨的那两虎，到在江边，便直向江中渡了下去。却把王铁肩吓得惊慌失色，再看士钧跨的那只虎，早跳下江去，那虎却也灵便非常，爪寻江中乱石，三窜两窜，没有多时，早到在了那旁。王铁肩跨的这只虎随在了士钧那虎后，也扑下江去，到在江中一拱一伏，把个王铁肩颠簸得摇摇欲坠，吓得他心胆俱碎，两腿紧紧夹住虎腹，两手紧扯住虎项上的短毛，哪敢放半点松。好容易到在江的那旁，方把心中悬的那块石头放下。只看路径越来越阴，那两只虎负了士钧、王铁肩两个穿山越涧，行了好久，一路上幽壑深林，山势愈来愈深，山光被日色映得一片赤色，望去山红草绿，碧树丹崖，烂若绘绚，奇险幽秀，可称是二者兼备。

王铁肩跨在虎背上，忽然失惊向黄士钧喊着说道："黄兄我们跨着虎，像这样瞎猫撞鼠地向前胡乱地飞奔，哪就恰巧被我们寻到去玉清观那股捷径了呢?"士钧一听，忙地跳下虎背，笑道：
"我们去玉清观的方向不曾弄错，王兄你辨一辨日影，你看方向
不错的吧，我们这不是直向北行着了吗?"王铁肩这时也从虎背
跳下忙道："我们都是不曾到过玉清观，黄兄你看这山里去西北
的歧路四下交叉，方向虽不错，可是准晓得我们走的这路也是不
错的吗?"士钧听了王铁肩这话，觉得也甚是有理，一看前边一
座山峰高出半天，便忙道："王兄我们到山巅张望张望，恰巧或
者也许能望见那玉清观。"说着，便即步行奔向前面那高峰跑去，
那两只虎便也随在他俩身后。

　　山径虽是奇险，所幸尚不觉十分难行，一时到在峰上最高之
处。只看四外都是层峰叠峦，髻簇拳立，棕榈松菁，夹岩森列，
峰峦中腰，白云相隔，哪里张看得清。白云忽开处，一看下为大
壑，哪有半个玉清观的影子，至是士钧却也两眉紧皱起来，方知
去玉清观那股捷径，决不似心中所想的那样易寻，十有八九今天
恐难以寻到。士钧肚内这样暗思，便和王铁肩彼此一商量，反正
已到在此处，索性发一狠，仍到峰下，还本着那条方向走，给他
个要错就错到底。即使寻找不着玉清观，好在我们有这两个代
步，就是天晚也无甚紧要。两人便走下这座高峰，跨上了虎，一
直向西北那股山道飞驰而去。经过两三个山峰忽瞥眼前竹林密
菁，隐约约听竹丛里面，有人说笑声音。从丛隙之处，定睛向林
密间看去，见有两个盘髻道童，坐在林内一方石上，相对谈笑。
士钧、王铁肩见了，心中不觉大喜，暗想在这深山所在，别无观
院，这两道童，定是玉清观浮罗子门下的，今天总算不虚此行。
想到这里，不由大喜过望，忙不迭地从虎背跳下来，两步并作一
步，朝竹林内那两道童所坐之处走去。那两个道童正坐在那里闲
嗑牙，一转首忽看士钧、王铁肩两人一前一后走来，身后还跟随

了两只斑斓猛虎，立时两个道童把话锋停住，心中惊疑，呆呆向士钧、王铁肩两人打量过去。

王铁肩急忙抢向前开口问道："两位道兄，是玉清观浮罗子那里的吧？"那两个道童听王铁肩这样向他问着，却不回答王铁肩这话，反向他两个问道："你们两位是从哪里来的？"黄士钧接口答道："我们是从流青谷而来。"原来士钧所居之处，地名唤作流青谷。那两个道童听士钧说罢，便忙说道："你们是流青谷金沙掌黄老英雄那里的吧？"王铁肩在旁听了，自忖这金沙掌三字名色，定是士钧之父黄老者的外号，当时便忙地答道："我们正是黄老英雄那里来的，但不知两位小道兄是否玉清观浮罗子的门下？"那两个道童，中有一个年纪稍小的，将要答言，那个年纪大些的道童，忙朝他一使眼色，回转首来向王铁肩两个道："你们先莫要问我俩是不是玉清观的，我先问你们从流青谷到此何事。"王铁肩答道："我们到此要往玉清观，看看浮罗道人新近收的一个弟子，不用说两位小兄必是那里的。"那一个年纪稍大的道童听王铁肩说罢，两眼向上转了两转，便直认不讳地说道："我俩正是玉清观浮罗子门下的，我叫丹林，他叫青皓，二位不是要去我们玉清观吗，请暂在此少待一时。"说到这里，抬手向竹林外一个山环指去。接续前言道："我们师兄弟两个今日出观来，系是砍取些枯树枝，回去烧水煮饭，我们已砍下来两大束枯树枝，现放在山环那旁，待我们取来，引你们二位一同到我们观里去。"便同了青皓，师兄弟两个，离了这片竹丛，一溜烟向竹外那山环跑了去。

士钧、王铁肩只好在他师兄弟两个坐的这面石上坐了下去，敬候他俩转来，好叫他俩引路到玉清观去。士钧、王铁肩心下很是欢喜，暗忖今天误打误撞，居然遇见浮罗子这俩徒儿，总算还是不虚此行。这时那两只虎看他俩坐下，便也卧在了一旁。士钧、王铁肩看那丹林、青皓早已转了山环那旁，心想没一时，他师兄弟两个便要走了来的。不料等了好久，也不见他师兄弟两个走来。士钧、王铁肩不由有些心疑起来，想他俩都是十五六的孩童，定是贪玩心胜，或者许是在山环那旁玩耍起来了。士钧、王铁肩想到此处，便忙站起，想到竹丛外山环旁，去寻他师兄弟两个，谁知过去一望，但见有许多股交叉山路，看这许多股山路，尽皆鸟径崎岖，竹林夹道，望去阴暗异常，内中不见一丝日光，不晓那丹林他师兄弟两个转入哪股路中去了。在这山间，地下皆石，又毫无些微足迹可寻，士钧、王铁肩至此，方知受他师兄弟两个的骗了。深悔信了他俩言语，不曾跟定他们身后，以致功亏一篑，白白跑出来一日，怎好回去复命。依了王铁肩便要给他个误打误撞，向正中一股路中寻去。士钧忙拦道："王兄你看，日色早已偏西，这里山路错综，哪就恰巧被我们寻着他们玉清观的路径，莫若记定此处，明日我们天一明即起身到此，再为探寻。反正料定此处，距他们玉清观必已不远。"

王铁肩哪肯甘心地就这样返去，听士钧说罢，便道："我们管他对与不对，就循这股路再寻一时，我们再转向回道。"士钧只得依从了他，两人便忙又跨上了虎背，那两只虎迈动爪，如飞朝正中一股道中奔去。道旁夹满了的竹林，遮蔽天日，越走越黑暗，好容易转出这竹丛夹满的山路，当前一峰直立云岩，一道涧水环绕于其下，水色澄清见底。士钧、王铁肩跨的两虎连跑带窜的已大半日，早已口中干燥起来，便直奔涧旁饮了一气涧水，驮着士钧、王铁肩两个，又顺山路向前跑去。峰回峡错，眼前又有四五股交叉道路，一看斜阳西去，林鸟催归。

士钧道："王兄我们还是明天再来吧。"王铁肩看这情势，今天是不易寻到，只可把头点了点，两人当时便走向回道。他们不知不觉间已走出百余里，及至回到了流青谷天色早已大黑。驼叟父女等人，满心希冀着他两人去了一日，准可探明去玉清观那股捷径。谁知他两个回来，说了往寻的情形，驼叟父女等人，都不由得面现难色，也很是追悔他俩不随后跟定浮罗子那两个徒儿，致失之交臂，尤其是玉娥看他俩空去了一日，口里说不出，心中却暗自焦急。士钧、王铁肩跨在虎背，往返跑了二百上下里的路程，肚中已早饥饿，士钧看驼叟等人同爹爹早已把饭用过，他俩忙胡乱地吃罢了饭，便去安歇。

当晚无话，次日天将一发晓，他俩裹了些干粮，仍旧跨了虎，顺了昨日道路，又往寻玉清观去了。王铁肩原想今日定可把玉清观寻着，谁知到了那个山环之处，左转右绕，岔路似较昨日尤多，指不胜屈。黄士钧、王铁肩却又空空跑了一整日。其实在昨日遇见丹林、青皓坐的那片竹林所在，正当玉清观的山后，不过尚隔一道偏桥，山路各处交叉，他俩哪里寻找得到。这日整整走了一天冤枉路，虽有两虎代步，可是颠簸得却也很是疲乏了。好在他俩都是练武功的，若是换个平凡的人，恐早就骨软筋酥得难以支撑。

两人很不高兴，返回流青谷，斜月西偏，已是更鼓三漏。二人回到了家下，姊姊明燕迎面黄士钧道："你可曾遇见刘伯父和爹爹了吗？"士钧突闻此言，忙问道："伯父和爹爹哪里去了，这时怎么还未回来，我们哪里遇见了呢？"明燕道："他们老哥俩儿吃罢早餐，说是游山去，直去了这时，还不见转来。"士钧听了，不由得诧异起来，虽晓得爹爹和驼叟都是本领非常，在山中若遇上猛兽，却也足以应付得了，心中虽作是想，但是终觉难以放怀。王铁肩一旁听了，也是和士钧一样甚是放心不下。王铁肩当时忙把仍未寻着玉清观向师妹玉娥说知，拟定明日再三次前往探寻。便随了士钧跑到厨下，寻了些食物，胡乱吃下，也忘了疲乏，匆忙忙随同士钧走出，借了月色，转向山中寻驼叟去了。

王铁肩随士钧走出来，便跟在士钧身后，转入门外那座山中，看山容色暗，峭壁排天，纵跃攀缘，山路陡峻难行，况且又在这月色之下。走到山的险处，俯首下望，深壑万仞，不觉股慄，耳旁又时时听到虎啸猿啼之声，士钧、王铁肩两个足音交应，愈显景色凄凉可怖，山岩间的树木也笼罩了一层浓黑颜色。两人行到山最高处，看月色朦胧众岭间，嶙石皆云，景象却又与山下迥不相同。士钧、王铁肩转过两三座山头，哪里看见驼叟、黄振一些踪影，两人见无法寻找，便要趑趄，忽地就听山间一簇树林里，一声长鸣，声音十分尖锐刺耳，随着上面一阵风声，起自那簇林木间，枝叶纷纷下落。士钧、王铁肩仰首定睛望去，见是一头丈余长巨鸟飞向半天，两翅把下面遮蔽着，一阵昏暗，那巨鸟两爪大小，犹虎爪也似，形貌十分凶恶，展动两翅来回飞绕，引颈下视，像是寻攫食物。若在往日，黄士钧早和这头巨大怪鸟厮斗起来，就是王铁肩也是不能把它白白放过。但是今天他两个日间寻了一日的玉清观，未得歇息，却又跑到这山中来，体质就是再健壮，功夫就是再有根底，却也觉得十分疲乏。当时忽瞥见这头巨鸟，都抱定多事不如少事的心意，士钧一扯王铁肩忙说道："王兄你我赶紧寻个隐避的地方，权且闪躲一时，不要被这怪东西觑见。"说着看近前有块岩石，形状上凸下凹，底面恰好能容两人，士钧、王铁肩两个忙大踏步，跑到这岩石下，悄悄向天空望去。就看那巨鸟，只是围了这山近来回飞绕，仔细望去，看这巨鸟首大似斗，隐约约见周身浓黑色羽毛，形状像是鸟生着翅的猛虎一般。这巨鸟一边飞着，一边啼叫，猛然这巨鸟灯也似一只鸟目，朝了士钧、王铁肩躲闪的这岩石下扫射过来。士钧急忙说道："仔细些，我们大约被这怪东西看见了。"话未说罢，看这巨鸟一敛双翅从上向下，疾似闪电望了岩石下面扑来，士钧、王铁肩抽出随身器刃，准备和这巨鸟搏斗。这巨鸟已然扑下来，士钧、王铁肩将要纵了出去，见这巨鸟扑向这岩石另一旁，方晓这巨鸟目标却不在此。这巨鸟将将扑下，忽听下面吱吱乱叫，紧跟着地下一种微细沙沙声音，士钧、王铁肩悄悄探首，向了这巨鸟扑落之处观望了去，不由立时大吃一惊，见是一条油光亮亮乌鳞大蟒，足有缸口粗细，一半盘在这岩旁一株树干根下，露出这一半，望去就有丈余长。料这条巨蟒全身足有两三丈长短，吞吐着口中红信，身依树干，同这巨鸟拼斗起来。

这巨鸟伸长鸟头，左右旋绕，朝这条大蟒喙去，这条大蟒红信一吞一吐，嘴里不住吱吱怪啸，也一伸一缩去咬那巨鸟，各不相让地恶斗起来。鸟喙住蟒，叫声吱吱不歇，蟒咬住鸟，羽毛纷纷下落。斗了好久，巨鸟大蟒都负了重创，它们仍不肯松放。最后这巨鸟见操胜券，便发出凶威，一声怪鸣，直朝蟒首喙了下去，那蟒此时也是凶焰外露，这巨鸟将将扑到蟒首跟前，只听这巨鸟又怪叫了声，回旋双翅，到天空去了。这巨鸟一个猛劲扑向那蟒首，本想这一次把那蟒喙毙，哪知这蟒也凶恶异常，伸长脖头，迎了上去。两下势子均是甚疾，在它俩互相一撞之间，这巨鸟未曾喙着那蟒，却被那蟒一口把这巨鸟的一翅咬伤。这巨鸟一声怪叫，不敢再为恋战，强张双翅，飞逃去了，一眨眼，已不见踪影。那大蟒看劲敌飞去，仰颈上望，口中红信吐个不住，嘴角毒涎下流，望着越显凶恶可怖。士钧、王铁肩正张望这一条大蟒，忽觉又是一阵微细沙沙的声音，起自身后，士钧、王铁肩一回首，忽见又有一条大蟒，潜伏在他俩身背后，不晓何时从这岩石下穴中钻出来的。看这条蟒和石旁树干根下盘踞的那条蟒不相上下，一伸一屈的，蠕蠕向前行着，距了士钧、王铁肩不过四五尺远近，这蟒好似也觑见了他两个了，停住了身躯，张着盆碗似的大口，对了他俩不住地把红信一吞一吐。

黄士钧、王铁肩一看毒物当前遮后，哪敢再在此停留，忙从岩石下纵了出去。树干根下那条大蟒，一眼也看见了他俩，回过身躯，离了这个树干，身子平铺山间的草上，向了士钧、王铁肩身前而来。这时岩石下潜伏的那条蟒也已然钻了出来。士钧久居此处，晓得这山中毒蟒的厉害，莫说是被蟒咬着，就是嗅了这毒蟒口喷的毒涎气味，周身就要肿疼。士钧手扯了王铁肩，急忙道："王兄赶快走，毒物不可力敌。"左右盘旋着，向了回道跑去，不敢走垂直的道路，恐为那两条毒蟒追上，蟒行草上，系是一条曲线。士钧、王铁肩一口气跑过了一两个山头，方不见身后那两条毒蟒追上，可是他两个早已汗流浃背了。士钧、王铁肩看没了毒蟒的踪影，这才缓了一口气，脚步稍稍慢了些。士钧向王铁肩说了这毒蟒的厉害，王铁肩不由咋舌地连说好险。及至他两个回到流青谷，天光已要发晓了，驼叟、黄振仍未返来，明燕和玉娥等人都觉有些蹊跷。那明燕姊弟心想自从隐居这山里，十余年来，爹爹从未在外留过一夜，况且这方近连一家住户也无，日间他老哥俩游山是游到哪里去了呢？想到这里，心下十分焦急，眼看着天光已然大亮了，他们几人仍坐候房中，眼巴巴盼望驼叟、黄振返来。黄士钧忽向他姊姊明燕问道："刘伯父和爹爹游山去的时候，是步行去的，还是跨虎去的？"明燕摇着头道："这却不晓得的。"士钧一听，忙道："待我到后山去看一看我们那几十只虎，就晓得了。"起身走出，奔向后山跑去，晨光熹微中，山光树色，晓霞一片，看岩谷间野草幽花，含苞吐艳，一阵阵香味袭鼻，胸襟顿觉爽然。士钧来到后山，一声呼哨，岩洞中的群虎齐奔了来，士钧一看，一个却不短少，忙又回返家中。

将将转出这面后山，见王铁肩飞也似迎面跑了来，看了士钧，停住脚步，忙大声说道："他两位老人家回转来了。"士钧听了，心下方才安然许多，自忖他两位老人家怎的游山游了一夜，边走边想，确是有些心疑莫解。走回家中，看驼叟、黄振对坐堂中，正和玉娥等姊妹几个谈话。望见士钧走来，停住了话锋，驼叟转过首来，向了士钧、王铁肩说道："昨日你两个又空跑了一日，仍是未曾寻见玉清观吧？"士钧忙道："我俩今日还要去寻的。"黄振忙接着向士钧说道："你两个今日不必往寻了，我同你刘伯父，刚从玉清观转来。"士钧忙问道："你老人家同刘伯父不是游山去了吗，怎么居然会寻到了玉清观了呢？"黄振道："在昨日吃过早饭，原本想陪同你伯父到附近山中赏玩一时，哪知刚走出没好远，忽看迎面走来一个道童，到了近前，他虽和我不相识，他却认识你刘伯父……"

黄士钧听爹说到这里，忙一转首，问道："这道童定是咱头天逢着的那两个，不是那个丹林，便是那个青皓。"王铁肩尚未答言，黄振便又继续地说道："你料得一些也不错，来的这道童正是浮罗子的徒儿，名叫青皓。他说昨日遇见了你两个，回去禀知了他师父浮罗子听了，即料他新收的那金哥家中有人来了，可是他绝没想及你刘伯父也来此处。浮罗子命他这徒儿来此探望一回，恰巧遇上我同你刘伯父，当时便随了他往玉清观去。那青皓莫看他小小年纪，陆地上的功夫，却也很是了得，行走起来，很是稳快。我同你刘伯父跟定了他，上百里的路程，不消一个多时辰，便已到了。我们本想多在那里盘桓一日，因去时未容返家说知，唯恐你等放心不下，所以我们天将明，便辞了浮罗子返了回来。"

王铁肩这时又进前向师父驼叟问道:"你老人家既晓得了往玉清观那股捷径,我们明天就要从此起身前去吧?"驼叟道:"我已和你师妹说了,金哥确在那里,勿须再为前去,但浮罗子可以把他领来一见。因为从此到彼,中隔了一道偏桥,他们随时移动,就是去,此时那桥已然移开,怎能通过。"驼叟说至此处,便又转首向爱女玉娥说道:"浮罗子曾说再过年余,俟金哥功夫稍有根底,必命他返家探望一次,你这还有什么不放怀的吗?"看玉娥踌躇满怀,心想爹爹既见金哥确在玉清观浮罗子门下,倒也没有什么不放怀的。不过须得年余,母子方能相见,终觉难以释念,但是只有依了爹爹之言。果到明日,由丹林领来金哥,母子相见,悲喜交集,别来不久,金哥已似成童了。他居然安慰他母,盘桓终日,拜别慈母归山。

驼叟一行爷儿几个,因金哥母子已然相会,此行不虚,便与黄振及明燕姊弟告别,出山返回黄堡去。玉娥、四姑、玉英和明燕相处得十分火热,忽然别去,哪里肯舍,便又强为挽留的住几日。这日拜别了他们,彼此间均有些恋恋难舍,临行之际,明燕向玉娥说道:"姊姊妹妹们明岁春间千万要来敝处再盘聚几日,小妹本应俟等些时出山,到府去望看姊姊妹妹们,因外面仇家众多,甚是不便,还望姊姊妹妹们到在山外,万勿提及我们一字,请要牢记。"父子也向了驼叟师徒言说:"到外面请不要露我们一字,恐为一些仇家知晓。"彼此方才作别,黄振因山中歧路繁多,恐他们几个迷了来时之路,便命士钧随同送到山外。

这次士钧引了驼叟爷儿几个,抄走近径,不消大半日,已来到山外。士钧停住脚步,与驼叟等人话别,心下都是未免依依。驼叟一行爷儿几个来到山外,当日在店中住了一宿,便在那店内

150

雇了三乘长程小轿，分给玉娥姊妹三个乘坐，朝发夕止，按了站口取路，向回道行去。非是一天，这日行到了一个所在，地势险僻，沿途山路，不见人烟。正行间忽看当前一峰突起，天色阴暗，云封其上，仰首不见峰巅，就看两壁山崖，并无寸草，舆夫们说道："这儿连一个人也无，我们紧赶几步吧，天气不好，看要有山雨的。"又有一个舆夫说道："没有好远，前面即是连山关了。"舆夫们一搭一和且走且谈，忽地一阵风起。这三乘小轿的前面轿帘，立时都被狂风掀起，眼看山雨欲来。正在这时，就听后面一阵马蹄声响，转眼间斜刺里从这三乘轿旁驰过去了三骑骏马，上乘三个短衣汉子，每人身后斜背了一口单刀，柄上系了方尺余长红绸子，一被风吹得摇摆作响。这三个汉子驰到轿前，一勒缰绳，那马便缓行起来，不住地回首向玉娥等三乘轿内张望。玉娥等三个的轿帘刚才被那阵风掀起，尚未放下，玉娥本坐在头前那乘轿里，看这三个乘马汉子，凶眉恶目，不住地转首向了轿里探望，玉娥看三个决非善辈，便忙探首出去，招喊王铁肩把轿帘放下。王铁肩此时也看出那三人丑态来，一腔怒火极力按捺着，若非随在师父驼叟跟前，早张口向他三人喝骂起来。

那三个汉子看了，说了声："这口美肉我们还怕她飞到天上吗?"当时放马疾驰下去，不一时转过一个山弯，已不见踪迹。驼叟师徒两人及玉娥姊妹三个都看出那三个汉子不是好路道，可是那三个汉子临驰去时说的那句言语，他们却未听清，所以看他三个驰去，也未在意。所幸此时山雨只落了几点雨点，并没下起来，又向前行了三四里路，已到连山关。

这连山关地虽险要，人户倒还稠密。天光已晚，便在这里寻了店房停下，准备明晨再行赶路。在一进这家店内，忽瞥见里面厩下拴着三骑空马，仔细瞧去，正是路间所见那三个汉子乘的那三骑马，想那三个汉子定也宿在这家店里。驼叟一行爷儿几个宿的这房屋是这店的一个旁院，共是三间房，两明间一暗间，玉娥姊妹三个便是宿在这暗间中，驼叟、王铁肩师徒两个即宿在外间房内。店小二忙张罗着送来面水茶水，跟着要了饭菜。饭罢，店小二撤下家具，随又把茶水泡上，驼叟向是盘膝而卧，王铁肩行了一整日的道路，头一挨枕，便呼呼睡去。暗间中玉娥姊妹三个一倒身便也睡熟。天也就将有三鼓，驼叟盘膝坐在床上，忽然嗅到股异香传入鼻孔。驼叟忙睁开了二目，房中烟气已满，略辨气味，已知是黑道上人所用的薰香。驼叟急抬首望，有一点火亮从窗洞处放进。驼叟轻轻塞鼻走下地来，看桌上放有半杯冷茶，便手蘸冷茶，悄悄过去把那薰香的火头悄悄弄灭，窗外燃放薰香的那人，尚兀地一些不知。又沉了一时，就听窗外有人悄声说道："这间房里宿的那病容满面的老头儿和那一个粗壮汉子，此刻想已够劲，只余下这里间那三个女的了，我们还不赶快进去，把那三个女的跨在马上带了走。"又一个人道："这三个女的正好我们每人弄一个，我们就不必再去南江掳那店中雏儿了。"

驼叟听到这里，忙掣刀在手，从后窗纵出，转到前面，天光十分黑暗，只看三条黑影都是手擎了明亮亮器刃，正在那里撬那暗间的前窗。驼叟摆刀窜了过去，那三个听脑后有人，忙回转身躯，各亮手中刀，并不搭腔，和驼叟交起手来。他三个本领都是平庸，哪里是驼叟的对手。王铁肩这时也惊醒，听师父在房外和人厮打起来，连忙提刀跳出。那三个正战驼叟不过，见又走出一个来，哪敢久恋，就见内中有一个虚晃了一刀，跳出圈外，口中喊道："三弟、四弟，我去拉了坐骑，头前等候你俩。"说着跑出这座旁院去了，驼叟、王铁肩听了这人口吻，方明白这三人正是日间所遇那三个骑马汉子。王铁肩忙要向说话的那汉子追去，怎奈这店旁院甚是窄狭，驼叟和那两个汉子正堵在这旁院角门内交手，无法走过。王铁肩身体笨重，窜越的功夫又不甚精巧，眼巴巴望了那汉子，拉了那三骑马，开了店门走出去了。和驼叟厮斗的那两个汉子，听他们同伴那人已拉马走出店外，便也虚晃一刀，回身跑向店外逃去，驼叟望着他俩后影笑了笑，停了腿步，看他两个逃去。王铁肩忙道："你老人家怎的放这三恶徒逃去，怎不追赶呢？"驼叟笑道："你想我当真和他三个交手吗？我要当真和他三脓包交手，一个也叫他们逃不脱，如果我们在此若把他三个结果了，惊动官府，不是给店家寻了麻烦吗？若是生捉住他三个，又怎样发落呢？莫若放了他，况且我又不便追，怕中了贼人调虎离山之计。"说着，回到房内，暗向玉娥姊妹三个喊了两声，不见答应。驼叟怕她三个受了薰香，便推门走进，掌灯一看，空洞洞哪有一个人影，驼叟不由大惊。驼叟忙喊叫王铁肩道："怎么房中空洞洞的，你师妹她们姊妹三个哪里去了呢！"王铁肩一听，当时也惊慌起来。驼叟向这房里四下望了望，见后窗开了，忙向王铁肩道："待我去看一看她们是哪里去了。"王铁肩便从窗纵了出去。猛听有人喊道："师父老人家不要去寻了，我那两位师姊追了那三个贼人去了。迟一时，就要回来的。"驼叟听是玉英的声音，一回首看玉英立在后窗外一片空地中间，静悄悄在那里等候玉娥、四姑返来。驼叟想此处路径生疏，哪里放心得下，忙向玉英道："你回房里去吧，待我去寻她姊妹两个。"将说到这儿，一眼瞥见两条黑影由外窜来。玉英手一指道："这不是我两位师姊回来了吗？"转眼间那两条黑影已到近前，驼叟一看，果然是玉娥、四姑姊妹两个返了回来。

　　四人走回房中，王铁肩看了她姊妹两个回来，也才把心放下。驼叟回了房里，灯光下看玉娥、四姑手中的剑，剑光成红。

忙问道："那三个贼人被你两个结果了吧。"玉娥尚未开言，四姑忙答道："我们听你老人家和那三个贼人交手，便都醒了，后来又听有个贼人说去牵马去，我们便从这后窗跳出，想警诫警诫这三个恶贼。他们这三个恶贼，我姊妹俩却不曾把他们结果，不过把他们三个的左耳削了下来，以示薄惩罢了。"

天已微明，听店中尚无一些声息，若在每日店家早已起来，不过他们店家和各房旅客们听夜来驼叟和那三个恶贼厮打声音，都吓得屁滚尿流，一颗头缩到腔子里，蒙了被子，哪敢出一些声息。直待驼叟命王铁肩喊叫店家算付店账，并催促舆夫起来上路，他们一些人等，方才大了胆子从被子里钻出，穿好衣服，开了房门，走了出来。店家明知夜来那三位乘马客人走去，在夜间哪敢出去向他三个索要店饭账，他便装糊涂，不闻不问。驼叟等人稍为梳洗，付过店饭账，便忙起身赶路。

向前行了一站，到了个所在，是个小城镇，地名仓集，依山傍水，形势尚佳。便想在此地寻个店口，用了午餐，再为起行。随即进了这店，但看冷锅清灶，店里小二无精打采坐在柜房一条板凳上打盹。这店小二忽听有人走进，便忙睁开睡眼，向了驼叟、王铁肩望了望，又看门外停有三乘小轿，知道是客来此打饭尖的，忙站起强笑地说道："客官们请到别家去吧，我们这儿没有心思再做下去了，一两天便要关闭的。"王铁肩忙问道："你们开设的好好店房，怎的要关闭了呢？莫非你们亏累了吗？"店小二头摇了摇道："亏累却不曾亏累，客官们若在前几天来，我们这店还火炽炽在开设着呢。"驼叟、王铁肩听这店小二半吞吐地说到这里，忙问何故。店小二忙答道："客官们不必问了，我们店掌柜出了意想不到的祸事，此刻我们店掌柜已进城报官去了。"

驼叟师徒两个寻根问底向他探问，他也并不隐瞒，当即答道："我们这店掌柜的名叫刘五掌柜，年已五十余，跟前只有一个女儿，老伴却早已下世。我们这刘掌柜的父女两个，在此开设这爿店房，已有五六年了。我们刘掌柜的女儿别看是店家之女，生得却也有几分姿色，年已十七岁。客官请想我们干的这营生，来往人色甚杂，不晓何时我们这刘掌柜的女儿，被歹人觑见了。忽在前日夜间四更多时，来了三个骑高马的贼徒，拍打店门，说是过客到此宿店的。我持了灯笼忙去开了店门，看那三个都是满面血迹，确实吓煞人。他三个手擎着明晃晃器刃，见我开了店门，一抬腿把我持的灯笼踢灭，闯进了店内，照直奔到我们刘掌柜的那女儿房中。我们刘掌柜的女儿从睡梦中，便被这三个贼徒掳去。我们的刘掌柜只这一个女儿，平素爱如掌上明珠般，今忽被贼徒掳了去，早已急煞，哪还有心思再开设这店，所以天将微明，便进城报知官府去了。"

驼叟听店小二说了这片言语，便料个八九，想定是在连山关店里放去的那三个恶徒干的勾当，自己不欲多事，哪知纵容了恶人，生此恶果！便又问道："平素你们这方近山里可有歹人盘踞？"店小二道："我们这方近并无歹人。"问道："连山关地方可有歹人吗？"店小二头一摇说道："这儿距连山关几十里路，那儿我却不晓了。"说至此，店小二向门外一张望，忙又道："客官们请到别家去吧，看那不是我们店掌柜的报官已回来了吗？"驼叟、王铁肩转首看去，见走来一个五十多岁的老汉，面色苍白，满脸的泪痕，暗忖这定是店小二口中说的他们店掌柜的刘五了。不便在此久停，当时只好走出，另寻别店。

当驼叟、王铁肩师徒两个和店小二问话时，轿中的玉娥姊妹三个，也全已听清。驼叟、王铁肩离了刘五店房，與夫们抬着三乘小轿向前行去。走了没几步，瞥见路迤北又有一家客店，门上悬的匾额，上写"连升店"三个大字。驼叟、王铁肩等人照直走进这家连升店内。舆夫们把轿放平，玉娥、四姑、玉英走下轿来。这店的小二看生意上门，忙笑嘻嘻迎将上来，当把驼叟一行引到北房里。这北房一连三间，系是两暗一明，房内倒还洁净。驼叟把玉娥姊妹三个安置在西间房中，自家同了王铁肩两个便到东间房里。店小二忙去把脸水打了来，随又把茶泡上，站在那儿，笑嘻嘻问道："客官们要什么饭菜，请吩咐下来，我去先知会灶上。"驼叟便叫随便弄些饭菜，店小二答应着转身走出。

这里四姑忙从西间走出，向了驼叟道："我们今天在此权且停留一日吧，明日再起身上路，你老人家看怎样？"驼叟听四姑的语气，早明白她的心意，故作不知，忙笑着说道："天才刚刚到午刻，时光尚早，吃罢饭休息一时，怎么也得再走一站，哪能这老早即在这儿停歇下来呢？"刚说到这里，张玉英也一步从西间跑出来道："方才那一家店里的小二所说的言语，我们姊妹三个全已听清，我玉娥姊姊和四姊姊都说，我既然知道那刘五的女儿被匪徒掳去，不能不管，我等素来抱定侠义两个字，怎样也要把刘五的女儿从匪巢里给救了回来，我们再行上路。"驼叟笑道："我不过同你四姊姊说戏语，那匪徒掳去刘五女儿，我们不知晓便罢，既是知晓，哪能袖手旁观呢。听那店小二说那匪徒形状，定是昨日在连山关那三个恶徒无疑，看来他们的巢穴，也必在那连山关附近山内。我看在此用罢了饭，再寻回连山关，你们看怎样？"玉娥听到这儿，走出来忙道："你老人家所说甚是，恶徒一定是窝聚在连山关附近地方。"

说话之间，店小二已把饭菜端了上来，几个人不一时饭罢。驼叟命王铁肩去知会舆夫们，说是仍要折回连山关，王铁肩走出告知了舆夫。舆夫们听了，心下很是纳罕，忙问道："怎么又折回去呢，莫不是在那连山关店中遗下什么物件了吗?"王铁肩佯言道:"并非是在连山关店中遗下什么物件，只因那里山间有我们多年一位老友，来到此忽记忆起来，我们好在才走出一站路，故此再返回，顺便探望探望我们那位老友。"舆夫们听了王铁肩这片诳言，信以为实，忙问道:"客官们既是折返那里探望老友，可是客官们这位老友的居处，客官们可曾到过?"王铁肩头摇了摇道:"我们却不曾到过。"舆夫们忙道:"客官还是不去的吧，那连山关方近山中，除了我们来时走的那股正路，其余的山路四下交连，山路复杂极了，就是那里的老住户也摸不清那方近山的道路。况且那山谷叫作盘山谷，山势又险，谷中时有歹人出没。昨夜在连山关店中，所恃是客官们本领高强，同匪徒厮拼了大半夜，把匪徒们惊走，若不然的话，那可就难以设想了。适才那家店小二不是说他们店掌柜刘五女儿被人抢走了吗? 客官们虽是一身本领，不怕歹人。但是行路在外，也得求个顺利的。就拿昨夜在连山关店里来说吧，客官们同那匪徒们相拼的当儿，我们吓得险忽儿不曾弄了一裤兜子的屎尿。直到后来，听匪徒牵了马逃去，我们几个才稍稍把心放下些。依我们说，客官们还是赶我们的路吧。就是折返连山关，恐也未必寻找得到客官们这位老友的居处。"王铁肩道:"你们莫管我们是否寻找得到，到在那里，我们步行前往，又不要你们抬了轿引路，多赏你们几串酒钱就是。"那舆夫听多赏他们几串酒钱，自是欢喜，不再多语。

王铁肩走回房去，把舆夫们口中说的山路交杂情形，说知了师父驼叟等人。彼此一商议，只可到在那儿再探寻恶徒等的巢穴，不便再在此久停，喊过了店小二，付清了饭菜等账。玉娥姊妹三个坐上轿内，舆夫们抬起了小轿，随了驼叟师徒两个，离了这家店，又向来道行去。好在相距只是三四十里路，不到一两个时辰，又已回到了连山关。依了驼叟，拟命王铁肩同玉英在店里守候，自己和玉娥、四姑前去探寻匪巢。玉英知晓师父不令她去的心意，恐遇上了恶徒，自家的武功根底甚浅，难是人家对手。但是她心中虽这么想着，可是她究是个孩子家，喜动恶静，又愿得机稍试武功，听师父不令她随同前去，粉面低垂，两手去抚弄衣角，不声不语。四姑一旁，看出她的心意来，忙代她说情道："我们莫如都一同前去，也无甚紧要，那恶徒们都是平庸之辈，有我们这爷儿几个，彼此都可照顾得来，难道还能叫恶徒们同玉英妹妹交手吗？"驼叟一想，所说却也甚是，当把首点了点道："一同去就一同去吧。"玉英听师父允许她随同前往，心下自是甚喜。大家束扎利落，各带了随身器刃，把店内房门锁上，佯言进山访友，吩咐店小二仔细照看门户，一行爷儿几个离了店中，向山间行去。

来到山内，绕过几个山角，环视其中，道路交叉错综，果然难走难寻。王铁肩看了，以为这山的道路，较在罗浮山同黄土钧寻玉清观所见的歧路，相差不多，越往前进，山势越险，四外岩崖间，异葩怪卉，层出杂见。一行爷儿几个因不识这山中道路，直奔这山中间一股正路行了下去，左转右绕，不敢误入别股岔路，唯恐迷失途径。没多时，绕过了一座山峰，瞥见一水奔流而来，一巨石突然砥柱中流，下汇成两道小溪，溪上架了一面板桥。渡过这面板桥，恰从这瀑布里面穿过，行在这股瀑流中间，仰首上视，阳光射耀，这道瀑布，望去犹如雨后长虹也似，洵属奇观。穿过这道瀑布，又转了一个小山嘴，看是一面广坪，秧畦垄菜，另有一种境地。从杂树丛隙处望去，露出两三户山家来，林木掩映，篱门半闭。驼叟见了，忙道："这里山户定晓恶徒门的巢穴，待我们去探问探问。"来到一家山户篱门前，门内一阵犬吠，随着看从篱门里走出一个老婆子。这婆子走出一看，向了驼叟等人打量一匝，这才问道："你们是寻找哪一家的？"驼叟不便开口就问她恶徒们的巢穴，恐她惧于匪势，不敢说出，便侧鼓旁击地问道："我们并不是到这儿来寻找人家，我们是来此游山的，因不明路径，特来借问一声。"

这婆子听了，露出很惊异的神色，又望了众人一眼，忙道："你们不是这近处的人吧？"驼叟把头点了点，这婆子又接着说道："这却难怪的了，我们这地方名叫盘山谷，在头些年来此游山还可以，不过须有我们这本处人引导，若不然走错了路径，休想走出，活活就得给困在山里。我们这里除了我那儿子熟识这盘山谷道路，只因他爹爹在世时，常带他去各处樵柴。在这谷深处，有一座庙宇，唤作盘谷祠，近年那里窝聚了一伙歹人，常常出来，干那抢夺的勾当，你们去不得的。你们所幸到在这儿，便来探问，若再走一时，就是走不迷道路，也要遇上歹人的，那如何了得？"

驼叟得知恶徒巢穴暗喜，忙道："我们并不惧怕歹人。你那儿子现在哪里，就烦请给我们引导道路，我们多给酒钱。"这婆子看驼叟一行人等都带着器刃，暗忖他们却都是练武功的，便忙答道："你们既要前去，怎奈我那儿子不在家中。"玉娥进前接着问道："你那儿子现在何处？"这婆子忙答道："我那儿子系在镇内连升店给人家当佣工。"驼叟听她儿子不在家，忙又问道："你可晓得这恶徒们窝聚的盘谷祠是在这盘山谷哪股路中？"这婆子把头摇了两摇道："去盘谷祠的路径，我却不晓，不过听我那儿子说过，这盘谷祠距此只有三四里路，别看这三四里路，途中却曲折得很。"四姑一旁听罢，忙说道："这三四里路就是再曲折，好在并不甚远，怎么也能寻到了的。"当时驼叟等人道了声谢，别了这婆子，走过这片广坪，转入眼前一座山中。

此时日色西偏，山势高峻，鸟道奇仄，不住的一缕一缕的白云，从山岩间喷出。人行到山腰处，仰见天角，云漏日光，乍明乍暗。转眼走上这座山的顶巅，向四下望了去，心想这山峰在此处为最高，在此总可隐约望见恶徒们的巢穴了。驼叟纵目望去，山峰起伏，山态难穷，空看了一时。驼叟道："莫如我们再走下山去，以便慢慢寻觅盘谷祠的路径。"王铁肩和玉娥姊妹三个一想，也只好如此。便又齐向山下行来，看两旁都是岔路，弄得驼叟等人停了脚步，呆望着两旁岔路，却不知走入哪股岔路为对了。呆望了一时，最后还是玉娥说道："我们爷儿几个分成两下寻觅，总可寻找得到的。"驼叟忙道："这里路径纷杂，那如何能成，不要迷了路途，困在山里，荒山僻处，蛇虺甚多。聚在一处，比较稳当，孤行遇险，却不是耍的。"四姑忙笑道："方才那婆子不是说祠距她那里不过三四里，这里离那婆子居处总有一二里路，照那婆子话看来，这儿距盘谷祠至多也不过还有一二里，我们爷儿几个分成两下里寻觅，并不深入，分顺岔路走个一二里路，如觉不对，再行转出，这样决迷失不了路径。"驼叟听了，一想四姑所说却也有几分见地，不便反驳，只好依了她的主张，爷儿几个一商酌，驼叟同四姑为一起，玉娥、玉英同了王铁肩为一起，分途寻找盘谷祠恶徒们的巢穴。驼叟又向玉娥等人嘱咐道："你们如寻不到时，仍回此处会齐；若寻到时，也要回到此处，以便一同前往，万不可轻入匪穴，要紧要紧。"玉娥等三人连说："你老人家不要多嘱，我等晓得。"玉娥等把话说罢，转进右面一股岔路中走了去。

这边玉娥、玉英、王铁肩三个走进这股岔路，看山间岩下，一簇簇野卉，含苞吐艳，徐风过处，一阵一阵花香袭鼻。所行路径虽曲折，倒还平坦，且行且寻，走了约有里许，见前面是个山坡，一眼瞥见坡上林树丛后，一人探头缩脑地向了玉娥等三个张望。玉娥等三人早已觑见，暗忖这人贼头贼脑，定是恶徒们放出的探子，看来误打误撞，这前面是恶徒们的巢穴盘谷祠了。心下这样想着，三个人一使眼色，故作不曾看见，仍旧照直向前行了去。走了没有好远，距那人也就有两三丈远近，那人抽身就要跑去。王铁肩一眼觑见，哪能叫他跑脱，忙赶到那人身前，提小鸡般把那人捉住。那人看王铁肩、玉娥、玉英各把器刃亮出，吓得爬在地下叩头如捣蒜，没口地央求道："姑祖宗和爷爷饶命吧！"王铁肩把手中刀在他面门上晃了两晃，一声断喝道："我且问你，你这厮可是盘谷祠恶徒的党羽？说了实话，饶了你的狗命！"那人便也直认不讳，连忙说道："小人不过是那里一名小喽啰，实因无法谋生，才投在他们那儿。"

王铁肩等人听罢，忙道："你要叫我们饶恕了你的狗命，快起来把我们带领到你们的巢穴。"王铁肩等的心意，是叫这小喽啰把他们带到盘谷祠，再一刀把他结果了。这小喽啰听了，忙站起来道："小人情愿给姑祖宗及爷爷带路。"立即转身在前相引，过了这个山坡，路忽奇仄，仅容一人，蛇径鸟道，曲折难行，左右转绕，走的都是曲折途径。王铁肩、玉娥、玉英三人紧紧随了那个小喽啰。走了一时，过了数处曲折路径，眼前是一道深涧，夹涧古松老杉，大有十围，高不知有几百尺，修柯戛云，如张伞盖。面前群山，环拥林立，烟云相连，景色却又不同。王铁肩等三个自忖好个清幽之处，不想被这伙恶徒盘踞在此。想到这里，便忙向这小喽啰问道："这儿相隔你们那盘谷祠巢穴不远吧？"那小喽啰忙抬手向了前面一簇杂树指去，说道："过了跟前这簇树木，便望见了。"

第八章

蹈陷坑英雄落网

没多时，穿过了这簇杂树，看是亩许一段平坡，生满花草，绿叶红花，景物愈觉清妙，但定睛看去，内中花草却有不少已经枯萎。仔细一看，这些花草像是从别处移植此间的，却也未曾在意。看这小喽啰忽停住脚步道："穿过了这道花径，即看见盘谷祠的殿角了。"王铁肩、玉娥、玉英忙走向前，顺了中间一道花径，朝那旁走去。忽觉脚下一沉，说了声："不好！"轰的一声，三个人早坠入十余丈深一道陷坑下面。陷坑下面铺了约有尺余厚一层沙土，王铁肩三人倒不曾跌伤，四面石壁削平如镜，哪里攀拔得上来，武功就是再好，窜越的功夫就是再精，下面是一层厚沙土，也是无法趁劲纵出。但见下面黑魆魆伸手不见掌，王铁肩忙啊呀了声说道："不想我们师兄妹受了这个匪徒的暗算！"这时就听上面那个小喽啰一声冷笑道："你们三个这可是自投罗网，我们头目们还欠二位压寨夫人，这可是恰好自厢情愿给我们头目们送来了。"

王铁肩三人在下面听了这话，气了个脸白，无法纵出，却也奈何他不得。那小喽啰说罢，大踏步地去了。王铁肩师兄妹三人困在这陷坑，一时难以脱身，心中异常焦急，不想中了个无名小

162

辈诡计，总怨自家等人一时大意，致身陷此处，但已至此，只有坐以待毙。

待了好久，听上面步履声杂，紧跟着听有人说道："到了，到了，仔细提防些，这男女三个手下可都带有刃器。"王铁肩师兄妹三个耳听匪徒走来，有心把器刃亮出，怎奈黑暗间，恐碰伤了自家人。不一时师兄妹三个齐被人家用钩杆网套，搭了上去。没出坑口，人家弯了身躯即把他师兄妹三个捆上。只因王铁肩师兄妹三个两臂叫人家用钩杆子紧紧钩住，哪能挣扎，所以伏帖帖即被人家捆上。王铁肩师兄妹三个被人家捆出坑口外，此时岩下杂树影子都已照在地下，月光已然升上来，不知不觉天色已是黄昏。一看身前站了十余个高大的匪徒，一个个都是短小服装，青布包头。王铁肩师兄妹三个认清贼人面目，立即闭目不语，任凭匪徒们发落。

这十余个匪徒一声呼喊，用了钩杆，两个人抬了一个，把王铁肩师兄妹抬起，转绕过陷坑上这片花丛。三人至此方悟这片花丛是他们埋伏下的陷坑。匪徒们抬了他师兄妹三个，绕过花丛，转了一个山环，月光下见眼前隐隐露出一座庙宇。周围树木掩映，四面豁敞，庙址却甚宽大，这即是匪徒们的巢穴祠堂。匪徒们抬了他们师兄妹三个走进祠内。头层院中，两旁有三四株古松，枝干槎丫，形状偃蹇，如龙爪擎空，突兀天表。到在中层殿中，栋宇宏伟，但已败坏，殿里灯烛辉煌，正中间坐了四五名恶徒，正在那里谈话，喽啰们走进殿内，把王铁肩师兄妹三个放下，王铁肩等向上面坐的那四五个匪首望去，内中三个正是在连山关放去的那三个乘马恶徒。见他三人的左耳，果然用布缠扎着，布外尚有血痕。这三个恶徒，一名唤作孟桓，外号小孟尝；一名叫邓小山，因这邓小山会舞几手花刀，他排行在七，都称他喊作宝刀邓七；那一名叫吴良，三人中属他最小，所以都称他作三太保。他们不过都是略会几套花拳绣腿，以外并会舞弄一两手刀枪，便聚了几十个闲汉，把这盘谷祠的道人逐去，便盘踞在这里，专干打劫勾当。最初不过只是孟、吴两个为首，邓小山却是以后来此入伙的。他三个都是色中的恶鬼，不但干这打劫勾当，而且还抢掳人家的妇女，不从的都一刀了账。他等盘踞这盘谷祠不过一两个年头，平素所做的罪恶累累，真是指不胜屈。三贼当下一看王铁肩师兄妹三人，他认出是连山关所遇的那行人等，想起割耳之仇，不由冲冲大怒。便怒容满面，向王铁肩等喝道："你们一行还少两个，那老奴才同那个妞儿，怎的没同你等一起呢？"王铁肩冷笑了声道："他老人家同我们那位侠女，过一时便来取你等的狗命。"

孟桓三贼听了，怒不可遏，把桌案拍得山响，吩咐快把他三人给我开膛取心，留作下酒。一些喽啰忙走过，就要剥他三人衣服。就见座上那个叫邓小山的忙拦止说道："且慢动手，先把这汉子禁在前面空房里。"说到这里，手指了玉娥、玉英道："这个妇人和这个小姐儿倒有些姿色，快把她两个送到后面，留待我等受用，千万别杀。"玉娥、玉英听罢，气了个脸白，千刀杀万刀剐的破口把匪徒骂个不歇。三个恶徒故作不曾听见，这些喽啰们已把王铁肩抬出殿外去了，返回来便又把玉娥、玉英抬进后面一层殿里。灯光下看，里面已有一个女子捆绑在那里，满脸的泪痕。这女子身边还站了一个花枝招展的妖冶妇人，以外还站着两三个婆子，正巧语花言劝解这女子。一眼瞥见喽啰们抬了玉娥、玉英走进来，便撇了那个女子，转向玉娥、玉英看来。喽啰们向那妇人说了声："这是我们从埋伏的陷坑里捉来的。"把玉娥姊妹放在这殿里，回身走了出去。

这妖冶妇人看了玉娥、玉英的装束，又见二人短衣装铁尖鞋，春风满面，哟了声道："看不出你两个倒是个武家子，怎么误跌陷坑里面了呢。看来也是天缘凑巧，同了我们头领有这段姻缘，你们两个把心眼放活动着些。"说至此处，向了那个捆绑着的女子一指，又接着道："你两个可别同她这样固执，依了我们头领们，不是就成了这儿压寨夫人了吗？一生享受不尽了。"玉娥、玉英听了，气得柳眉倒竖，杏眼圆睁；若不是四肢被人家紧紧捆绑着，早掣剑把这妖冶妇人了却了。玉娥、玉英暗咬银牙，恨不得一口把她活活吞下，心中后悔不听师父之言，致遭此辱。当时一口恶涎呸地朝那妖冶妇人啐了去。那妖冶妇人不曾提防，正正弄了一脸唾涎，立时面色一放，气狠狠掏出帕子，把脸上唾涎拭去，嘴里哼了声道："你等既被捉来，还能跑得出我们掌心里去吗？"说罢，便要带了那几个婆子走去，忙又走返了来，向几个婆子道："我们走出，别教三个替换着把绑扣解开。"便分派那几个婆子把玉娥、玉英移远些。当时那几个婆子走过来，七手八脚把玉娥、玉英和那一个女子，移到三下里，相离约有三余丈远近，又用了根粗绳把她三个，紧紧捆在殿内的楹柱上，防她三个悄悄滚到一处。那妖冶妇人仍有些不放心，便又叫婆子们，把玉娥姊妹两个身上的暗器兵刃移去，把殿中灯熄灭，这才带了婆子们走出殿去，当的声把殿门从外锁上，履步声碎地去了。

玉娥、玉英身入牢笼，自想万无生理，玉娥心想爹爹同四姑此时若不见我们师兄妹返回，转进哪股岔路，不晓要焦急成何模样了。况且这盘谷祠路程曲折，恐一时难以寻到，看来我们师兄妹三个是难有生望了。想到此间，心一横，把存亡置之度外。这时外面月色从殿的窗格映进，愈觉殿内清虚，寒气迫人，看来若是在盛夏，恐暑气亦是难到，黑森森微觉几丝寒意。此时那旁捆绑着那女子尚在那里抽抽噎噎地暗泣，玉娥、玉英看了她这模样，一问她的姓名，正是她们所要搭救的那刘五的女儿。此时外面静悄悄地毫无些许声息，待了足有顿饭之时，忽听殿外一阵人声，玉娥姊妹同那刘姑娘不觉都是一惊。听殿外有两个人说话声音，从远渐近，隐约约听有一个人说道："今日三位头领都喝得酩酊大醉，沉睡在中层殿内，你我趁了这个空儿，到后面寻几个伙伴，推他几场牌九。"那个说道："我这两天手也痒痒，也正想要一耍。"一路说笑着，足音渐远，从这殿外走过去了，转眼不闻一些声息。

玉娥等人听了个逼真，从这两人口中，得知那三个恶徒已吃醉睡去，而且那两个并非奔此处来，心下才稍稍放下了些。玉娥三女被捆缚在殿内，一夜的光景，直到天明，也未见半个匪徒影子，就是那个妖冶妇人也未走来。转眼天光忽忽至午，忽听殿外又是一阵步履声音，一时来到切近，哗喇喇一声把门锁取下，呀的一声把殿门从外推开，看是昨夜见的那个妖冶妇人走了进来。见她好似忘了昨间玉娥啐了一口唾涎，怒火全消，满脸堆欢地道："夜来要不是三位头领们饮醉了酒，还要养伤，哪能叫你们姐儿三个住在此处受了一夜的清风呢。真是屈尊你们姐儿三个了。"玉娥姊妹两个同了那刘姑娘粉面变了颜色，将要开口向她喝骂，猛然就听前面那中层殿院内，一阵大乱，紧跟看见一些喽啰奔绕这层殿外朝后面跑去，一面跑着，一面嚷道："我们快也逃跑吧，不晓得从哪里来了一个老头儿，同了一个姑娘，可厉害得很啊。我们三位头领连交手都不曾，即被人家一刀杀了。"那妖冶妇人听了，立时吓得改变了颜色，慌张张回身跑出殿去。

那妖冶妇人跑出没有多时，眼前人影一晃，定睛看去，却是四姑从外边进这殿来，玉娥、玉英见了，不由大喜。四姑忙过去把玉娥、玉英和那刘姑娘三个缚的绳扣用剑削断，慌忙向玉娥问道："玉娥姊，王师兄呢？"玉娥忙道："夜间王师兄被恶徒们捆绑着禁在前面。"四姑听罢，先把她二人的兵刃寻到，交给二人，向玉娥、玉英说了声："待我到前面把王师兄救出。"立即匆匆地走出，又奔向前面跑去。玉娥等看四姑去后，她三人绳扣已然松解，但觉四肢麻木，待了好一时，浑身筋脉方才舒开。

玉娥便同了玉英、刘姑娘三个走出这殿外，心想觅着那妖冶妇人。转过这殿，看左侧有个月亮门，内中一并排有三间北房，进了这月亮门，对着这北房是一片乱石堆砌的假山。玉娥等三个便直向这北房走出，来到这并排三间北房内，房里空洞洞，连个人影也无。进了东暗间，见桌上放了一些脂粉之类，靠了墙壁，放了一张木床。玉娥、玉英料这房间定是那妖冶妇人所在，想她定是逃去，暗忖此刻必逃不远。玉娥掣出双剑，两口剑放在一只手里，那只手一扯刘姑娘的衣角，口里忙说道："走，我们寻那个淫荡妇人去，怎能把她轻轻放过！"扯了刘姑娘，同了玉英，便要走出这房去。玉英这时也提着自家的剑，刘姑娘见她姊妹两个拿着三口剑，寒星乱迸，面横杀气，一个店家的女儿，哪里见过这个阵势，早已心惊了。正在这时，只听房外一阵脚步声，随着听有人说道："玉娥姊，他们大约是走到这院房中来了。"一抬首看驼叟、四姑各执器刃走来，王铁肩也掣了兵刃随在后面，走进这房内。驼叟见玉娥、玉英师兄妹虽在匪窟困了一夜，所幸均各无恙，才把悬心放下。四姑手指了刘姑娘，向了玉娥、玉英问道："这位可是刘五的女儿？"玉娥忙道："这正是刘姑娘。"那刘姑娘在旁，看四姑指了自家这样问着，心中不胜诧异，暗想自己姓氏，她怎的晓得。心里这样想着，不由呆呆向四姑望着，暗暗纳罕。玉娥看了，便把怎样由她们店中小二口里，得知她被恶徒

167

掳去，我等爷儿几个特来救你的，以及昨日分道寻觅这盘谷祠，不想我师兄妹三人受了匪徒诡计，堕身陷坑，致被恶徒们拿住，种种前情向刘姑娘说了一遍。刘姑娘方才如梦初醒，人家却为了自家，险些也丧身这里，心里愈发地感激，便向驼叟爷儿几个跪拜下去。驼叟便命玉英把她扯住。

正在这时，四姑一回首瞥见房门外那片假山石后，有人探首张望，一晃间又急忙地缩了回去。四姑反握着手中剑，转身走出，直奔那片假山石后跑了去。没一时，四姑从山石后扯了个妇人出来，随后跟着几个婆子。玉娥看去，正是所要寻的那妖冶妇人，一腔怒火，哪里按捺得下，举剑过去，便欲把她了却。四姑忙拦说："玉娥姊且慢动手。我看她却有些面熟，待我想她是哪个？"那妖冶妇人听四姑这话，慌忙仰着面向四姑仔细看去，忙哟的声说："这不是四小姐吗？"便向四姑跪下，满心想着性命总可保住了。四姑忽地想起她来，这妖冶妇人非是别个，系是她周姊夫家的随了仆人王福潜逃的那个丫鬟春梅。四姑两道蛾眉一紧，冷笑了两声道："你这下贱货，当初趁了我周姊夫解京吃冤枉官司，我大姊又在我们黄堡未回，你便同了那王福，拐了些细软，双双携手逃去。今日撞上了我，岂能把你轻轻放过？"四姑刚刚说到这儿，玉娥过去恶狠狠就是一剑，红光冒处，尸身倒在就地。这盘谷祠恶徒孟桓，系是那王福的一个远门的表亲，那丫鬟自随王福潜逃后，没有多久，即把偷拐主人那些细软随手用尽。到了后来，王福闻知他这表叔孟桓占山为贼首，便带了丫鬟投在这里。那孟桓看丫鬟春梅很有几分姿色，到此没有几时，派了几个喽啰，故意说是带王福去游山，来到山险之处，那喽啰把王福推到山涧下，跌了个肉糊如泥。从此孟桓便把春梅霸归己有。那春梅贪淫畏死，哪有拒绝的道理，今日丧在玉娥的剑下，

168

也是她淫荡的结果。那几个婆子都吓得脸色改变，齐跪在地平，口中连连地讨饶。驼叟看她们都是四五十岁的婆子，一问她们，都是方近山间贫妇，被恶徒们诓雇了来的，充作佣工，平素给恶徒们洗做衣服。驼叟不忍伤害她们，一挥手叫她们各自散去。那几个婆子又叩了一阵子的头，站起走去。驼叟便又把她们喊回，叫她们把这匪窟的衣物，尽自己的力气，随意拿去。那几个婆子连向驼叟爷儿几个没口子地称谢，分向各房奔去，不一时每人都是弄一大包袱的衣物钱财，复又走来，谢了驼叟，才联袂地出了盘谷祠匪窟。

原来驼叟和四姑自从看了玉娥、玉英、王铁肩师兄妹三个转入那岔路去后，便也转进近旁另一股岔路，行了下去，路径甚是难行，途间乱石，剑戟岩立，石旁野草没膝。走了不到半里，又向另一股岔路走进，一路蜿蜒行去，见青苔绿草，封满山岩，苍翠欲滴。走出两三里路，哪见有盘谷祠一些踪影，日光西去，远近山容化碧，闪成紫色，驼叟见天已向晚，忙向四姑道："这路恐也是不对的，我们转回去吧，恐怕你玉娥姊她们已返出那股岔路，在那里望眼欲穿地等候我们爷儿两个了！"说着，便同四姑转身奔向回路，及至出了这一股岔路，明月飘穿，已然暮霭苍茫，看玉娥他们师兄妹仍尚未回转，未免心中有些惊疑起来。驼叟同四姑便寻了一面山石，坐歇下来，原想等候一时，他师兄妹三个定要转来的，坐候了足有一两个时辰，仰看月色已午，他们还连半个影子也无。至此莫说四姑惊慌起来，就连驼叟也是焦急难忍，爷儿两个忙站起，便从玉娥他们转进那股路中寻了下去。走没好远，径忽曲折，左右又现出几条羊肠小径，此时夜色茫然，明月被云封住，望了这几条小径，险暗非常。想前道定是异常危峻，怎敢轻意涉险，恐入云路中，迷了途径。想了想，爷儿

169

两个忙停住了脚步，呆立了一时，月影西斜，四姑心下还存了个万一之想，谅玉娥等定被前面白云迷了归路，便破着喉咙玉娥姊玉娥姊地连喊了十数声。在这山岩中，回音荡耳，听去却一个回声都无。驼叟到此想他三个定凶多吉少，必是陷身匪窟无疑，驼叟便忙道："你玉娥姊他们定身入匪窟，被恶徒困住，路径曲折，难以看到，我们赶紧走回，去寻来时我们问路的那婆子，向她问明她儿子的姓名，我连夜赶到连升店中，把她儿子寻来，请他引导我们到盘谷祠匪窟中去救你玉娥姊等三人。事不宜迟，我赶紧找那婆子去。"

四姑听罢，也别无他策，爷儿两个心急如火，出了连岔路，施起陆地功夫，飞转回路奔去。路过那山户门前，四姑进前轻轻把篱门叩了两下，那婆子已然睡下，忙披衣走出，随了犬吠声音，呀的声开了篱门，驼叟、四姑向她一问她儿子姓名，先时不肯说出，四姑一看，忙从怀中掏出一锭银子来，递给了那婆子手里。那婆子接过，月光下看了这银子，白花花晶莹耀目，这才满面笑纹地说了。这婆子系是姓薛，她儿子名叫三儿。驼叟、四姑忙别了这婆子，驼叟送四姑回到连山关店里，便连夜赶向连升店里，寻着了薛三儿。店里却早安歇，薛三儿睡梦中，听有人寻他，忙穿衣起来，见了驼叟，不由呆呆望着，忙问何事，驼叟不便向他说知缘故，恐他不肯前往，当时只得扯了个谎，向他说你老娘特烦我来叫你赶快回去。三儿骤然听了，不晓家中有何紧要事，忙向了同店伙伴说了一声，明晨代他在店掌柜前告两日假，急忙忙同了驼叟出了这连升店，迈步如飞向连山关行去。

这薛三儿一心怀念着家中不知有何紧要事故，却也不曾请问驼叟姓名，直至快到了连山关，驼叟方向他说了实言。那薛三儿听了，吓得腿肚朝前，连忙地道："叫小人引路到盘谷祠去，这个小人却不敢应命，那儿的强人可手辣得很，小人怕没有性命。"驼叟忙道："并不叫你随了我们一同到匪窟里去，不过烦你引了我们到附近，要我们望见那盘谷祠，你便转去。我斗破了匪窟，把人救出后，匪徒们的马匹财物，都给你的。"薛三儿一听，肚内暗暗寻思，心想：他们又不要我随同到匪窟去，不过把他们引到盘谷祠方近，我便转去，即或他们破不了强人，与我也无干系，强人也决不知是我给他们引的路。若是他们真把强人杀了，那可是我的运气来了，弄些马匹财物，干个营生，不比当这店小胜强百倍吗？肚里这样盘算着，因有利可图，却不似乍听驼叟说时那样惊慌失色了，连忙说道："小人姑且引路前往。"

且走且谈，不知不觉已来到关前。天光已然微明。走进店中，看四姑坐在房内，眼巴巴盼着驼叟返来，四姑因怀念玉娥等人，一夜却也未曾安眠。四姑看驼叟已把薛三儿寻了来，暗忖这一夜光景，玉娥姊等三个若没有丧生贼手，今日总可把他等三个救出。驼叟到在店里，便命薛三儿吃了一顿，驼叟同四姑因惦念玉娥等，哪里用得下一些食物。店小二把饭菜端来，他爷儿两个略略沾唇，便叫店小二撤了去，不便在店中久停，便由薛三儿在前引路，向盘山谷行去。到在薛三儿门前，那薛三儿却连家也未进，直引驼叟爷儿两个朝前行了去。果然引着他进昨日玉娥等走入的那股路去，走了没半里，进了一旁一条窄径，两壁墙立，青苍万仞。好容易穿过这条窄路，眼前秀木参天，危岩蔽日，薛三儿引了驼叟、四姑踏石级，分花梢，直向峰上奔去。到在峰巅，古木杂树，千姿万态，幽秀非常。这时朝墩初上，峰下影物清楚楚纷现眼帘，并无一些云雾遮蔽。薛三儿手向了西南一指道："那不就是盘谷祠吗？"驼叟、四姑顺了薛三儿手指望去，见峰下树梢尽处，微微露出两三层殿角，金碧掩映。驼叟等人登的这峰，正是在盘谷祠后面，薛三儿不敢走盘谷祠正面的路，恐匪徒觑见了他。故此才引驼叟、四姑绕到这盘谷祠后。驼叟、四姑看这盘谷祠距离这峰，至远不过半里多路，薛三儿指明了盘谷祠，忙又道："小人要转返家中去了，破了匪窟，你老人家莫要忘了小人。"驼叟把头点了点，薛三儿下峰自返家中去了。

驼叟、四姑仔细看明了去盘谷祠的山径，也走下了这峰，循路奔向盘谷祠。一时到在盘谷祠前，看奇峰回互，茂树环拥，将步上门外石阶，一眼瞥见门内坐了两名小喽啰，在那儿打盹。四姑掣出剑来，那两名小喽啰糊里糊涂的即被四姑结果在那儿。驼叟、四姑各拿兵刃，闯了进去。迎头又撞上一个小喽啰，驼叟未容他跑脱，便把他抓住，口中喝道："你们匪首现在哪里？"那小喽啰吓得连忙道："我们头领们吃醉了酒，现都在中层殿里，尚未起来。"驼叟听罢，一刀把这喽啰了却，同了四姑照直向中层殿转了去。驼叟、四姑来到中层殿，不顾许多，直闯入殿内。看那三个恶徒高卧这殿里，睡梦正酣，鼾声如雷，所以不费一些儿手脚，驼叟、四姑的刀剑闪处，那三贼连哼都未哼，睡梦中即奔向鬼门关算账去了。在这当儿，殿外有那喽啰觑见他们三个头目都被人家杀却，便一喊嚷。一些喽啰们听了，都不免大吃一惊，有那看势不妙，悄悄奔了这盘谷祠后门，向乱山岩处逃去。有那年纪稍轻一些的，自恃有些蛮力，抄起刀枪，迎头跑向中层殿来。驼叟、四姑看把恶徒已然结果，趸出这殿外，便要去寻玉娥师兄妹三个，一眼瞥见从一旁角门里撞出一二十个喽啰，各执长枪短刀，嘴里喊喝着齐围上来。四姑见这些喽啰无非都是些笨汉，心想刘老伯一个足可对付他们了。因急于要寻玉娥师兄妹三个，便忙向驼叟说了一声："待我去寻玉娥、玉英她们去。"说罢，提剑朝这殿后跑去。原想捉住个喽啰，先问个仔细，恰巧居

172

然误打误撞，在后屋殿内寻着。四姑心才放平，见玉娥、玉英以外，还有一个女子，当时不便细问，忙把三个绳扣用剑断去。慌忙间又一问王铁肩说在前面，四姑忙又趸出去寻救王铁肩。来到中层殿院内，见同驼叟交手的那些喽啰，不似先前气势了，东倒西歪，器刃扔了一地，一个个一轱辘爬起，飞逃祠外。驼叟看他们都是无知莽汉，才盲从的混身匪类，这些汉子此后若能改恶向善，仍不失为良民，所以不曾伤他们一个。驼叟眼望了这些喽啰逃去，抬首看四姑从后边匆匆忙忙又趸返了来，便忙问可曾寻见他师兄妹三个！四姑忙告知驼叟，已寻着玉娥、玉英姊妹两个，可是不曾寻见王铁肩，据玉娥姊姊说王铁肩被匪徒捆绑在前面房内。驼叟听了，便忙同四姑趸回前层殿院中，果在一间空房里寻到了王铁肩，忙给他断去绳扣，王铁肩寻着了自己器刃，这才随定驼叟到后面来寻玉娥、玉英。

驼叟爷儿几个当下打发这匪窟中那些仆婆去后，驼叟自家等人均各无恙，不但搭救了刘五女儿，而且又给这一方除了巨害，心下很是告慰。不便在这房里久停，想再到各处搜寻一遍。驼叟爷儿几个同了那刘姑娘走出这旁院房外，将将出了那月亮门，一抬头瞥见迎面飞来一人，玉娥、王铁肩一看，料是这儿的喽啰，各掣刀剑，便向来的这人奔去。驼叟、四姑一看来的这人非是别个，系是薛三儿，薛三儿见玉娥各亮刀剑奔来，吓得变了颜色，驼叟、四姑忙拦住了他师兄妹，说明来的是薛三儿。玉娥方知错认了，忙把刀剑收回鞘内，薛三儿目瞪口呆默立着说道："回到家去，吃了些食物，又跑了出来，便隐在这祠近山后树丛处，暗暗观望动静。小人张望了一时，见这儿匪徒，都是满面惊慌地跑出祠外，各处乱逃，后又看这儿仆婆也各提包裹走出。小人看情势，即料定你老人家和这位小姐已然得手，定是已把他们贼首结果了。故此小人壮了一壮胆子，便直奔进这祠内。"驼叟听罢这片话，说道："这里还有什么物品，你自管尽量拿去，匪徒们这里不是还有马匹吗？你也牵了去。"薛三儿一听，喜得他两眼笑得成了一条直线，忙不迭地向驼叟等人请下安去，回身就和饿鹰扑食般，奔进各殿搜罗财物去了。驼叟爷儿几个看薛三儿走向各殿去，且不去管他。当在这祠前后搜寻了一回，见偌大座祠宇，一霎时匪徒逃的逃亡的亡，连一个人影也无。

这祠的各院都植有花树数品，花红叶绿，千姿万态，香气极清，望去似百年前物，前后各殿倒也并不甚荒芜，暗叹好个清幽所在，却变成了匪徒们的巢穴。爷儿几个前后观看了一遭，四姑便向驼叟道："这儿恶徒亡的亡，逃的逃，我们却怎样发落，我看莫若给它付之一炬，免得以后再有匪徒窝聚此处。"驼叟把头点了点，此时玉娥师兄妹三个同刘姑娘，因在这匪窟中连一些食物未进，饥肠早觉难忍，王铁肩忍不住忙开口说道："我们寻些食物，吃罢再为走去吧。"驼叟爷儿几个同姑娘已走进后层殿里，王铁肩大踏步跑到匪徒的厨下，搜了许多腌肉干菜等物。见厨下灶火均各现成，想去寻薛三儿来帮同弄饭。来到前面旁院马棚下，看薛三儿弄了许多包裹物件，正在向那四五骑马匹的身上系，王铁肩看了，招手把他喊出，引他来到厨下，请他帮同淘米弄饭。王铁肩忙去把腌肉等蒸上，一转眼看炉灶旁放有一个酒坛，平正正放在那里。王铁肩见了，哪肯放过，打开酒坛，看里面还有大半坛酒，酒香扑鼻，便抱起酒坛，咕嘟咕嘟地饮了一气。觉得这酒甘冽异常。唯恐师父驼叟知晓，不敢多吃。这时饭菜均已熟透，王铁肩和薛三儿把饭菜一齐搬到后屋殿里，彼此饱餐了一顿。爷儿几个同刘姑娘便走出这盘谷祠，其中却把那薛三儿喜得手舞足蹈。牵了那四五匹骑马，满载着包裹什物。驼叟看

174

均已走出祠外，便命王铁肩去引火把这座祠燃着。

薛三儿忙道："你老人家千万不要火烧了这盘谷祠，这儿道士都还存在着，现在连山关他们下院中，小人知会他们自然还要转来的。"驼叟听了，想这座祠宇规模宏大，真若焚燃，却也未免有些可惜。薛三儿道："这恶徒们尸身倒容易发落，祠后有的深涧大壑，俟道士们返来时，他们自会把尸身扔到山涧下去。"驼叟听薛三儿这么说话，却也不去管他，一行人等便趱返回道。四姑见刘姑娘一个平常柔弱女子，而且腿下一只窄小莲钩，恐她不惯行走这山路，便叫薛三儿余出一骑马给刘姑娘乘坐。没多时来到薛三儿篱门前，看那薛老婆子倚门儿站在那里，看儿子牵了好几骑肥壮大马，同驼叟等人一起饱载返来，一张布满皱纹的脸，笑得嘴都合不上拢来。忙向驼叟等含笑问道："你老人家快同这几位女侠士请房里歇息一时吧。我初见你老人家和三位女侠士等人时，就看出不是平凡的人。"说着，向驼叟爷儿几个深深地福了下去，驼叟等人不便和她啰唆，便叫薛三儿趁快把那几骑满载包裹什物的马牵进院内，叫他招呼着刘姑娘乘的那骑马，给送到店中。

薛三儿忙向驼叟道："这儿四五骑马匹足够你老人家等人分乘的了，你老人家到舍间稍坐一时，俟小人把马上包裹什物卸下。"驼叟忙道："我们都不惯乘马的，你快些把这几骑马匹牵进院内去。"薛三儿尚未答言，薛老婆子笑眯眯地望了驼叟等人，嘴里干叽哒了两下。忙进前从儿子薛三儿手中把那几骑马匹缰绳接过，口中呼喝着，牵进篱门里面去了。薛三儿看她把那几骑满载什物包裹的马匹，牵进篱门去，忙转身躯招呼着刘姑娘乘的这骑马，离了他家这篱门前，同了驼叟爷儿几个奔往连山关行去，一时到了关店中，薛三儿又向驼叟等人称谢了一阵，欢天喜地地

175

牵了刘姑娘乘来的那骑马自去。

驼叟等人到在店中，看天色尚早，稍歇息了一会儿，便在这店里又雇了一乘小轿，给刘姑娘乘坐，连玉娥姊妹三个原乘来那小轿，合起来共足四乘小轿，他们一行人等把刘姑娘送了回去。那刘五自女儿被恶徒掳去，虽说是报告了官府，却连一些信息都无。急得他一两天一些饭米未曾入口。偌大年纪，女儿再有两天不回来，恐怕就要急煞，今看女儿安然回来，不啻天上落下一粒明珠。向女儿一问缘由，刘五慌忙朝了驼叟爷儿几个跪下去，口中连连说道："我女儿若非恩人搭救，我父女两个恐都要同归于尽的了。"一面说一面叩下头去。驼叟忙把他扶起，当日驼叟爷儿几个即被刘五父女留宿在他店中。刘五父女自然是以诚意恳挚殷勤相待。驼叟等原拟停留一宵，次晨赶路回返黄堡。次日晨起，玉娥姊妹三个梳洗已毕，便要去到驼叟、王铁肩宿的房去，好叫王铁肩去知会车夫们起行上路。就看刘姑娘忙道："恩人们乘来的小轿在昨晚间即被我爹爹都打发走了，恩人们不嫌我们这店里简陋，请在此多盘聚几日，我爹爹唯恐怕恩人们不肯在此久停的，所以昨晚不曾和恩人们说知，即私作主张，把那几乘小轿打发去了。"玉娥、四姑一听，忙去说知驼叟，驼叟听罢，不便拂他父女这一片诚意，心想在他们这儿多停留几日，却也无关紧要。

这时刘姑娘也随了玉娥姊妹三个来在驼叟房内，忙又开口向驼叟等道："我爹爹在天将微明便出门去了，回来时尚有事要恳求恩人们的。临去时曾嘱我好好招呼恩人们。"三姑听她说到这里，忙问何事值得相求，刘姑娘含笑答道："迟避一时我爹爹返来时，恩人们自然知晓。"驼叟等人不便再问，直到吃罢午饭，方见到刘五同了一个和他年岁不相上下的老汉子，走了进来，见了驼叟等人，刘五和那年老汉子，双双跪在地上。刘五手指了他一旁的那年老汉子说道："这是我女儿她的母舅叫陆道才，这二三年来被他们那方的一个有名的恶霸，欺压得一些活路没有，说要恳求恩人们搭救。"驼叟忙地叫他俩站起说话。那刘五和陆道才站起，说出一片言语来，尚未曾说罢，却把个玉娥姊妹们气得蛾眉倒竖，杏眼圆睁，嘴里不住连喊清平世界，却有这等事，真没王法了。

第九章

抱不平驼叟斗牛

　　原来刘姑娘这母舅陆道才，居住在这北村，名叫作小柳场，这小柳场系坐落在山坳中间，村前是一道蜿蜒的山水，横驰山中，围村四外遍植垂柳，每当春夏之交，绿荫荫垂丝万条，笼罩全村，地势却也很是清幽。这小柳场也算是一个大村落，这陆道才在这小柳场已居住好几世，世代都是务农，拥有一两顷山田果树，在这小柳场也算是个中等殷富之户。陆道才老夫妇俩也和刘五一样，膝下也是只有一女，他这女儿乳名叫大红，别看大红生于山户人家，姿色秀丽，艳绝尘世，从不肯出门外一步。一年二月间，他们这邻村牛家庄演唱酬神戏，一个山里的僻村，终年价当然没有什么热闹场所，忽这牛家庄演酬神大戏，传喊了出去，这方近山中村户的年轻妇女，少不得是日都是浓妆艳抹地前往观戏。陆老的女儿大红，当然也不能例外，是日修饰了一番也随邻姐儿去了。

　　不想来到戏棚前被牛家庄一个久负威名的恶霸牛大有看见，这牛大有是个武举，年纪不过三十八九岁模样，膀大腰圆，面皮黑黝，所以都称他叫黑莽牛。这黑莽牛平素结交官府，自恃大小也是个武举，便欺男霸女的无恶不为，自以为人家奈何他不得，因此外人又给他起了个外号，把他唤作牛头精。这黑莽牛无意中在戏棚下看见了大红，见大红头儿脚儿无一处不楚楚动人，便向他的爪牙党羽探明了大红的姓名，都未等到三天酬神戏演罢，便央人到小柳场陆家来提亲，黑莽牛的恶名早传遍方近，陆道才是个清白人家，怎肯同他结亲，况且又知他家中尚有妻妾四五个，哪肯眼睁睁把自家女儿去许给他作姬妾，立时把派来的人骂了出去。牛头精见陆道才不允，不由大怒，怎肯甘心。没过两三日，便又派人把彩礼硬生生给送来，并说不几日便来迎娶。陆道才听了险些气昏，有心到城中县衙去控告，怎奈他和那县太爷很是结好，当然是难以生效。有心破了性命寻他撕拼，一想他爪牙甚多，而且又是个武举出身，怎是他的敌手，反倒白送了性命。望了他送来的彩礼，弄得一筹莫展，便和老伴同女儿，爷儿三个抱头痛哭起来。大红也性格儿很是刚烈，在这当日晓间，趁人睡熟时，便悄悄投河自尽了。第二天陆道才夫妇发现了，哭了个死去活来，不住地咬牙暗骂牛头精强来讨娶女儿，才逼得女儿寻了短见。那牛头精闻知大红投河信息，冷笑了笑，带了一些爪牙到在陆家，一口咬定说万余两彩金，你快点送出来，其实他先硬生生送来那彩礼，不过是些簪环头面，哪有一些银两。陆道才见他反倒寻上门来讹诈，当时气了个发昏。因惧于势焰，却又不敢问罪他，忙指着他那彩礼说，这不是好端端放在这儿了吗，万余两彩金，却不曾看见。

牛大有面色一放，冷笑了两声道："我明明送来万余两彩金，怎的说不见，快些给我退送出来，万事皆休！"陆道才听他说罢，气得哪里还说得出话来。从此牛头精作怪，把陆家这一两顷山田果树借了索还彩金为由，便硬霸占了过来。陆氏夫妇连气带急，又伤怀爱女，几下夹攻，便双双病倒床上。不料想陆道才的老伴由此竟自一病不起，陆道才却也险一忽儿不曾把命丧掉，大病好几月，方才告痊，已弄得家败人亡。陆道才眼巴巴见自己妻女皆亡，山田果树又被他人霸占了去，一些也奈何他不得，一向便隐忍在肚内，一策皆无。所以刘五一见驼叟等人把女儿从匪窟救出，又听女儿说匪徒都被驼叟等人杀却，看驼叟等人都是侠肠义胆，便想起他妻弟陆道才这桩冤屈事来，故此在天一破晓，便跑到小柳场，把陆道才寻来，跪在那里求驼叟爷儿几个搭救。

玉娥、四姑等听说了原因，气得忍不住地连连说道："世上居然有这样万恶的恶霸，真正没有王法了。"四姑等人便要各取兵刃，立时去找那恶霸，驼叟忙拦道："我们且不可鲁莽从事，照他们话口听出，这牛大有，也是个硬手，万不可轻视。我们若这样公然前去，却有许多不便。莫如我和王铁肩装作行路模样，暗藏了器刃，先到他那牛家庄探望一遭，再见机行事。"刘五在旁忙插口说道："恩人所说甚是，听说那恶霸本领却也不弱，并且他那家中还养着几十名庄丁呢，恩人们还是加以仔细为对的。"驼叟便问明了去牛家庄的路径，带了王铁肩师徒两个暗藏器刃，走出刘五店中，循路朝牛家庄行去。陆道才在驼叟师徒两人将要走去的当儿，满面现出万分感激神色，又向驼叟跪拜了下去。驼叟留下玉娥姊妹三个在此等候，便同王铁肩走出刘五店中。那刘五、陆道才两人忙站起直送出店外。陆道才不住地连连向驼叟师徒两个说："恩人们到在那牛家庄，却要加以十二分仔细，那恶霸可毒辣得很。"陆道才说罢这话，驼叟王铁肩已走去好远。一转首看，恰有一个獐头鼠目的汉子，打从这店外走过，陆道才看了，立时吓得面色如土，忙一缩身。陆道才和刘五退回店内。走过来的这獐头鼠目汉子，正是那牛大有的爪牙，叫猴头毛四，方才陆道才说的那几句话，被毛四听了个逼真。猴头毛四便忙一溜烟，跑回牛家庄报告去了。

驼叟王铁肩循了陆道才所说的路径朝前行了去，一路间阳影交加，浓林青茂，加之所行都是山径，两崖对峙，中蚀一缕小道，人行其间，走至浓荫之处，但觉白昼似宵，骄阳疑月。走至豁敞处，不断地见山涧之水，四面奔流，望去犹如草中蛇，四下飞驰。走了约有二三里路之遥，转过一座山岭，眼前却又现出一座高岭来。驼叟师徒两个仰了首看眼前这座岭，左右还有两座稍低山峰相连，形势就如川字形笔架也似，自忖刘五、陆道才所说的路径，过了这座笔架山，便是牛家庄了。驼叟一边想一边走，转进这座笔架山内，山中怪石林立，半壁飞泉洒金铁，时当新暑，凄然如秋。一时走出这山，觉眼前一亮，现出座大山村来。这村外引山涧的水，围了一道村濠。这山村便是那牛家庄了，遥望这牛家村房宇栉比，乌压压足有一二百户人家。渡过村濠上一面板桥，来到村内，望村中间一所房宇，起造得十分气派，周围用山石堆砌的虎皮院墙，门外左右列着两块上马石，两扇大门开敞着，瞥门洞里悬挂着两三块金色辉煌的匾额。驼叟、王铁肩停了脚步，定睛看了看匾额上的字迹，方知此处正是那恶霸的庄院。

驼叟、王铁肩正向门内看望去，里面一阵脚步声响，看走出一个浓眉恶目的人来。这人体质很是魁梧，一张面皮就像黑锅底也似。这出来的人即是那牛头精牛大有。原来这时那猴头毛四早抄走捷径跑回，把无意中听来的话，报告他了。驼叟、王铁肩却哪里晓得。当时驼叟一看出来这人形象，即料定是那恶霸。就看牛大有走出，恰赶上驼叟、王铁肩站在那儿朝里面探望，便一双恶目向驼叟、王铁肩扫了去。驼叟故意做出很疲乏的样子，向了牛大有一拱拳道："我爷儿两个路行此处，走得劳累非常，尊驾

181

行些方便，容我爷儿俩权且在贵府门外这两块上马石上，歇息一忽儿，再行赶路。"牛大有两眼向上转了两转，扯着笑脸道："你等既是路过来此处，到我牛家门首，快请舍间待茶吧。哪能叫过客坐在门外石上的道理？"说罢，闪身让驼叟、王铁肩走入，驼叟、王铁肩提步走入，肚内反倒怙惙起来。暗忖这牛大有相貌虽凶恶，但话却很和蔼，看来并不似恶霸模样，难道那陆道才的话有些不实吗？可是看那陆道才言之凿凿，决不能扯谎。心下这样思索着，已来在牛大有院内一个旁院里面。

猛地看牛头精回转身来，面色一放，一声喊喝，早撞出几个庄汉，把这旁院门儿关上。驼叟、王铁肩一看，方晓他已觑破自家形迹。就见牛大有望了驼叟、王铁肩一阵狂笑道："你等是小柳场那陆老狗烦请来的吧？我已早晓得了，这可是你等自向虎口里来送，休要怨我狠毒。"驼叟、王铁肩看他既然识破来意，驼叟哪里把这牛头精放在心下。这时王铁肩早把身上藏的兵刃亮将出来。那牛头精未待王铁肩进前，抬起右手，一插下嘴唇，就听十分清脆一声呼哨，看猛然从那旁一个门儿，窜出足有百十条肥壮大狗。当时猖猖的声浪，充满耳鼓，这百十条肥壮大狗，一窝蜂也似跑出来，看驼叟、王铁肩两个生人，张牙竖尾齐扑了上来，望着很是凶威猛恶。若换两个平常的人，体力就是再健壮些，也要被这百十条肥壮大狗，扑咬得倒在地平。当时驼叟微微一笑，刀拳齐下，王铁肩手中刀左右前后乱闪，没有多时，这百十条肥壮大狗，已被他师徒两个了却多一半。其余那些条，一夹尾巴跑了去了。牛大有一旁看了，气得哇呀怪叫，忙从一个庄汉子手中，接过他使的那对斧子交起手来。

这牛头精果然骁勇，他手中这对斧子，使得风声乱吼。驼叟看他武功倒很了得，心中称奇。这牛大有本领虽不弱，可是他娶三四房姬妾，平素把身子淘劳得早亏累不堪。他和驼叟交手，没有二十余回照面，嘴里便忽作起喘来，手中那斧子也渐渐松懈，眼看着就要有些不支了。牛大有眼望着就要走下风，便虚晃了一斧，跳出了圈外，把那对斧子齐放到一双手内，腾出了右手，忙从怀里，取出他的暗器，毒药喂的梅花针，向了驼叟师徒两个，乱施了来。驼叟看了，把手中刀舞得成了一团白气，遮住了身躯。牛大有施来的梅花针，被驼叟这口刀，纷纷给打落地下，哪里伤着了驼叟一些肉皮。王铁肩手中那口刀，也是左遮右拦，弄得王铁肩手忙脚乱，猛觉左腿一阵麻疼，已中了一根梅花针，腿一软，咕咚栽倒地上。那旁立的那些庄汉一看，各举刀枪，齐向王铁肩围拢了上来，驼叟见王铁肩已中了牛大有的梅花针，恐被那些庄汉所伤，便忙把手中刀反转到背后，施了个魔爪扑食的招式，绕到牛大有身近，一手把牛大有凭空抓起。一声断喝，朝向围拢王铁肩那些名庄汉抢了去。牛大有手中那对斧早撒了手，呛啷呛啷扔到就地。那些名庄汉见驼叟单手把他们主人抓起，奔向他们等人扔来，一个个吓得瞠目结舌倒退出好远。驼叟抓起牛大有，就和舞器刃也似，那牛大有但觉头脑发昏，嘴里杀猪般喊叫起来，不像先那凶狠模样的了。

驼叟见庄汉们退去，低首一看王铁肩，看他面色如纸，牙关紧闭，倒在那里，已昏迷了过去。方知这牛大有施的是毒药梅花针。驼叟大吃一惊，晓得受了这毒药梅花针，若无解药，一时便会丧命。忙下狠劲，把牛大有向地上一掷，咕咚一声，把那牛大有跌了个发昏。驼叟喝道："你这恶霸快拿出解药来，若不然休要想活命。"说着，刀光在他面门上，闪了两闪。牛大有那张黑脸，向腔子里一缩，连连说道："你老人家手下留情，有解药的，有解药，待我取来。"说到这里，咬牙忍痛爬起，就要走去取解

183

药，驼叟哪能放他走去，一把手扯住了他，牛大有吓得早矮了半截。驼叟命他叫那些庄汉们去取，牛大有忙吩咐个庄汉取来。这时庄汉们全都远远站在那里，呆呆望着，哪敢进前一步。一听说叫去取解药，哪敢怠慢，那个庄汉扔下手中的器刃，回身开了这旁院的门，飞跑去了。

一时那庄汉把解药取来，那庄汉忙又取了一碗白水，把药化开，蹲在王铁肩身旁，解开王铁肩腿下系的带子，拔去那根毒药梅花针，创口已成黑紫色。那庄汉忙给他涂上一些解药，还余下的有大半碗，便撬开王铁肩的牙关，一股脑儿，给他灌下肚去。就看王铁肩创口上涂的解药，立时顺了创口，流了约有大半茶杯紫色血水。随着肚内咕噜噜一阵声叫，王铁肩啊呀了一声，一张嘴，哇的又吐出一口绿水，已苏醒过来。一睁眼看，自家的刀扔在一旁，那牛大有笔直般立在驼叟面前，王铁肩方才受了他们的毒药梅花针，这时醒转，怎肯把他饶过，一翻身站起，拾起刀来，向牛大有直扑了去。却把一旁那个庄汉吓得颜色改变。驼叟忙止住铁肩，那牛大有不住地向了驼叟乞饶。驼叟且不去理论，看王铁肩中的那毒药梅花针解救过来，已然无妨，便抬首向这旁院四下里望去。忽瞥见那旁放了一块桌面大小的磐石，驼叟手中刀收了鞘内，忙跑去把那块磐石举起，一运气功，看这尺余厚的磐石，一声巨响，驼叟顺口喝了声开，早分裂两下。

牛大有和庄汉们看了，伸了舌头，半晌缩不回去。这块磐石说分量足有六七百斤，驼叟拿在手内就和裂薄竹片也似。驼叟抛了那块碎裂磐石，望了牛大有道："你自忖你的头颅可比得上这块磐石？从此改悔前非，我便饶恕你的性命！"那牛大有便起誓发愿地道："从此小人决改悔就是，如不改悔，上有青天，叫我不得善终。"驼叟又道："你霸占那小柳场陆道才的山田果树，赶

184

快交还了他，你占了这一二年光景，把这一二年出产，都要赔还了他。以后若再倚势欺压，决不能把你这厮放过。"牛大有听一句搭一句，哪敢说出一个不字。驼叟又命他亲笔给陆道才立了个永不再扰的字据。牛大有自不敢违拗，驼叟这才忙吩咐王铁肩去刘五店中，把陆道才唤了来，当日眼看着牛大有把陆道才的山田果树点交了出来，以外由驼叟主张，又令拿出二百两银子，算作折价赔还这一二年山田果树的出产。陆道才对于驼叟等人，自然是感激到百分，驼叟也自以为这桩事办得十分妥当，但是这牛大有自此虽不敢再欺压陆道才，谁知以后驼叟的性命险一忽丧在他手里。玉娥姊妹三个忙道："这样恶霸哪能把他留在世上，这岂不便宜那厮？"驼叟笑道："这恶霸行为虽可诛，大小也是个武举身位，怎能贸然把他结果，再者说真要把他一刀了账，不但陆道才的那山田果树无法索还，而且那陆道才还难脱干系，那不是反害了他吗？"玉娥等人听了，想毕竟是年长的，较青年人心思周密。

驼叟爷儿几个在刘五这店里又住了两日，便要起程返黄堡村去。刘五父女见苦留不住，另给雇了三乘小轿，刘五父女俩送别驼叟一行人等，心中自是未免有些依恋。驼叟人等行了不到三两日，已回到了黄堡。玉娥到黄堡没有半月，便别了四姑，由驼叟相送回返了故乡家中。

浮罗子自把金哥带回玉清观中，初时不过给他讲解些经书，叫他摹写些仿字，每日傍晚还令他随丹林、青皓到观左近山里去拾松柴，从没提过武功夫一字。莫看金哥人儿虽小，聪慧非常，自到观中，浮罗子虽不提武功夫一字，他倒也毫不急躁的，所以也倒安之若素。若遇浮罗子不在观中时，他也是埋首在书本上用功，也是孜孜不倦。在驼叟和那黄振去玉清观那时，浮罗子尚未

185

传授金哥一些武功。

　　流光匆匆，金哥来观已有年余。这一年春间，浮罗子将要出山去云游，便把金哥唤到跟前道："你随我在这里，已有一个多年头，我尚未传你一些武功。不过你的体力甚弱，非把体力锻炼好了，方能起始传授你的武功。从即日起，每天晨起，在这观后那座山上，攀登着往返一次。这不过是所为活动活动你的腿脚，却不可深入，若迷了途径，遇着野兽，不是要的，你要牢牢记住。我此次云游返来，便起始传给你武功。"金哥规规矩矩立在那里，唯唯领诺，听浮罗子已吐出口，云游转来，即起始传授他武功夫，小心眼里自是愉快。浮罗子说罢那片话，又向丹林、青皓两个交派了几句，离了观中，云游去了。

　　金哥自此遵了浮罗子言语，每晨起便到观后，攀登那高山，往返一次，头一日觉得两腿酸疼彻腑。只以观后那座高山虽不陡峭，却也很是崎岖难行。金哥每晨一上一下，没有三四日，两腿已觉粗肿起来，脚下磨了两脚白泡。金哥咬牙忍疼，仍是不肯间断，没有月余，金哥已毫不觉吃力，往返那座高山，已是健步如飞了。这天晨间，照例奔往观后上山。健步行了去。这时晨光熹微，那轮日光被远山隔住，山容色淡，清露未晞，四下笼罩了一层晓雾，景色忽浓忽淡。转眼红日渐高，眼前山处，云雾尽开，微微晨风吹过，一阵一阵花草香气袭鼻。金哥来到了山的顶巅，风送花香，目览四下景致，顿觉心怀旷朗。便寻了个山石，坐了下去，临这山那旁有一座峰峦，异常怪伟。正瞰望间，猛瞥那峰峦上丛树间，隐约约好似有些人影闪动。金哥一看，心中暗想那峰之处，莫非有人户居住，一时便动了好奇之心，要到那面峰峦觇望个究竟，立时把浮罗子嘱他不可深入的言语，早忘在了脖后，从石上站起。奔向山那面那座峰峦行了去。

186

走下了这山，循路步上那座峰峦，只见径间丛林，翠光浮映，衣袂都衬成了碧色，是个人烟不至所在。金哥看出路径荒僻，怎奈为好奇心所驱使，不肯走回，勇往直前地行了去。看这道阳光不到之处，独有古柏青青，龙蟠虬舞，此时初夏，这儿却似初秋。转到这峰峦上面，豁然开朗，野草平铺，山花照人，丛树叶色凝成一片浓绿，一时之间，气候两易。金哥一心寻觅适才见的树隙间人迹，这峰峦景致，却也无心观赏，见空山寂寂，哪有半个人影。正自诧异间，猛然瞥见身前树内忽地影子又是一晃，金哥仔细定睛看了去，哪里是人影，却是十几个猿猴，跳跳窜窜在那树丛下跑来跑去。金哥一个孩子家，觉得甚是好玩，便站在那里，直巴巴望着这十几个猿猴。这些猿猴好似凑在一起彼此作耍的模样。金哥站立着觇望了一时，不由突喊喝了一声，料这些猿猴一闻人声，定要四散惊逃。哪知这些猿猴蓦地听有人喊喝，忙停住了身躯，齐睁了一双红眼，循了声音，朝四下里望了去。一眼望见了金哥，这些猿猴，不但并未惊逃，反倒齐向金哥奔扑了过来。金哥看这些猿猴在树丛里望着，好似十余个，哪知一跑出树丛外面，实有五六十个，金哥看这些猿猴扑了来，虽有些吃惊，当时胆量壮了壮，便紧攒了两个小拳头，蓄势准备和这些猿猴厮拼。这些猿猴围拢到金哥身旁，金哥将要挥拳打去，就见这些猿猴齐向金哥吮舐着啼叫个不歇。金哥看这些猿猴不似怀有恶意，方把心放了下来，忙舒开了两拳，向这些猿猴抚摸过去。这些猿猴望了金哥越发表现出十分亲昵神色，一个个都是像灵性非常，和金哥亲热了一阵。在金哥头前那几个猿猴，前爪紧扯住金哥衣角，一双红眼望了地下，朝了金哥乱啼，看那意思是叫金哥坐下。金哥天资绝好，悟性过人，哪有不明白的道理。便在绿草上面坐了下去，这些猿猴看了，一齐翻转过身躯，又向方才转出那杂树丛里飞跑了去。一时之间，隐没在杂树丛后，一些踪影全然无有。

金哥至此，心下却有些惊奇得不晓这些猿猴既扯自家坐下，怎又忽然齐跑了去。坐在那里，正自心下怙惚，瞥见那些猿猴从杂树丛里，又转了出来，一个一个前爪里好像托着一宗物件，相距约有一二十丈远近，却也看不甚清。转眼到了切近，见这些猿猴，每个托了一个碗大的桃，以馈赠佳宾模样，一齐堆到了面前，足有五六十个鲜桃，桃红欲绽，真是异常肥大。金哥晨起即从玉清观走出，又值跑了这些山路，此刻已到巳末午初时光，不知不觉已出了两三个时辰，正值口渴思饮。见这些猿猴诚意一片，特去摘来这些个鲜红大桃，忙随手拿起了一个来，看清香袭鼻，气味甘冽，便送到嘴边咬了一口，浆汁香甜如蜜。不到两三口，便把这个桃子吃到肚内。没有多时吃了足有十几个，就看浆汁顺了嘴角直流。这些猿猴见金哥拿桃子吃，表示十分欢悦神色，不住地依在金哥身前。金哥心想杂树那旁定有桃树，忙站起身来，提步向杂树那旁行了去。这些猿猴看了，前审后跳地随定了他身旁，穿过了杂树那面，转到峰下，遥望谷壑间，桃树分罗，不下数百株，满结着鲜红大桃，上下垂悬，株间都已结满，把枝杈压得像是堪堪欲折。

金哥望了，不由心花怒放，心说："不想这儿有这些桃树，我每天定到此叫这些猿猴给我摘些吃的。"金哥小心眼里这样想着，便又同了这些猿猴，转回峰峦上面。玩了一会儿见方才吃余的那些桃子，好端端放在绿草之上，暗想兜回观去，分给丹林、青皓两个师兄。金哥便掀起襟前衣角，把这吃余下的那些桃子齐兜起来。做出很顽皮的神气，望了这些猿猴们，把头点了点道："诸位猿兄，小弟却要告辞了。"这些猿猴却很通灵，听了金哥说

188

罢，像是知道他将要别去，便又齐围了上来，头前几个猿猴前爪又紧扯了金哥衣服襟角，睁了红眼，不转睛地望着金哥面上，后面那些也是看着金哥嘴里乱啼，那模样是不忍金哥别去，像是依依难舍。金哥见被这些猿猴缠住，不得脱身，便笑嘻嘻道："猿兄们请放开我吧，小弟明日还要来的。"却也奇怪，这些猿猴真像懂得人语，立时把前爪松开了，齐望着金哥叫了两声，跳跳窜窜，奔向杂树丛里跑去。

金哥觉得这却好玩得很，不想今日在此结识了这一群猴友。一边想一边走，转向回路。幸所入尚不深，路程却还记得，兜了那一些个桃子，上下山路，觉得很是吃力。及至回到了观中，气喘吁吁已是满头大汗。丹林、青皓见他这般晚才回，又见他兜了这些桃子返来，便向他问了究竟，不过恐他走入山深迷了途径。金哥细说遇猿献果之事，二友也啧啧称奇。到了次晨金哥便扯了两师兄，要他们同去寻那些猿猴玩耍，二徒因观中无人，况且浮罗子云游去的当儿，又交派他俩，无故不许离开观里，二徒自然不便随同前去，便叫金哥返来时，不要忘记给他俩再带些桃子回来。金哥只得仍是一个独自前往，来到那峰峦上面，昨日见的一些猿猴，仍在那里，这些猿猴见金哥走来，形象较昨日越发厮熟，便忙扑奔过来，又跑去给金哥摘了些桃子，当时金哥同这些猿猴鬼混了大半日，才行回转，又给他两师兄带回了些桃子。从此金哥便风雨无阻地去寻这些猿猴，没有两三个月，早和这些猿猴相处得十分火热。

这一天金哥凑在这些猿猴群里玩耍，正在起兴中间，一些猿猴忽停住了身躯，齐睁大了那双红眼，向了对面一个山坡望了去。金哥便也定睛望去，见那山坡又转出了一群猿猴，看着足有三四十，连跳带窜地向这座峰峦走来，这些猿猴怒目龇牙地望着跑来那群猿猴，前爪不住地在山石地上乱抓，嘴里却啼叫个不歇，那模样是在准备厮拼，其中却把个金哥弄得呆呆站在那儿望着。没有多大工夫，山坡上转出那群猿猴，已到临近，这里这群猿猴啼叫着迎上前去，和来的那群拼斗起来。本山猿猴数少，忙发啸呼援，又来了一伙，共凑了五十多个，比来的猴多了。金哥望它们这两群猿猴数虽相悬，各不肯相让，好一场恶争，便不转眼地望着，见它们一来一往地争持好久，金哥不由若有所悟。把这两群猿猴相拼怎样姿势，都默默记在了心中。斗过多时，来的那群猿猴因数少负了，奔转回道那山坡逃去，两群各有负伤。金哥本来自见了这两群猿猴拼斗后，虽尚未入步习武，可是也稍领略个中诀要了。由此金哥每晨便来和这些猿猴互作相拼地玩耍。此时他的膂力，日渐增长，初时金哥每每被这些猿猴所困。不到两月光景，金哥却把这些猿猴弄得东倒西歪，往往这些猿猴尚没到身近，金哥一矮身，一个旋子脚下去，这些猿猴便前仰后合地齐跌倒草上。

又过了些日，浮罗子已云游返回，见金哥体质不但健壮了许多，而且行动起立，都似武功很有根底模样，心里很是惊诧，便问了问金哥每天往返观后那高山可曾间断。金哥把从未间断的话禀知了浮罗子，却把结识了这些猿猴瞒过，不曾说了出来。到在次晨，金哥禀明浮罗子，照例健步似飞向观后那高山行去，到在那旁峰峦上，又和那群猿猴混在一起。正玩耍得兴高采烈的当儿，忽听身后一声咳嗽，金哥忙停身回首望去，这一惊非同小可，见是浮罗子跟踪随了来，便忙撇了这些猿猴，跑在浮罗子身前，双膝点地，跪在那里，口中连连说道："老人家念在弟子年幼无知，来和这些猿猴作耍，望你老人家恕弟子则个，下一遭再不敢跑来贪耍了。"浮罗子见他这惊慌颜色，便笑道："你快些起来，我哪有责你的道理，你同这些猿猴混得厮熟，这正是你意外的功果。我现虽未传授你一些武功，可是你的下功，已算是稍有根底，这不能不说是归功于这些猿猴。我昨日返来时，看你行动起立，颇近猴相，暗觉诧异，所以今晨我便跟踪随了你来，欲觑望个究竟。"金哥看浮罗子不曾责他，反倒说他武功已稍有根底，心下自是甚喜。忙立起随在浮罗子身后，回返玉清观去。

当日浮罗子在观内设了香案，金哥重新给浮罗子行了跪拜大礼，由此即算浮罗子正式及门弟子了。浮罗子自有一番训语诫言，金哥从此刻苦用功地随浮罗子习练武功，但是遇有余暇时，仍抽空到观后，去寻高峰上那群猿猴厮耍。金哥资质超凡，异禀天生，而且又悟性过人，不到两年光景，他的武艺，虽然未曾到了大成地步，可也算是升堂入室了。十八般器刃，不敢说是件件精通，却也都舞了个烂熟。此时的金哥，发育的体质雄健，力大惊人，不似先前那瘦弱书生形象了。这一年四月间，浮罗子又离观出去云游，一天晨间，金哥跑去寻那群猿猴，转到那峰峦上面，空寂寂连半个猿猴影子都无。金哥呆站在那里，心下暗觉诧异，肚内自忖，每晨一群猿猴都在这儿活泼泼地往来跳耍，今日怎的踪影没有呢？莫非都跑到峰下桃林去了吗？这样寻思着，提步便要往寻，刚刚穿进眼前那簇杂树，忽听身后有人喊嚷，金哥停了腿步，转首望去见走来一个大汉，约有四十上下年纪，头扎青巾，一身短小服装，也都是青色，面貌凶恶，浓眉弩目，体材高大，望去就像半截黑塔也似。

那青衣大汉一时来到金哥身近，扯了暗哑的声音，向金哥道："那孩子稍站住一时，我来问你，有一家唤作金沙掌黄振，可是居住在这附近？"金哥听那青衣大汉把自家喊作孩子，既向自家探问人户，却一些和蔼神色都没有，心里老大的不悦，当时板起面孔，淡淡答道："这儿山势绵亘，哪里有人户居住，你另向别处探问去吧，我是不知晓的。"那青衣大汉狰狞的面色，一阵笑道："这里既没人户，你这孩子是从哪里跑来的？"金哥见他张口孩子、闭口孩子的称叫，不由得心下有些火起，有心抢白他几句，一想他不过是个粗野莽汉，怎能和他一般见地。便又极力把一腔怒火按捺下去，向他冷笑了声道："你这人好没来由，我从哪里跑来的，与你什么相干？"金哥大怒，一摆左腕，那青衣大汉，不由他不把手松开，反而欠了欠身子，心说看不出这孩子倒有一把子蛮力。他仍喝道："小孩子，我问你，你快说！"金哥怒容满面地道："你定要问你家小爷是从哪儿来的，你站稳了，待你家小爷告诉你，你家小爷是玉清观浮罗子那儿的。"青衣大汉听罢，忽地露出惊慌的颜色。

正在这当儿，眼前人影一晃，从那旁岩石后面转出一个半老丑陋妇人来。那丑妇扯了喉咙，向这青衣大汉喊道："俺们走吧，再转到别处去寻，还怕寻不到那黄老狗父子的居处吗？"那青衣大汉把头点了点，撇了金哥，走到那丑妇身前道："我以为孩子是黄家的呢，想问明了，先摘下他的瓢儿。真不巧，却不是的。"金哥哪里懂得他们这道儿上黑语，听那青衣大汉和那丑妇这么说着，他便定睛向转出那丑妇看去。相隔不过十几丈远，望了个逼清。看那丑妇生得两道浓眉，一双三角眼，蒜头鼻子，翻着鼻孔，鼻下衬了一张血盆般大口，满嘴黄牙龇出唇外，穿一身紫色衣服，腰系淡蓝色带子，甩裆裤，齐脚颈扎了一道黑带，头上蓝帕包头，背后交叉地插着一对短兵刃，手里还拿着一对护手刀。那丑妇看那青衣大汉来到近前，把那对护手刀交给了青衣大汉，一前一后，走向峰下去了。转眼隐没峰腰树木丛间，不见踪迹。金哥恶狠狠唾了一口唾涎，喊了一声晦气，转身仍要往寻那群猿猴，刚转进那簇杂树丛里，一眼瞥见五六个猿猴，横三竖四，倒卧血泊中。过去一看，早没了气息，显系被人器刃伤害。

金哥看到这里，暗想必是那一双狗男女干的把戏，他们未免太残忍了，怪不得今晨来时，不见那群猿猴半个影子。立时一腔怒火，再也按捺不下，便要去追那男女两个。忽想起自家赤手空拳，怎是人家对手，忙回身一溜烟，跑下山峰，直回到观内，随手抄起一把单刀，返身直出观去。丹林、青皓看他神色不正，刚转来急忙忙复又走去，忙追出想问个究竟，哪知追到观门外，看他早走去好远了。

金哥走出观外两步并作一步向前飞奔，恨不得背生双翅飞赶的了去，把那双狗男女捉住，给猴偿命，方才心快。

一时来到那峰峦下，估量着适才那青衣大汉和那丑妇走去的路径，追赶了去。赶过山峰，不见人影，金哥估计方向，也不管对与不对，但顺了山峰下一条仄径赶去，连转越过几处空谷悬崖，也未见那男女两个的影子。觉得有些口渴，附近又无溪泉，正自四下寻觅，忽听前面隐有泉声韵耳，金哥提步寻去，走了半天，山岩径下，尽是些参天松桧，哪有涓涓泉水，至此方晓所闻并非泉声，系是松涛之音。越走越觉口干得起火，此时一心寻找溪涧泉瀑，却把追赶那男女两个人的事，齐丢掉到脖儿后面了。峰回路转，一抬首瞥见眼前那座山岩树簇处，瀑流无数，长则十数丈，短则数丈，其实这无数股瀑流之声，金哥早已听见，他又疑是空山松涛，所以未曾留意。这时他见了这无数瀑流，心下大喜，看瀑流下，汇成六七道小溪，急忙奔到一道溪旁，望溪水淙淙，水色澄清见底。金哥口中干燥，忙用手捧起溪水，一连气饮了数口，解过了口渴，便又想起追赶那男女两个人来，重又提起精神，朝前赶去。

走没好远，忽闻四面山尖白云封顶，微雨欲来。金哥看这情势，心想行在这山深之内，真若落下雨来，却连避雨的地方都无有。暗自怙惶，便要回寻归路，哪知转绕一个山峒，另是一个地方，金哥在这不知不觉间，看阳光西斜，天色已是不早。想定是追赶错了道路，那男女两个必是转入别途了。不便再向前追赶，决意翻转身躯，折返回途。正在这停身转向的当儿，忽见对面山坡下树林中，似有三四个人影晃动。仔细望去竟有数人在那里出死力相拼。因相距约有里许，所以看不十分清楚。

金哥看了，立时不想回去，便健步如飞，奔对面山坡那排树林跑了去。转眼到了切近，一看正是他所要寻的那青衣大汉和那个丑妇，在那里同一个老头儿，还有两个青年男女，奋勇厮拼，金哥认得那老头儿不是别个，正是那流青谷的金沙掌黄振，因当初黄振陪驼叟到过玉清观，金哥谒母，也曾与黄士钧、明燕姊弟相见，所以此时见了，尚还记得。就看黄振手中一柄虎头刀，使得上下翻飞，敌住那青衣大汉的护手双刀，士钧姊弟两个各举刀剑，双双迎着那丑妇交手。一场恶斗，十分凶恶，青衣大汉那对护手刀使动起来，十分精熟，这对刀刃上有钩，可劈可刺，可勾可挑。金哥却哪里晓得那青衣大汉的厉害，初生犊子不怕虎，一声喊道："黄老英雄且请退后，何用你老人家动手，待我来结果这厮！"

黄振等人正斗得起兴中间，猛听金哥这一声喊叫，彼此都是一怔。在这一怔之间，金哥已然摆刀加入了战团。那青衣大汉手中双刀稍稍一松，转动二目，向金哥扫去，大怒喝道："你这孩子不耐烦活着了吧，赶快躲开，饶掉你的性命！"金哥一听，怒火高起三丈，霍地一刀，劈头向那青衣大汉砍去。那青衣大汉一侧身让过，金哥见头一出式，即砍了个空，忙撤回刀来，随着又是一个拨草寻蛇的势子，疾似风雨般，朝那青衣大汉腿下平削了去。那青衣大汉见来势凶猛，一个旱地拔葱，平空纵起，又让过了这一刀，便忙撇了黄振，把牙一咬，圆睁二目，怒冲冲断喝了声道："你这孩子当真不想活着了，来，来，来，你家爷爷就成全了你，把你断送这里！"话声未罢，一起右手，一刀向了金哥上面卷进。金哥一横刀，把他的刀隔住。他左手刀就像闪电般，跟着又奔向金哥头顶劈了去。金哥却险一些不曾躲过。赶忙一低头，但觉一阵冷风从头上掠过，头上那条发辫被削落。那青衣大汉看两刀下去，没有伤着敌人，他这次不容那金哥还手，一分双刀，认定金哥两肩刺去。

金哥这次系第一遭临敌，不想即遇着了劲敌，吓得面色如土，忙把身子朝后一退。那青衣大汉哪肯放半点松，恶狠狠直逼了过去，扬手中刀，便要取金哥性命。在这性命关头，存亡系于一发，那青衣大汉猛听脖后一股风声，忙一旋身，看是黄振虎头刀从后砍来，那青衣大汉不顾地去取金哥性命，转过了身躯，一分双刀，又和黄振战在了一处。这时看那丑妇和士钧姊弟两个，也正斗得难解难分。

那丑妇别看是个女流，和他姊弟两个交手，一对鞭舞了个风雨不透，嗖嗖嗖鞭花乱闪，他姊弟俩堪堪就要不敌。士钧虚晃了一刀，跳出圈子外，急忙间向了那旁山岩打了一声呼哨，随了山岩丛处，听一阵风声嘶吼，忽转出一群五色斑斓猛虎来，望去把那山径都已挤满。这群猛虎也看不出是有多少，那青衣大汉和那丑妇都已看见，心中震骇，知道难敌，他俩都各跳出圈外，心一狠，想趁了这群猛虎尚未窜到的当儿，给他个先下手为强。他俩便忙把怀中藏的毒药袖弩取出，是一个连有十余个四五寸长的细竹筒。那青衣大汉和那丑妇对准黄振等人联珠般施放了去。黄振晓得他们这毒弩是厉害无比，忙喊了声仔细提防些，忙用手中虎头刀把身子护住，那士钧姊弟也不敢怠慢，各舞动刀剑，护住了身躯。金哥只顾呆看奔来那群猛虎，所以不留意，心中只盼虎来吃人，把这一对男女扑倒，方才出气，稍一失神，敌人暗器已到，左臂早着了人家一毒弩，只觉一阵麻酥酥的，两眼一黑，将要说声不好，尚没有说出口来，咕咚倒在了就地，已是人事不知，昏迷过去。

经过了不晓多时，金哥耳畔听有人喊叫声音，忙睁眼一看，见自己舒适适躺卧在一间茅舍竹榻上面。看面前站定黄振和适才见的那两个青年男女。就听那两个青年男女向黄振说道："爹爹，你老人家看，不要紧了，人已苏醒过来。"金哥听那两个青年男女的口吻，知是黄振的一子一女。尚记得自己是方才受了毒弩，必是黄家父子，把自己救了回来。想到这里，便要跳下竹榻，向黄家父子作谢。黄振忙伸手把他按住说道："你刚刚醒过来，创口上又给你才敷上了药，万不可轻动，你暂且先定一定神，待我取些解毒表内的药，与你吃了，再说话吧。"金哥听罢，看自己受伤的那只左臂在赤着，创口上果然敷着些红色药粉，提出不少黑紫色血水。可见这毒弩的毒，是如何厉害的了。

黄振便忙吩咐士钧把药取来，士钧忙转身走出，不一会儿把药取了来。黄振忙命他把药放在碗内，用温水化开，这才端在金哥头前，叫他一气喝下肚去。又命他安心睡一忽儿，不可急躁。金哥自然听从嘱咐，不敢多言，闭目躺在竹榻上。睡了约顿饭之时，肚里觉得一阵作怪，悄悄出去，寻了个僻处，走动了一回，见天光早已向暮，黑影不知何时已笼罩下来，四处山岩，都成了一片暗色，金哥慢慢又走了回去，看黄振父子正站在那儿等候自己。那黄振见金哥模样，知道他是将去走动回来，便笑道："这却不妨了，毒气全已攻下，想已饥饿了吧，快些先吃些食物。"命士钧去把给他预备下的食物端来。士钧忙即走去，一会儿端来咸菜。金哥本来从晨间出来，整整一天光景，连一粒都未入口，先还不觉怎样，及至方才大解后，肚里已渐觉有些饥饿难忍。这时见了饭食，忙先向黄振父子谢过搭救之恩，便毫不客气端起饭碗，两大碗粥，都被他吃下肚去。黄振见金哥把饭吃罢，这才对坐灯下，问他怎的会从玉清观到了此处。金哥把追赶那青衣大汉和那丑妇的事，说了一遍。黄振听了，把首点了点，随又把那青衣大汉和那丑妇的来历，向金哥说了。金哥听了，连说："今天不想遇见这两个硬手，还算好，我若真要在观后岭上和他两个交起手来，说不定我命即要休矣。"嘴里这么说着，回思日间追赶他两个的事，尚自有些心惊，不住地连声道险。

原来那青衣大汉唤作马敦年，河南商邱县人氏，在北方几省绿林道上，很有威名。他使的那袖弩暗器，乃是马家世传绝技，从来不空发，丧在他们这袖弩下的好汉，真是不晓有多少了。同他一起的那个丑妇，系是他嫂嫂母鬼阎王娘，莫看她面貌丑陋，一身软硬功夫，却也很是了得。若是本领稍逊的男子，还真不是她的对手。马敦年的长兄叫作马敦寿，名头较他远大，在十年前因抢夺黄振的镖银，受了黄振一金沙掌，马敦寿自知性命难保，当时把脚狠劲一跺，向黄振说了声："不想俺马某闯荡半生，从未遇过敌手，今日却丧在你这老狗手下，你就提防些，此仇迟早是有人替俺报复的。"说罢，恨恨去了，即连夜的起程返回商邱家中，到家不到几日，便一命呜呼了。那时马敦年正值不在家内，也恰赶到北省去作那没本钱的勾当。马敦寿垂危时，手握着他妻子母鬼阎王娘道："真不料到我马某半世英名，竟丧在那黄老狗手中，俟等二弟回来，你们给我报仇。"话未说完，已没了气息。他亡后，没有多久，马敦年即返家来，听嫂嫂一说，同胞手足，哪有不动心的，咬牙切齿地说道："黄老狗居然下毒手伤害了我的胞兄，此仇不报，誓不为人。"理完丧事，即同他嫂嫂起身，去寻黄振，哪知却扑个空，黄振已收了镖局生理，带了一子一女隐居他处去了。只得俟访明黄振居处，再为去代胞兄报仇，也不算迟。从此便各处探寻，怎奈如石沉大海，却连一些信息没有。

直到过了这十几年，才风闻黄振隐居在罗浮山之内，便告知了嫂嫂母鬼阎氏，嫂弟两个便日夜赶程地向罗浮山进发。到了罗浮山，见山势深邃，哪可轻易寻到黄振住的所在，直在这罗浮山里转了有十来天。好在他嫂弟两个都裹带着有干粮，走饥了便吃些干粮，晚了便寻个干燥岩洞权且宿个一宵。他嫂弟两个这日晨误走误撞的，来在玉清观后面那峰峦上，一看有群猿猴在那里往来蹿跳，他嫂弟转了两日，本想寻个人问一问路径，怎奈连半个人影都没看见，正自有些不耐烦，忽看这些猿猴，便刀鞭齐下，立时结果了五六个。余下那些猿猴分向四下里山岩丛处逃了去，所以金哥这晨来那峰峦上不见那猿猴踪迹。那马敦年已和母鬼阎氏，拿群猿猴出了一阵子气，他嫂弟转身走向峰下，猛听身后有脚步声响，回首看去，这才遇见了金哥，先以为是黄振的什么人，后来一问金哥，听说是玉清观浮罗子那儿的，浮罗子的名头，他如何不晓得呢，不便再和金哥纠缠，忙回身，嫂弟两个离了这座峰峦，信步循了山径行了去。他俩脚力都十分健快，不消多时，已走出几十里路出去，这次却被他嫂弟两个误打误撞，居然走入流青谷正路。这日黄振爷儿三个正在方近山中猎取飞禽野兽，恰赶巧冤家逢到一处，那马敦年当年也曾会过黄振，见了如何不认识，仇人见面分外眼红，向母鬼阎氏说了句："嫂嫂，俺们今日可寻着仇人了。"二人各舞刀鞭，和黄振父子三个战在一处。正厮拼得各不相干中间，金哥却赶了来，也加入了一处。后来那黄士钧看他嫂弟两个的是骁勇，才一声呼哨，把那群虎招了来。马敦年和母鬼一看，便把他们马家绝技袖弩暗器，乱朝黄振等人施了去。黄振爷儿三个各拿刀护住身躯，算是不曾着伤，不想金哥不提防左臂着了一毒弩昏迷了过去。士钧忙过去把他背起，飞跑地先送回了自己家中。

那马敦年看此时那群猛虎已将到身近，看情势自知难是敌手，回身便要逃走。黄振已看出他们心意来，哪能容他们逃走。心一发狠，冷笑声道："你等既寻上门来，怎么放过你等，休怨我要下狠手了！"一个箭步，纵到他俩身前，马敦年将回身要扬双刀迎去，黄振手下十分迅快，早一金沙掌，击在马敦年后心上。也是致命之处，一个前栽，爬到地平，哇的吐出一口鲜血，当时气绝。那母鬼阎氏见了不由有些着慌，可怜手中鞭尚未举起，那群猛虎一扑地过去，把她咬杀，竖着虎尾，又奔返山岩间去了。黄振同女儿忙回家中。看士钧已把金哥放在房内竹榻上，他家中早藏有配就各种解毒的敷药吃药，忙招呼着才把金哥救转过来。

那黄振把马敦年和母鬼阎氏的来头向金哥说了。金哥暗想前事，尚觉吃惊，想晨间在观后峰上，侥幸不曾和他两个翻脸，若真翻起脸来，说不定焉有我的命在。当晚金哥即留宿在流青谷这里，次日谢别了黄氏父子，由士钧把他送到昨日他们相拼恶斗的那里。金哥便循了原路，走回观中。那丹林、青皓师兄弟两个见他一夜未归，正自焦急，在附近山内寻觅，看他安然而来，方把心中一块石头落下，忙问他怎的一夜未归。金哥一说情由，他师兄弟两人听罢，一咋舌连说好险。此时金哥左臂的创口虽已不怎样紧要，但仍有些许隐疼。

眨眼过了两三个月，夏去秋来，浮罗子云游回观，把金哥学业考验一遍，加紧传授起来。经过足足一年，这天把金哥唤到跟前道："我把你自带回观来，已是三个年头，你的功夫虽未到了炉火纯青，可是也已算是入了我们武当门的门径了，现时你正好出去做些外功，借便回家探望探望你母，想这时你母盼你已将眼望穿了。"金哥听了师父这话，想忽要遽别，心下很是依恋，二目不觉落下泪来。浮罗子看他这模样，微微笑道："人生聚散，都有一个数字，你须要看彻了聚散两字。明透此理，何必伤心？你知道你母如何想念你么？"金哥听罢，似有所悟，叩首含泪道："弟子不晓几时才能返回侍候你老人家。"浮罗子把手一挥，金哥不敢多言，忙站起身来，回到房去，带了随手器刃。收拾了一番，二次又去给浮罗子叩了三个头，又向两个师兄作别，潸泪离了玉清观，走没好远，忽想起观后峰峦上那群猿猴来，暗思带两个猿猴行路，却也有趣得很，便转向观后峰峦上走去，哪知那群猿猴前扑后拥，却全不肯离开金哥。金哥不便和一群猿猴久缠，过去把身前两个稍小的猿猴抱起，把其余那群猿猴逐到杂树丛去，忙大踏步下了这峰峦。直过两三座山头，方把抱起的那个小猴放下，那两个猿猴随了金哥身后，跳跳窜窜地行了下去。直到傍晚，方才走出这罗浮山，转入来往大路。

金哥带了那两个猿猴，又走了一时，便要寻店歇下。忽看从路旁树林里转出个剪径黑汉来，那黑汉看金哥模样，料想金哥定是个走江湖耍猴子的，便跳出树林，横身把他拦住。手里执了一柄牛耳尖刀，一声断喝道："哒，快留下过路钱来，放你过去，如若说出一个不字来，你爷爷便把你断送在这里。"金哥听罢大怒，一抬脚早把那黑汉手里的尖刀踢飞，那尖刀就和断了线的风箏也似，呛啷啷落在了多远。金哥一回手从背后把刀亮将出来，那黑汉因在黑影里，却没有看出金哥是带着兵刃，及至金哥把刀给他踢飞，他已慌了手脚，又看掣出刀来，寒光逼人，他早一个羊羔吃乳地跪在地上。金哥大喝道："胆大的贼徒，真是老鹰把你这厮的眼给啄瞎了，竟敢滚出剪你家小爷！"刀便分心向那黑汉子刺去。那黑汉叩头如捣蒜地没口地乞饶道："小爷爷饶了我的性命吧，小人再也不敢干这勾当了，这不过是初次在这儿剪径。"金哥听他这样说着，本也不愿把他结果了，忙把刀停住，向他道："似你这厮正在年富力强，不说干个正当营生，却在这里剪径，从此再不许干这勾当，下次再撞在你家小爷手里，莫想逃却性命。"刚说到这里，猛然听哗喇喇一声响亮，从那黑汉腰中忽落下一包沉甸甸物件来。那黑汉爬在地下，慌张张伸手将要拾起，金哥一弯身把那包物件已抓了起来，打开包儿一看，却是白花花足有百余两纹银。

原来这黑汉也是自触霉头，他刚劫了一个单行客商，弄了这百余两银子，不曾离了去，他却觑出便宜来，心想还许有单行人走过，不想撞上了金哥。那黑汉看银包被金哥抓起，忙不迭地连连叩头地道："小爷爷赏还了小人吧，小人家中有八旬老娘。"金哥见他怀中有这些银两，也料他是刚干的勾当，不晓哪个背运的人遇上了他，立时大怒，便要举刀把他了却。一听他家尚有八旬老娘，不由又心软下来，他这种不义之财，当然是取之非道，怎能全数璧还了他。便从银包里检出有几块散碎的出来，看了约有一二十两，掷给了那黑汉面前。那黑汉看金哥扔给他这几块散碎银两，余下那些，无形即算入了他的腰包，心中老大的不乐意，嘴里哪敢说出来。

金哥把这二十两散碎银子掷给了他，说道："这些银子足够你干个小本营生，养你老娘了，快些滚去吧。"那汉子怎敢多语，爬起来，也不顾地去寻他那牛耳尖刀，踉踉跄跄地去了。金哥看那黑汉去后，把刀收回了鞘内，带了那两个猿猴，慢慢向前行去。

这时天上月光荡漾如雪，眼前景物异常阴森，走了没有半里路，头前忽又现出一座山峰。转过这峰，见依山近空，结有一间茅草房屋，从外围了一段短篱墙，房内灯光闪闪。金哥心想到这家探问探问前面可有村镇，以便觅家店房歇息一宵，心下这样想着，已来到了这家篱门前。将要去叩那篱门，忽听这间房里一人粗声粗气地道："老子终年价打雁，今日却被夜鹰啄了。总是老子的晦气，老子未劫成那青年崽子，反倒将劫的那包银两被他弄去了一大半。"金哥听房里说话这人语气，正是方才那剪径的黑汉，忙把手停住，侧耳仔细听去。又有个年轻的妇人的声音，随着哼了声道："总是怪你贪心太甚，若是碰红了一号买卖，就转了回来，决不至于把到了手的银子被人家硬给弄去一大半。像你这样笨货，却把老娘气煞了，老娘也是瞎了眼了，嫁了你这个笨货，老娘早晚是要另寻汉子的。"金哥听到这儿，才知他却没有什么八旬老娘，心中不由大怒，一纵身跃到篱门内。那两个猿猴一看，也连攀连登地蹿到里面。金哥一掣刀，过去一脚把房门踹开，迈步走进，看房燃着一盏油灯，那黑汉同了一个抹了一脸脂粉的妇人对坐在那里，他俩一抬首见闯进来一人，那黑汉看是金哥，吓得三魂去二，七魄少三。那妇人也粉面改色喊叫起来。

金哥怒向那黑汉喝道："你这厮不是说家有老娘吗，你的老娘在哪里？"那黑汉忙随口扯了个谎道："小人的老娘住娘家去了，没有在家中。"金哥明知他是谎话，不由气向上一撞，刀光一闪，那黑汉栽倒在地。那妇人见丈夫被金哥结果在那里，红光冒处，尸身倒在地下，险些吓昏，忙屈双膝跪了下去，连连乞饶地道："小祖宗饶了小妇人这条性命吧。"那妇人刚说到此处，猛觉一阵软绵绵东西，挨近脸上，她以为是金哥手摸她的面颊，心想这位小祖宗定是看我生得美貌，看中了我了。这样想着，胆量一壮，哟了声道："小祖宗你想教小奴家吗?"说到这里，一抬首看哪里是金哥，却是两个毛烘烘的猿猴，伸着前爪，在她头上乱抓，她这一吓，立刻又哆嗦得成了一个团。金哥听这妇人满口猥亵言语，哪里见过这丑怪模样，心中大怒，一刀过去，也把这妇人结果。一眼看那二三十两散碎银子，好端端放在那面桌上，过去拿起，收在怀里，想设若遇着那被劫的人，便再原封璧还人家，肚里这样盘算着，一转首瞥见那炉灶上放着一个蒸笼，忙过去揭起一看，见是热腾腾一笼的馒头，正觉饥肠辘辘，便同那两个猿猴吃了个饱，引起火来要把这间房燃着，刚刚在房内把火燃起，忽听篱门外轻轻拍了两下，随着就听有人低声说道："二嫂子，你那乌龟可在家里，你小哥哥来了!"金哥听这人语气，又是愕然，看房内火熊熊将要烧起来，便提步同两个猿猴走出。

这时篱门那人尚一些不知，听有脚步声响，还以为那妇人走出来了哩，忙又嬉皮涎脸地道："人儿你可出来了!"话尚未说完，猛见金哥从篱墙里跳出，这人不觉一怔。金哥在月光下看这人，是个瘦长汉子，摆刀便奔了过去。那瘦长汉子身边居然也带有器刃，也急把刀掣出，就在这篱门外，交起手来。打了没有几个照面，那瘦长汉子的本领稀松平常，渐渐有些不是对手，不敢久恋，觑了个破绽，虚晃一刀，回身撒腿便跑。这当儿草房火势已然着起，金哥见那瘦长汉子跑去，哪里肯舍，带了那两个猿猴追了下去。绕过一个山弯，头前是一簇丛密树林，那瘦长汉子直奔林内跑了去。及至金哥赶到树林近前，那瘦长汉子已是踪迹全无。金哥说了声便宜了这厮，不便再赶，只可任其逃去。金哥估量时光已是不早，明月已微微有些西偏，带了那两个猿猴，转绕过树丛，跑过一个小石桥。

在这桥南，却有一座规模宏大的巨厦，从墙里面微微露出些亭台楼阁的屋角，以及槎丫的果木，秃枝的老树，像是个宦户人家模样。想不到此处竟有这等宅院，正好前去借宿一宵，明晨再行赶路。绕到前面，见朱门紧闭，静悄悄没有一些声息，门前槐树，夹着阶石，气势十足。金哥过去，在门环上，轻轻叩了两下，听里面的人好像是已然安歇。好一时，方听门内有个苍老声音道："这早晚外面什么人叩门？莫非是五爷回来了？"工夫没多大，门里一阵脚步声音，呀的把门开启，金哥看走出两个人来，一个是五十多岁的老汉，一个是壮年汉子。他俩走出看了金哥带了两个猿猴不由很惊诧地注视着。金哥便开口说道："我是错过了宿头，赶不到村庄店口，敢向尊处商量，暂宿一宵。就烦二位进去禀知你等家主，俟我明天走时，多多答谢你等。"

那老年老汉子听了金哥说罢，面上现了不耐烦的颜色，摇着头答道："尊驾来得不巧，我家主人不在这宅院里，还是请你另寻别处去吧。"那老汉说完，回身便要走进，金哥忙含笑道："别处又无村庄，这早晚哪里去寻？你们家主既不在此处，你们二位行个方便，我在此留宿一宵，我想你等决能作这主张的，明晨行时决不亏你。"那老汉听了，向着那壮汉微笑道："你看人家都躲避开去，他倒要送上前来了。"说罢，抽身又要开门走入，向了金哥睬都不睬。

金哥见这老汉这种冷淡情形，不由勃然大怒，心说这老汉好没有道理。那壮汉忙把那老汉拦住，不曾叫他把门闭上，却带笑地向金哥道："我们这位老伙计话总是这样不爽快的，尊驾不要见怪，我来老实告诉尊驾吧。这宅院里不净，主人们都避开了。"
金哥听壮汉这话，好生不解，便又寻根到底地问道："你们这宅
院怎的不净，我却不解。"那壮汉低声说道："我们这宅院闹鬼，
夜间闹得很凶，我家主人因此避开，只留我等爷儿两个在此看守
这座空宅院。"金哥一听怎能相信，想定是这男仆在自己在面前
耍花腔，天底下哪有这等怪事，便微笑答道："什么有鬼没鬼，
我是不惧怕鬼的。你家主在宅院中也罢，不在宅院也罢，你等不
要推托，容我在此留宿一宵，与人方便，自己方便。你等答应了
我，话已说出，决不能亏你等的。"取出那一把散碎银子，又向
了他两个道："明晨我自有银子谢你等。"那老仆斜瞅着金哥手中
银两，立时又改换了一种颜色，不似先前神气了，面上露出笑容
来，忙道："尊驾既是定在此借宿，我只得背了我主人应允了。
不过方才我们伙计说宅院闹鬼，这并非是虚语，尊驾若是吓着
了，别怨我们。话是要讲在头前，还请尊驾自己酌量。"金哥笑
道："我不是说不怕鬼的吗？有什么舛错，决怪不上你等来。"那
老少二仆当时向旁一闪，说道："尊驾请进里面吧。"金哥带了那
两个猿猴提步走进，那壮仆把门关好，回身同了那老仆在前
引路。

金哥来到里面，见庭院轩敞，花木深幽，毕竟是个大宅院，
与平常人家不同。老仆姓张，把金哥引到院内，便回首说道：
"还有件事没曾和尊驾说明，只因院内一切房屋，我等家主走时，
都已锁闭，恰好左右旁院有三间房，不曾加锁，内中有现成的木
床，就请尊驾自己入去吧。"金哥笑着把首点了点，那张老仆便
吩咐壮仆快到房里取个火烛来，壮仆姓王，忙到外面房中，去点
了一支蜡烛来，把烛台交给金哥手中。张老仆向西南一个角门指
去，说道："就是那角门里，尊驾请自去吧，恕我等不能奉陪。"

金哥一手撑了烛台，直奔向角门行去，那两个猿猴随在身后，走进那角门，看小小一个院落，院中布着十数本花木，香气扑鼻。北面有三间房宇，来到近前，门儿却在浮掩着，推门走入，借了蜡烛光亮，见这三间房，都是一通明的，房中桌椅好好安排在那里，不过所有陈设却都收拾起来。架上尚放着些书籍，以外尚有笔砚文房四宝等类，一望即知是这家的书房模样。靠着墙壁，放有一张床榻，上面却没有被褥等物，但有积尘，却也很少，好在天尚温暖，可以和衣而卧。金哥便把烛台放在桌上，过去把房门掩好，身上觉得有些疲乏，忙将身背后的刀解下，便倒在那床上。那两个猿猴也跳上床去，凑在一处。

金哥见那张老仆说这宅院有鬼魅作祟，说了个活灵活现，鬼魅怪异的事，却也不敢断其没有，所以不敢公然入睡，闭目养神，倒卧那床榻上面。心神刚一昏的当儿，耳畔沙沙一响，蓦地就觉一阵冷气透骨，金哥身旁那两个猿猴也不由得啼叫了两声。金哥一惊醒来，就觉得好似阴森森鬼气侵袭。忽地房门呀的一声开了，见陡地现出一个面貌狰狞的巨鬼，身量和平常人高矮差不多，可是那鬼的头竟和栲栳般大小，青面獠牙，两只怪眼，就像铜铃也似，闪闪发光，不住地朝着金哥张望。金哥此时也不由一惊，头上毛发觉得根根倒竖。

第十章

宿荒宅小侠遇怪

金哥心中害怕，神志未昏，霍地立起身来，伸手把身旁放的那刀擎出鞘外，一声喝道："什么鬼怪，竟敢打扰你家小爷的清睡！今夜撞上你家小爷眼里，却不能饶了你。"再看时房门仍在开着，那鬼影忽已不见。一纵身从房内窜到庭心，四下看去寂静静哪有半个影子，仰首见明月已将西下，凉风袭肤。金哥不觉肚内暗暗说道："这我却明明地当真看见鬼了，这倒有些蹊跷！"便呆呆立在那庭心里，忽瞥见角门外黑影一晃，金哥忙跑出这角门，看那条黑影似是奔向后面去了。金哥不顾许多，心说："不论你是什么鬼怪，今晚我也要看个底细。"直跟向这宅院后面追去。接着听有一声鬼叫，声音十分凄厉刺耳，金哥头发又是一竖，心胆俱寒，一咬牙顺了声音听去，像在这院后东面那空房发出来的。金哥带二猴，壮一壮胆气，便大踏步直向这东面这空房里走去。将要闯进那房内，猛地一声响亮，那房门忽然开了，鬼声啾啾，方才见的那个鬼物，突从这房里跳了出来，向了金哥不住口怪叫。金哥心胆渐稳，大喝道："你是什么怪物，你家小爷也要把你结果在这里。"举刀便要向这鬼物砍去，忽见这个巨头大鬼翻身便走，足音踏踏，是有形声的东西。金哥扬手打出暗器，这鬼哎哟一声，栽倒地上，被二猴擒住。

金哥赶上去，俯腰提刀，仔细定睛看去，哪里是什么鬼魅，却是一个汉子戴着个鬼脸。又细细向他辨去，不是别个，正是方才在盗舍叩门叫二嫂子，被金哥追跑的那个瘦长汉了。金哥不由大怒，过去一伸手，把他腰间系的带子抓住，就和捉小鸡般，把他捆好提起，一直大踏步，向前面走去，那两个猿猴紧紧随金哥身后。

金哥提了那瘦长汉子，一边向前走着，一边喊道："你们这宅院的鬼已被我捉住了，快拿了绳索来。"那张老仆同姓王的壮仆从睡梦中惊醒，听金哥这样喊叫，他二人吓毛了，忙披衣下地，点了灯笼，寻了根绳索，壮着胆子，开了房门，先探着头向外张望，不敢冒昧走了出去。望金哥提着一个人走来，看并不是什么鬼怪，心下方才安定。举了灯笼走过去，便把一条巨绳索交给了金哥。金哥下狠劲把那个瘦长汉子向地下一掷，四脚八叉地倒在那里，就把他捆猪也似的捆上一道，又加上一道绳。那瘦长汉子到了此时，垂头丧气地任凭摆布，一声不响。金哥手扬单刀，一声喝问道："你这汉子是什么人，为何无故在此装妖做鬼的，扰乱人家？快从实地说来，如有半句谎语，你家小爷便一刀叫你这厮真去做鬼。"

那瘦长汉子此刻面色一变，不似先前跪地乞饶模样了，看他那神色，却是已把存亡齐丢到脖后，他听金哥这样喝问，冷笑了声道："不想我走南闯北十余年，各省府县多少有名的捕快踩缉，莫用说拿住我，就是连我那屁的气味他们都未嗅见，今儿夜间不想跌翻在你手里，总算合该我倒运。实对你说了吧，我叫邢士文，因我脚下既快，所以认识的人们，都把我叫作火流星，我并非此处人氏，从来在北方各府州县，专干窃盗的勾当，直干了十

208

几年，那里各处窃缉甚紧，只因立脚不住，所以信马由缰，才到此地。在初到时，看这宅院十分富丽，原想装作了鬼怪，把这儿主人吓走，尽量窃取些珍贵细软财物等，即离开这儿，再走向别地。不想在这儿姘上了那吴二的女人，因此便被她把我羁绊住了，若不然决不能被你把我拿住，也算是我吃了女人的亏了。我话已同你说完，要杀便杀，要剐便剐，任凭你了。"他说罢这片话，紧闭二目，一声气息都不出，金哥立时大怒，一刀便要把他了账。

那张老仆看了，忙不迭地道："小人家主这宅院刚盖造没有好久。小爷万不要把他毁这院里，以免污了这座宅院。这贼人请交与了小人吧，等候天明，小人去禀知我家主，再由我家主把他送到官衙去发落。"金哥一听，当把手中刀停住，便向了张老仆把首点了点，那张老仆同了王姓仆人忙扔下手中灯笼，一弯身把那假鬼邢士文抬起，放到前院一间空房里，唯恐他挣扎开了绳索逃去，又寻了几根比较稍粗的绳子，上三下四地又重叠地把贼捆成一个肉球样，捆了后这才走出空房，忙又把这房门从外锁上。那张老仆同王姓仆人看金哥这时已踅回那旁院书房中，便忙拿起地下扔的灯笼，奔向旁院来寻金哥。他俩都另换了一种面孔，把金哥看成神人一般，不像金哥初来借宿时那冷酷颜色了。

他俩来到那旁院书房里面，见了金哥，连连向金哥请下安去，那张老仆现出十二分的殷勤来，忙吩咐王仆去给金哥烧水泡茶。金哥看他这毕恭毕敬的模样，肚内暗觉好笑，当时便忙问他们家主的姓名，张老仆答道："小人的家主姓柴名郁文，年已五十余，从前很做过几任府尹道缺，早已回林下。家主原本世居城中，因家主素好佛喜道，为避城中尘嚣故此特地在这里起造了这座宅宇，从城内移到此地。不想被这名假鬼，把家主人吓得又迁

209

回城中去了。"那张老仆说到这儿，又叹了口气，接着说道："小人家主为了这假鬼，曾破了许多银两，各处请了些有名法师来，不但不曾觑出他的破绽，那些法师却也被他给吓得屁滚尿流。说来话又长了，有一次家主从峨眉山，请了一位很有名望的法师来，什么朱砂衣表香烛等物，均已备齐，那法师将到了坛桌前，尚未站稳，不晓从哪儿掷来一小竹筐粪液，不偏不斜正正掷中那法师的道髻上，立时顺了那法师的头顶，淋淋漓漓的粪液滴了下去，弄得臭气熏天。那法师也不顾装模装样地作法了，唬得他一溜烟跑出门去，奔到门外那道小溪中，算是把头脸和周身的粪液洗涤了一阵，也无颜见我们家主，他悄悄地不辞而别地去了。"

金哥听这张老仆的滔滔不断的讲论，此时王姓仆已把茶水泡来。张老仆忙斟上了一碗，送给金哥面前，便又和金哥无话寻话，谈说闲篇。没有多时，东方已然发晓，金哥带了那两个猿猴，便要起程赶路，张老仆哪里肯放，定留金哥用罢了早餐，又要去示知主人，当面申谢。金哥怎肯打扰他，便从怀里掏出两三块散碎银子，赏与了他俩。那张老仆见了，那颗头摇得和拨浪鼓也似，连连摆着手道："小爷快把银子收了起来，这个小人却万不敢领的。"金哥笑道："我昨夜来此借宿时，话已说出，怎能叫我改口。"张老仆面色一红，不好再说什么，便同那王姓仆人忙一弯身请下安去，伸手把银两接过。他俩直送出大门外，看金哥带了两个猿猴，隐没山嘴转角之处，他俩才回宅商议如何进城去报主人，及怎样把那假鬼送官发落。

金哥带了两个猿猴，循路按站向前行去，夜宿晓行。一天从旅店走出，但见沿途俱是山道，行在山中，足音回响，抬眼望去，遍山积叶都已封满，看景观山地走了三四十里，连一个山村都没有。又走了一时，看曲流绕径，眼前现出一座大院落，望竹篱石堵，杂植果树，结着红橘黄柑。金哥身后那两个猿猴一双红眼，早看见这山户竹篱里树上结的果实，两片嘴皮上下动了动，一声啼叫，连跳带蹿，要到篱内攀登树上，去摘取人家果实。金哥忙把它两个喝住，便在这儿寻了个野店，想吃些食物，再行赶路。到了这家野店里，吩咐小二：“有什么食物，自管拿来，一拨算钱给你。”那小二答应着，忙去知会厨下，不多时饭菜端下。金哥正感饥肠雷鸣，端起饭碗，狼吞虎咽，却忘了喂猴。

正在这时，听野店门外一阵大乱，紧跟着小二慌张从外跑进。见了金哥，忙问道：“有两个猿猴可是客官带来的？”金哥一听，忙回首望去，不见了那两个猿猴，却不晓何时它俩跑出去了，自家倒不曾留意。听小二这么问着，便忙答道：“正是我带了来的！”那小二听罢，大惊失色地道：“客官你带的那两个猿猴，给你闯下祸了！”金哥听了，立时怔住，便忙问：“那两个猿猴闯出什么祸事？”小二答道：“客官那两个猿猴，攀登人家的果树，偷剥十余个红橘，被人家发现，寻到我们店门外来了。”金哥听小二说到这里，不由笑道：“我以为什么大不得的事呢，既是偷剥他十几个红橘，赔偿他几串钱也就是了，还有什么话说。”那小二把头摇了两摇，且不回答金哥这话，先回首向外张了一眼，这才转过头来，放低了声音说道：“客官的话固然是不错的，若偷平常人户的红橘，莫说是赔他几串钱，就是不赔偿他，说几句好言，自然也是没有话说。怎奈客官那两个猿猴偷剥这儿有名于二辣子家的红橘，这于二辣子原是个无事还要下蛆的主，恐不是几串钱暂能完事的。”将将说到此处，猛然就听房外有人怒向金哥道：“这不是那于二辣子已寻进店里来了。”金哥提步走出房去，一看来的那于二辣子，横眉竖目地站在那里。年纪不过三十五六模样，鼠目蛇腰，一望便知不是个良善之辈，一身短衣窄

211

袖，头上包着一方月白色帕子。他见金哥走出，劈面问道："偷取我家红橘的那两个猿猴，可是你带了此地来的！"金哥把头一点道："正是我带了来的。"于二辣子听罢一声不语，过去扯了金哥，向店外便走。金哥哪里把他放在眼里，便同他走出店外。

走没几步，看路北有个篱门儿，于二辣子扯着金哥，直走进篱门里。金哥见门内树下，狼藉的残橘，弄了满地，自家那两个猿猴却不见踪迹，其实那两个猿猴早奔向近处山里跑去。金哥哪里知晓，他想必是被这于二辣子缠住，此时于二辣子已把扯着金哥的那只手松开，指了树下那些狼藉的残橘，嘴里哼了一声说道："我这几株橘树，都被你那两个猴孙给糟蹋了，你是怎样的说法？"于二辣子说罢，两手交叉地在胸前一抱，圆睁着鼠目，不转睛地望着金哥，急待金哥的答复。金哥见自家猿猴把他树上的红橘弄这模样，虽听小二说这于二辣子是个无事下蛆的角色，总怪自家失神，被那两个猿猴跑出，也难怨他发作，便忙强赔笑脸地道："别无话说，我赔偿你些财钱就是。"于二辣子听金哥说出赔钱两个字来，脸上微微露出一些笑纹，说道："你既说出钱的两个字来，这却好办的了，我也是别无话说的。"说到这里，他伸出三个手指，又接着说道："不多不少，我决不会讹诈你这异乡的人，干干脆脆你就拿出三个整数来。"金哥心想他说出这三个整数，必是叫他赔偿他三串钱，毫不迟疑的，便忙说道："三串钱哪里算作你讹诈我，并不多的，我赔偿你三串钱就是。"于二辣子霍地把面色一放，顺鼻孔里哼了声，冷笑道："三串钱能济甚事，你太把我于二辣子看小了，说句明话，你赔偿我三百银两，万事皆休，若不然，你还把地下的红橘老实给我安到树上去。"金哥一听，显系他是存心讹诈，一腔怒火不由冲上头顶，勉强按捺着说道："摘取你这几个红橘，又值几文，就是连这些树木算在了一处，也不值这三百银子，我简直看你有些敲诈！"于二辣子大怒，手一拍胸脯道："三百银子你这厮嫌多吗？好，好，就算我于二辣子敲诈你，今天你没有三百银子，叫你这厮尝试尝试我于二太爷的手段！"说着，一抬手便去扯金哥衣领。

金哥哪里容他扯住自家衣领，早把他那只手腕握住，一侧身，借了他的来劲，顺势向怀里一领，随后把手一松，于二太爷一溜歪斜跑出四五步远近，一个狗吃屎，爬倒地下，那张猪也似的嘴，甜蜜地和石地上接了个吻。于二辣子利令智昏，尚不觉得他遇着硬手了，一轱辘爬起，弄得浑身尘土，成了刚从土地庙出来的小鬼了。于二辣子斜着眼，望了金哥道："你这厮可是自寻苦吃，你也不探问探问我是怎个人物？"说着，举起拳头，二次又扑向金哥搂头地打了下去。金哥头一偏，一矮身躯，一个旋子脚，向于二辣子腿下扫了去。于二辣子立脚不稳，咕咚一声，一个筋斗，又跌倒平地。这次金哥却不容他翻身爬起，一迈腿把他跨上，一手扯了他的后脖领，提起拳头，雨点般打将下去。于二辣子爬在地上，哪里挣扎得起来，金哥的拳头没打了几下，他早杀猪般喊叫起来，也不再叫金哥问他于二辣子是怎个人物了。

这时篱门外，聚满了看热闹的闲人，于二辣子爬在地上，头上那月白色帕子已松落下去，露出一脑皮的秃辣头，一根头发都没有。金哥看了，不觉有些作呕，哪肯把他饶过，跨在他的身上，一拳一拳地就和擂鼓般也似的。于二辣子忙改口央求道："小朋友，我错看你了，咱爷们交交吧。"金哥不听，打得更狠，实在受不了苦打，竟出了声，哀叫道："小爷，饶了你这小孙吧，怪小子有眼无珠，冒犯了你老人家，爷爷高抬一抬手，小子就过去了，再也不敢讹诈你老人家了！"金哥停住了拳头，哈哈大笑道："你这厮今日敲诈我的身上，好便当容容易易就这样地饶了你吗？要我饶了你，快去把我那两猿猴放了出来。"于二辣子忙地道："爷爷那两个猿猴已跑向近处山里，小子却不曾捉住它两个。"金哥哪里肯信，举拳便又向他打去，于二辣子没口子地道："小子说的确是实言，怎敢在你老人家面前扯谎。"金哥哪肯住手，装作不曾听见，还是狠打，打得他鬼嚎，旁人围了一圈，没人过来劝，似乎打他给众人解恨。

最后还是篱门外有一个看热闹的闲人，向金哥说："那两个猿猴实是奔向近处山里跑去，我确亲眼看见的。"金哥听这人说罢，这才把手停住，那篱门外看热闹的闲人，见金哥停了手，便七嘴八舌的，齐向了方才多说话的那人，悄声埋怨道："都是你多话，若不然叫这位小侠士着实地教训他一大顿，也可以杀他的威风。那才大快人心呢。"又一个道："真不料这于二辣子，今天可是鸡蛋撞到石头上了。"众人悄悄谈论，金哥从于二辣子身上站起，于二辣子咬牙忍痛的，从地下爬起来，不笑强笑地道："爷爷到山里寻那两个猿猴去吗？小子情愿陪同前往。"众人见了他这种口吻，一口一个爷爷地称呼金哥，都暗觉好笑，心说于二辣子你平素的威风都哪里去了。就看金哥并不向他作答，转身走出他那篱门，用手分开群众，走向那家野店行去。金哥料他那两个猿猴决不远去，迟一时必要转回那家野店的，所以并不往寻。这里众人看金哥走去，一场风浪已告平息，便哄地散去。

那金哥原想回了那家野店，等候那两个猿猴转来，算清店账，即行上路。刚回到店内，尚未坐稳，一眼瞥见于二辣子拿了满满一瓶百花露酒，匆忙忙地走了来，见了金哥忙满面含笑地道："前几日恰巧有人送了小子一瓶百花露酒，特拿出孝敬你老人家，小子已吩咐小二预备酒肴去了。迟一时小子陪你老人家要痛饮几杯。"金哥心地纵然聪明，究是个未历世途的孩子，所有人世一切险诈虚伪，他哪里晓得。他看于二辣子知过立改，又极口称恭自己的武功，心下反倒有些不忍起来。暗忖他这人倒还能改过自新，自家痛打他这一顿不但不心存仇视，反特跑来赠送百花露酒，由此看来，他绝不是那不可救药的坏人。肚内这样想着，便扯了笑脸向他说道："虽得你这片诚意，我就扰你几杯。"于二辣子笑道："我是你老人家的干孙孙，有什么不像的。"

说话之间小二已把酒菜端上，摆好杯箸，于二辣子便让金哥坐在上面，他便在下首相陪，拿起他那瓶百花露酒，满满斟了一杯，给金哥敬了过去。金哥看酒味浓香扑鼻，接了过来，一口气喝了下去，于二辣子随又给斟上。金哥连饮二杯，这第三杯酒尚未入肚，猛觉一阵头沉，明白上圈套了，将要出口说声不好，尚未说出，已栽倒桌下。模糊糊听于二辣子拍掌笑道："倒了，倒了！"不晓多时才醒转过来，看自己四脚紧紧被捆，绑吊在一间空破房里，房门却浮掩着。原来金哥是受了于二辣子的蒙汗酒了。金哥昏倒后，于二辣子把金哥捆绑着，移到他家篱门内空房中。所有金哥器刃行囊，统统都被他拿了去。

金哥醒来时，见已被人家缚住，看黑影已然笼罩下来，方知自家从晕倒此时，已有大半日模样，心中不由大怒，有心把绳索扣挣开，怎奈身子是被人家凭空吊起，无法趁劲，一阵急躁，咬牙切齿，肚内暗暗说道："不想我中了这个小辈的暗算，也怪我一时大意，把他误认作改过的善辈，眼看自己便要丧在于二辣子这手下。"索性两目一闭，把存亡付之度外。猛然听到脚步声音，从远渐近，呀一声，推门进入一人。金哥睁眼辨去，来的这人不是别个，正是于二辣子，忽地大怒道："你家小爷既受你这小辈的诡计，杀剐任凭你这小辈了！"于二辣子翻着一双鼠目，哈哈冷笑道："小爷爷？今天完了把戏了！我于二辣子给人家充爷爷，还没充够呢，迟一时便送你回阎王爷那儿去，充爷爷吧。"于二辣子一脸的侮弄神色，十分得意，金哥险些把肺气炸，怒喝道："何必迟一时，小爷已说在头前，杀剐由你这小辈，现在就可以动手！"于二辣子哼道："把你这厮杀剐了，恐污了我这间房子。少时天晓，老爷爷我一定把小辈你好好送终，这近处山涧下，便是你的葬身之地。我于二辣子闯光棍这些年，岂惧你这厮！"说着，掉头走去。

金哥怒不可遏，气得头脑发昏，但已到此地步，只有把心一横，任他发落。待了足有一两个时辰，月色飘空，天已不早，外面寂静静一些声息也没有。忽地听房外那几株果树的枝叶，唰唰作响，先以为是风儿吹的声音，却未在意，哪知那枝叶越来越响，仔细凝神听辨去，决不似风吹之声，心中不觉微诧，紧跟着听叭哒的一声，像是一个果实从树上落下。金哥心内微觉一动，心说莫非我那两个猿猴又跑来攀到树上偷红橘，肚内这样思着，低声向外打了两声呼哨。房外果树枝叶又是一阵微响，声停处，房门一启，金哥借了外面的月光望去，这一喜非同小可，正是他那两个猿猴。那两个猿猴看金哥被人家捆绑着吊在那里，二猴急得乱抓乱搔，硬往下揪金哥，揪不动，这才过去前爪爬在金哥身上，齐张了嘴，去咬捆绑着的绳索。不消多时，居然把绳索咬断，金哥扑登地掉下来，定醒良久，稍稍活动活动了手脚，心中又喜又怒，悄对二猴说："都是你贪嘴，给我惹祸。"二猴不懂，只扯着金哥，催他走。金哥恨不得一时抓住了于二辣子，一拳把他击毙，方能消下心里那腔怒火。

歇过气来，这才提步走出这间空房，照直进里，去寻于二辣子。走进第二重篱门，看只是一连三间房子，房子里灯光闪灼，听房中有一个妇人声音道："你不要在这儿摆弄银两了，你看你

216

这神气，这一二百银两就把你弄成这模样。显然地看出你自出娘胎，就没有见过这些银两，天已然是时候了，你还不赶快把捆来的那只羊送到山涧下去。"那个男的道："我这便去，还愁他挣开捆绳不成！"听这男的话声，正是于二辣子。这时那妇人又嗤嗤笑着说道："人家直若挣扎开了绳索，恐怕你立时又要矮下两辈，管人家没口子地呼爷爷了。"就听于二辣子似乎羞愤，说道："你就听我把那厮喊叫爷爷了，那厮将才喊我作爷时，你却不曾听见。我们光棍斗力斗智不斗口，输了口不算什么！"金哥在房外听到这里，越发大怒，一抬脚踹开房门，闯进了去。

金哥率二猴，闯到房里，看于二辣子同了一个三旬左右的妇人对坐那里，那妇人不问可知，定是那二辣子之妻。金哥见自己的行囊兵刃，同那包银两，都放在二辣子身旁桌上。那于二辣子和他那妻子，骤得二百金，正十分趁愿，一眼瞥见金哥，霍地闯来，那于二辣子险把真魂吓掉，忙一顺手，把金哥的那单刀掣出。他这却有了主心骨儿了，见金哥是赤手空拳，挥手中刀，向金哥头顶劈下，满心想着这一刀下去，准把金哥劈成两片。哪知金哥怒气冲天，见敌人来势甚疾，并不闪躲，一抬左手，恰把他持刀这只手的命门握住。随着出了右手，两势一扭，已由于二辣子手中，把自己那刀攫夺了过来。伸手把于二辣子当胸衣襟抓住，于二辣子面色吓得如土，不住地连连道："爷爷，我还是你老人家的干孙孙，真个的爷爷还能同小孙孙一般见识吗？爷爷是真金不怕火炼，小孙孙的小见识，到底抵不过爷爷！"金哥并不答言，就在他那房里寻了根绳子，把他踢倒地下，按着把他手脚捆上。于二辣子不住口地央求，金哥置若罔闻，理都不理，把银两抓起，收到怀内，行囊和刀鞘都斜系在身上。

这时于二辣子的婆娘，吓得瘫软在那里，上下牙直捉对儿，

217

金哥并不去理她，一手反握刀，一手捉起了于二辣子，向外便走，于二辣子的婆娘看金哥把她丈夫捉出，料定是万无生理，不顾许多，壮着胆子，扯起喉咙乞饶道："爷爷恕过他这一遭吧，下次再也不敢冲撞爷爷了！"金哥怒狠狠故作不闻，提了于二辣子，带了那两个猿猴，走出篱门外。于二辣子破了喉咙喊救，这般傍晚近居户都入了梦乡，静悄悄连一些声息也没有。莫说邻户是都已入了梦乡，就是人家不曾睡熟，若听是他的呼救声气，也绝没有半个人出来的。金哥却不容他鬼嚎，把他的嘴堵上，提了就走，转了没有两转，已走进荒僻山里，狠狠把于二辣子扔到山石地上，未等他开口央求，一刀下去，已了账了。

金哥忙回手把刀收入鞘，离开这里，不便在这里停身，连夜要向前赶路。忽想起日间在那野店中吃的人家饭账，尚未付给，哪有白白地用人家饭菜的道理，金哥肚内这样想着，便由怀里，掏出约有一二两轻重一锭银子，带了那两个猿猴折向那家野店。此时正当夜深，店门紧闭，好在墙并不甚高，来到墙近，一挺身纵了上去。见十分阒静，各房灯火都无，店中人都早已入睡。不便惊动，鹿行鹤伏，走进柜房内，把手中那锭银子，悄悄给放到这柜房桌儿上面，人不知鬼不觉，返身走出。仍从店墙审到外面，离了这座大村落，带了那两个猿猴，连夜上路。行走这荒僻空山之中，月色皎然，时闻山间松声。带有两个猿猴相伴，旅途倒慰寂寞。穿行山径，一口气走出一二十里，路转山腰，隐约地望前面三峰鼎崎，峻极云汉，至此一见眼前山径有些交叉，便不问对否，望着那三峰行了去。

走没有半里许，忽见又是一大村落，看去篱落扶疏，四下一片广衍，随风送来一阵阵鸡犬之声。这时斜月西偏，东方已将要发晓，猛然看松柏丛里有三四条黑影来回闪动，不晓是干甚把戏。走到临近，潜身侧目，细细看去，是三四个汉子在那里掘坑，一旁地上放了一个人，全身捆绑在一面门板之上。那人似乎身动鼻嘘，不像亡去的模样。相隔稍远，那人面貌却看不甚清楚。那三四个汉子一边持着铁锹在那里掘坑，一边不住地向左右张望，看神色着实令人起疑。金哥倒要看个究竟，便隐避在路旁一株二人合抱不交的树下。

这时听那三四个汉子中有一个开口说道："我们庄主可算是消去了这几年心头之恨了。这么个了得人物，居然叫庄主用计捉住。"又一个道："你不要小觑了这个满面病容的枯干老头，听说他不但本领了得，而且当年还做过什么武汉总镇呢。"金哥听到这里，心内怦地一动，暗忖"听这汉子的语气，门板上捆的那人，莫非是我那外祖吗？"又一转想，决不能的，我那外祖一身惊人武功，怎样被他等拿住，必不是的。心下这么一想，又听那三四个汉子说道："坑掘好了，我们快把他抛到坑下活埋了，不要再耽误着了，天光眼看就要明上来。"金哥听到此处，也不管绑的那人是他外祖不是，掣出刀来，抖丹田一声喊，纵了过去。那几个汉子正要抬起门板上那人向坑下掷去，蓦地听有人声喊，齐慌了手脚，拿起铁锹回身撒腿便跑。金哥且不去追赶他等，直奔捆绑那人身旁走去。到了近前一看，谁说不是他外祖驼叟呢。金哥这一惊非同小可，慌忙解开绳扣，伸手向驼叟前胸摸了摸，尚觉微温。恰好这松柏丛外有一道溪水，金哥忙跑去溪边，两手捧了些溪水来，想他外祖驼叟定和他一样的也是受人家的蒙汗药了。便手蘸了捧来的溪水，在驼叟顶上拍了两下，果然被他猜着，那驼叟正是受了人家的蒙汗药。

没一时驼叟一声喷嚏，已醒转过来，睁开二目，一见面前站的金哥，同了两个猿猴，当时不由怔住。驼叟不见金哥，已有几

219

个年头。此时的金哥力大身强，自不似先前瘦弱形象，人老形貌变化小，幼年身形日进月异，变化最大，况且又在这黑暗间，当然辨别不出金哥的面貌来。金哥见驼叟醒转，忙不怠慢地口称外祖，叩头行下礼去。驼叟这才认出是他外孙金哥来，忙叫金哥站起。祖孙两个彼此一说情形，方知他外祖驼叟被人暗算的情由，大怒道："这样万恶滔天的恶霸，待外孙去把他结果来。"驼叟怎地叫人拿住，黄夜被人抬到松柏丛下活埋呢？

原来玉娥因怀念爱子，这年又从家中来到黄堡，转请爹爹驼叟到玉清观去寻金哥，驼叟怎能拂女儿的心意，况且前到观时，那浮罗子曾说再迟年余，定命金哥返家，如今已过了两个多年头，想此时金哥武功，必已稍有根底，便单人独行向玉清观进发。不想路遇中途，无意中撞上了那牛家庄的牛头精牛大有，那牛大有见了驼叟，满面春风，定要留驼叟到他家盘桓一日，驼叟一者是看他一片诚意，二者也是艺高胆大，所以也不推辞。哪知牛大有还不忘前次驼叟代陆道才索还山田果树的仇恨，驼叟到了他家，不料他把蒙汗药暗下在了茶杯里。驼叟并没觑出他心怀歹意，端起茶杯饮了没两口，便昏倒那里。那牛大有恐他一时醒转，撬开驼叟牙关，又给灌了两口，估量一时却难醒来，为避免外人耳目，故此直到夜半，才命几个壮汉把驼叟抬到村外僻处活埋了。

那牛大有自以为这事办得十分严密，哪知驼叟命不该绝，偏偏正被他所要寻的外孙金哥撞着。原来金哥先望见那鼎峙的三峰，正是牛家庄近处那座笔架峰，眼面前这座大村落，即是牛家庄了。金哥听他外祖驼叟说知缘由，心中大怒，便提刀要到牛家庄去寻那恶霸牛大有，驼叟忙拦他道："那牛大有听知信息，恐他早已逃避，你却哪里寻他。就是真寻见了他，那牛大有不但武功出色，而且他暗器毒药梅花神针，从不虚发，很是厉害，怕你难是他的对手。"金哥自从在流青谷受了那马敦年毒弩后，决不似从前那类初生犊子不怕虎的性格了。听驼叟这样说着，便忙停住脚步，问外祖："此事该当如何报仇除害？"正在这当儿上，见牛家庄里一阵人声呐喊。火把通明，随着从庄里撞出一伙人来。一时来至渐近，看为首一个大汉相貌狞恶，双手举着一对铁斧，就和旋风也似的转眼来到。

这大汉身背后，紧随着有一二十个庄汉，齐执了刀枪火炬。这为首大汉，正是那牛头精牛大有。那牛大有怎的居然寻了来呢？只因他想灌了驼叟那些蒙汗药，料着此时决不能醒转，故此才敢寻来。又听庄客说。只遇上一个少年孤身客，他骂庄客胆小遗患，故此赶来灭口。若知道驼叟已苏醒过来，他早隐避了，怎敢还寻了来。及至来得近前，忽听树丛一声断喝，牛大有和众庄汉望去，见是驼叟同了一个青年，那些庄汉是晓得驼叟的厉害，看驼叟却已醒转，吓得扔下火炬，转身便跑，自恨爷娘给他少生了几条腿。那牛大有看了也大惊，哪敢交手，也要抽身，走为上策。驼叟哪里容他走脱，说了一声："好你这个人面兽心的恶徒，哪里走！"未待他举起双斧，纵过去飞起一脚，那牛大有已倒在地下。驼叟一弯身，把他两条腿的腿腕握住，两手向两旁一分，突口喝了句开。再看那牛大有，已裂成了两片，把尸身掷出了好远，驼叟方和金哥带了那两个猿猴上路，趄向黄堡。

这时天光已然微明，驼叟这次出行寻金哥，除了己身之外别无他物，自家连个兵刃都未带，所以行走途中，很是便当。不消几日，已到黄堡，金哥的母亲玉娥，正在黄堡四姑那里，眼巴巴盼着爹爹此去同金哥转来，使母子团聚，正同四姑在那里计算日程。忽看爹爹同了爱子走来，真不啻天上落下一宗活宝来。玉娥见自己儿子金哥离别膝前，转眼已几个年头，看他不但身材高大，而且膀宽腰圆，和从前显然判若两人，虽然是亲母子，若不仔细辨去，真是不相识了。玉娥心中万分欢喜，两眼却不由落下两滴泪水来，可称是悲喜交集。玉娥所悲的是他王氏门中只他这一脉独存，自他离去了这几年，自家无一日不在悬系。光阴流水，自己已是四十许人，在这几年来因悬系爱子，鬓角微微地渐有些许苍白，喜的当然是爱子无恙归来。玉娥当时便忙命金哥见过四姑，这时张玉英也正在这里，又命金哥见过了玉英。金哥一一行下礼去，玉娥这才问起爹爹，怎的这么几日便把金哥寻来，莫非在路上逢见的吗？驼叟便把怎样逢见金哥，详细说了一遍。玉娥等人听驼叟说到被那牛大有暗算，掘坑活埋，才撞上了金哥。四姑忙插口说道："那恶霸还不如当初就把他结果了呢。"那玉娥听爹爹为寻自己儿子，险丧掉性命，陡地一阵心酸，暗想爹爹偌大年纪，真若出了舛错，自家岂不要抱恨终身，如何对得起爹爹，止不住下泪，房中立时沉静了许多。正这当儿上，就看帘儿一起，玉英抬首望去，忍不住喊嚷起来，玉娥四姑定睛一看，见跳进两个猿猴。

这两个猿猴跳进房内，伸了前爪，紧紧把金哥两腿抱住，玉娥哪里晓得这两个猿猴是她自家儿子带了来的呢。这时又听房外一些男女仆役也都大惊小怪，齐声吵喊着说，跳进两个猴子。玉娥唯恐这猴抓伤了儿子，提拳便向两个猿猴打去。金哥忙道："这是孩儿从山上带了来的。"玉娥听了，方才住手。金哥便又把这猿猴如何灵性，以及自己如何被于二辣子缚住，还多亏它俩咬断绳索，若不然孩儿焉有命在。四姑在旁听金哥把这两个猴来历说罢，又看这两猴偎近金哥身前，一双红眼望了金哥，神色十分亲昵，四姑顺手从桌上拿起两个黄柑，去引逗它俩。这两猴倒也很是乖巧，并不去抓四姑手中黄柑，先呆望金哥颜色，金哥手一挥，它俩才抓起黄柑，剥裂外皮，嘴儿上下动了动，早吞吃腹内。招惹得房里的人都笑了起来。四姑喜得伸手便去抚摸它俩的头，它俩却一动都不动，四姑越发地喜悦。

金哥看出四姑的心意，恍然把这两个猿猴割爱赠给了四姑。四姑大喜，便忙吩咐仆妇把它两个带到后面院中，好好饲养。玉娥见金哥返来，便要带了儿子回转家中，四姑哪里肯放。从此金哥随他母玉娥，即留在黄堡四姑这里，有时跟随了母亲，及四姑、玉英，到附近山里去，猎些野畜飞禽，有时到八仙观他外祖那里，去寻维扬、王铁肩闲谈，倒也颇不寂寞。

这天，金哥正随他母玉娥及四姑等到山里行猎，来到山中，见前面是两崖山峰，两峰相连之处，中间现出有两三箭路的一道斜坡，坡上有草蒙茸，虽是秋日，还很丰茂。玉娥等人正对这两峰展望，金哥忽一眼瞥见坡上丰草中，雪白白的一宗东西，在那里闪动。金哥也并不向他母及四姑等人打招呼，便放轻了脚步，直奔那白东西近处行去。相距没有好远，仔细辨去。却是一只野兔。那野兔正在那里嚼吃青草，金哥离它不过只有两三步远，方悟手里不曾拿着弓弩，有心返身向他母去索弓弩，唯恐再把野兔惊走。心下盘算，好在只隔这般远，本可手到擒来，真个的还怕它逃脱了吗。这样想着，一时性急，身子向前一扑，两手向那野兔捉去。那野兔不提防见有生人扑来，吃了一惊，霍地向起一窜，跳出足有丈余远近，顺了这道旋坡，朝那边逃去。金哥见捉了个空，哪里肯舍。提步跟踪追赶了去。玉娥见了，连喊金哥不要追赶，恐他追至险处，失足跌伤。哪知金哥一心惦记着眼前那野兔。玉娥喊破了喉咙，他都未曾听见，仍尾随直向前飞赶。玉娥、四姑、玉英三个忙如飞地紧紧跟定了金哥后面，那野兔跑起来就和箭一般的迅快，连跳带窜，金哥哪里追赶得上。一口气跑过了一座山峰，跑得嘴里喘吁个不歇，满头大汗。再看那只野兔，早跑得没有一些影子。

金哥看身前有块平削的山石，便坐了上去，想歇息一忽儿。这时玉娥等人也已赶到，齐在金哥坐的这面石上坐歇下去，抬眼四下看了看，望这山石近处，是一股往来的山路，夹道松林丛，从树杪尽处。远望庵观殿阁，缀附峰岩，俨然一幅画图。所望的这殿阁，正是黄堡村附近山里那座火神庙。想起当年三姑、七姑杀凶僧，救难之事，如今三姑已亡，七姑已嫁，殿阁依旧，人事却已变迁，不由默默有些出神。四姑呆呆望了山神庙，回首往事，恍如一场春梦。

忽地一阵驴儿串铃声响，冲入耳鼓，四姑听了，心中怦地一动，心说这不是我七妹驴儿的铃声吗？身旁的玉娥、玉英也都已听见，就看玉英霍地从石上跳起，侧着耳又听了一听，便忙说道："你们听这声音好似我这七妹的驴儿串铃音响，大约定是她归宁来了吧。"四姑方接口说道："我也早听出是很像她驴儿的铃响，不过在夏间，从陕西来人说，她已怀身孕，屈指计算着，正是此时的娩期，她哪能归宁来呢，绝不是她的。"玉娥插口笑道："驴儿上的一样铃声可多着哩，哪能闻声就断定是她呢。"姊妹三人正谈论间，串铃声浪越来越近，玉英两手一拍道："没有错误的，决是七妹返来了。待我顺了铃声，寻去看来。"转身迈动莲步，就要循石下那股山路寻了去。

在这时，一抬眼瞥见从那旁山垮转角处，果转出一头驴儿来，上面骑着个四十上下家人模样的汉子。那汉子骑在驴儿上，满头的汗流如注，驴儿翻动四蹄，跑得飞快，他还不住地回手扬鞭，狠劲去打那驴儿，看那神气，像有什么紧急事儿。一瞬间，已到玉娥等人近前。四姑留心望去，这汉子所乘正是七姑的那头驴儿，不觉一怔。玉英也早看清，自忖："七妹的驴儿怎么这汉子乘着呢？"不由得也有些诧异，便突喊喝了一声，原想把他喝住，问个究竟。哪知这汉子跑得满腔心火，猛然听这喊喝，他以为遇着歹人断径了，吓得他手脚失措，从驴背上跌落下来，那空驴如飞头前跑去。这汉子爬倒地上，头都不敢抬，连称好汉爷爷饶命。玉娥、四姑等人到了他面前，见他这惊慌的形色，知道他误会了，弄得忍俊不禁地咯咯笑了出来。这汉子一听是妇女的笑声，胆量才微觉一壮，抬起头来，向了玉娥等人打量了一匝，连忙站起，略略把身上尘土扫扫，向了四姑脸上又看了看，忽开口向四姑道："小奶可是黄堡村伍家的那四小姐吗？"四姑把头点了点，便忙问道："你是什么人，怎的晓得我的姓名！"这汉子不敢急慢，忙朝四姑请下安去，口中说道："四小姐，当然是不识小人的，小人是舒太守那儿的家仆舒寿。"

　　四姑听他是七妹那里来的，心中大喜，忙问舒寿，她可曾分娩？舒寿听四姑这么问着，顿时面色一戚，两眼就要落下泪来。四姑看他这模样，不晓出何事故，立时把花容吓得变了颜色，便忙问舒寿："来此何事？七姑究是分娩不曾？"看舒寿抬起手臂，用衣袖把眼中的泪痕拭了拭，转着首向左右看了看，忙地道："四小姐请在此稍候一时，待小人去把方才惊逃了的那头驴儿寻来，不能走失，那头驴儿系是我家小夫人的，若走失了，如何了得。"说罢，转回身去，就要往寻。四姑哪里等得，忙道："那驴儿定跑回黄堡去了，决走失不了的。"舒寿听了，方把脚步停住，这才向四姑作答道："我家少夫人在陕州县途中产生一子，她母子倒都很平安……"四姑未待说完，忙问道："怎么在陕州途中产的呢？"舒寿哽咽着声音道："四小姐哪里晓得，说起话却长

225

了。我家老爷总算是福无双至，祸不单行。"四姑听他这几句话，越发是丈二和尚，不摸头脑，就连一旁的玉娥、玉英和金哥听了舒寿劈头这几句话，也都惊诧狐疑起来。

四姑迫不及待的，忙问缘由，舒寿接续前言地道："我家公子初秋间，在陕忽染时疫夭逝了……"刚说了这一句，四姑骤然听了，犹似一盆冷水，从头顶浇下，肚内暗道："不料我七妹命儿却这般孤苦，过门不到几个年头，竟自成了寡妇！"头脑一昏，险些不曾栽倒地上，眼中的泪水，早和断了线的珍珠般，扑扑的泪满衣襟。玉娥在旁不由勾引起她的心事来，心想自家也是过门不到几载，便把丈夫故世。所幸七姑尚有翁姑疼惜，自家的丈夫故后时，又有什么人疼惜呢？当时这样思索着，也不觉地泪如雨下，再看玉英眼圈一红，也洒下泪来，其中却把个金哥弄得呆立那里，不住望着他母玉娥及四姑等人，立时就觉四下景物俱呈悲哀之色。这时舒寿又拭了拭脸上泪痕，接着又道："我家老爷和夫人均年逾六十，只这么一位公子，一旦逝去，悲伤到了万分，少夫人若不是身怀有孕，也就决意以身相殉了。我家老爷自公子故后，已看破世途，便也无心再求仕进，当把官职辞去。把公子送回原籍祖茔安葬，原想把夫人姑媳送到襄阳，自己便要寻觅个深山人烟不至之处，青灯黄卷，了此残生。哪知从陕起程的时节，即被匪徒觊觎上了。那匪徒想我家老爷宦囊定然丰裕，便跟踪下来，我们却一些也不觉得。这一天行到河南陕州路中，俱是荒山，哪晓得这儿正是那匪徒们的巢穴。"四姑听舒寿说到这里，忙望了他，向下问道："后来怎样了呢？匪徒们可曾得手！"舒寿道："说来也算是不幸之幸，那日我家老爷坐着小轿，在前头行着，距了夫人等的轿约有半里多路，若不然恐连夫人等也齐掳去。我家老爷坐在轿上，看左右皆山，地势险僻，忽然就听一声呼哨，撞出十几个匪徒，不问皂白，便连人和轿，一齐掳了去。

我家老爷轿后，还跟随了一名轿役，一看这阵势，把他吓得掉转头去，撒腿向回便跑，到了夫人等轿前，忙把夫人等小轿拦住，禀报了夫人。少夫人在后面那乘轿中，蓦地听前面老爷出了变故，立时从轿里纵出，掣剑就要去追救老爷。怎奈少夫人那种身子，距产期已近，算来还不到月余，从轿上刚刚纵到地上，猛觉肚内一阵作疼，立脚不稳，昏倒那里。夫人一看，险些急煞，忙在方近寻了家村店，权且停下。仆妇们七手八脚的，把少夫人救醒转来。没有多时，便在那村店中临产了。夫人看老爷被匪徒掳去，吉凶不卜，少夫人又已临产，急得不得一些主意，所以才命小人乘了少夫人这头驴，日夜赶程来黄堡求救，不想恰在此遇见四小姐。"舒寿把话说罢，四姑尚未开言，金哥二眉一竖，扯了舒寿道："那匪徒们有几个头颅，竟敢如此，待我去救你家老爷，你快给我在前引路。"玉娥见他这浮躁神色，仍是一团稚气，忙把他喝住。那舒寿向金哥望了望，忙道："小爷休小觑陕州山中那伙匪徒，小人听那村店里的人谈论，那伙匪徒，平素却不常干这劫掳的勾当。他们那为首的是个道士，叫作什么火云真人，这伙都是白莲余孽，当初系盘踞在河南，因为官兵追剿甚紧，所以才暂隐在这陕州荒山之中。"金哥听罢，忽忆起当年用迷药拐他那单臂怪人来，心中暗想："独臂妖贼定也随火云妖道在此，我此番定去先把他结果了。"这样想着，就听四姑向了他母玉娥及玉英说道："我们赶快归去，请刘老伯来计议，如何去搭救舒亲翁。"玉娥忙答道："事不宜迟，计议要定，今夜便行赶往。"说到这里，便忙命金哥头前到八仙观去，请他外祖驼叟，金哥如飞地去了。玉娥姊妹三人这才带了舒寿回返黄堡。将到庄内，瞥见门前男女仆役都站在门外，像是迎接贵客，他们头人看玉娥姊妹三个走近，见后面还跟定一个家人似的汉子，不由己都怔在那里。这些男女仆役呆望了一时，忙说道："我们在这儿等候迎接七姑奶奶，怎么不见七姑奶奶呢？"四姑一听，当时蒙住，忙疑问道："什么人给你们送来的信儿，说七姑奶奶来了？"这些男女仆役笑道："还用什么人来送信，七姑奶奶那头驴儿方才跑回来了，现尚在槽上吃料。四小姐如不相信，可去看来。"四姑方了悟，他们是见了那头驴儿，怪不得他们都在门外等候迎接。四姑当时忙吩咐那几个男仆，把舒寿带到他们房中歇息一时，赶紧叫厨下给他预备饭食。四姑交代完毕，便同玉娥、玉英姊妹三人，回到后面房中。没有多时金哥已把外祖驼叟请来。

驼叟听知舒公子夭逝的信息，不觉得痛挥老泪，又听知舒太守途中被火云妖道的羽党掳去，知道他们都是硬手，而且又晓那火云恶道很是毒辣，很替舒太守有些担心。爷儿几个一计议，哪能耽延，便定当日连夜赶往陕州。驼叟料自家等人此去，恐未必是那恶道的对手，况且那恶道手下党羽众多，自家一行才这六七个人，如何能进得他们巢穴去救舒鑑青。说不得只有破了性命，尽人力听天命吧。这不过是肚里的话，却未说出口来，恐徒惹四姑愁思。从黄堡到陕州沿途大多是栈道，除了玉娥姊妹三个和金哥以外，驼叟又把维扬带了去。那舒寿牵了那头驴儿，也跟随在一起，日夜不停地按驿站向前行去。

一路上风霜劳碌，走了足有十余日，才来到河南陕州地界。一看所行的山势，果然荒僻异常，在这深秋，遍山积叶，人行山中，足音四响。金哥听舒寿说已到陕州地界，摩拳擦掌，不住地去问舒寿距恶徒巢穴尚有多远。他童心未退，恨不得一时直捣恶徒巢穴，厮杀个尽兴，把舒鑑青救出，方觉心快。但是他却哪里晓得那火云恶道的厉害。正走间，看天光已过午牌时分，一行人都觉有些饥饿，一看眼前有座山村，坐落在山坳中间，便直奔山村走去，寻了一家店房，走了进去。店小二走过来张罗，忽听正面房中一声咳嗽，随着走出一人，开口说道："不要另寻房间了，快请到这个房里来吧。"驼叟和四姑向说话这人望去，不由惊喜异常，呵呀了一声，驼叟和四姑向说话的这人看去，你道是哪个，正是他们来要搭救的那舒鑑青，立时喜出望外，忙走进正房内。那玉英等系初次会晤舒鑑青，由驼叟、四姑给他们引见了，一一向前见过。那家人舒寿见主人安然出险，心中自是甚喜。这里舒鑑青听知驼叟等人是特赶来搭救自己，忙向驼叟等人作谢。驼叟问起舒知府却也是方到这村店的。舒夫人姑媳尚在后面，马上便可到来。将说到这里，忽听店外一阵嘈杂人声，舒知府忙道："大约贱内、姑娘她们到了。"四姑忙站起朝房外看去，果是自家七妹同舒夫人姑媳乘轿到来，便同玉娥、玉英走出这正房，迎了上去。看七姑花容色淡，瘦削许多，姊妹相见之下，都伤心落下泪来。七姑那婴孩方面大耳，很是强壮，虽是将及满月，望去却似一两岁模样。便在这店内，另寻了间房歇下。玉娥、玉英由七姑引着见过了舒夫人。

那正房中的驼叟，这时便忙去问舒鑑青是怎样出的险，舒鑑青一说情由，驼叟咋舌地道："鑑翁却也饱受虚惊了。"原来自被那火云恶道党羽掳去，自分是定难活命，但是鑑青自爱子夭折，因悲痛极点，所以早把人生存亡视成无碍，故此倒也毫不畏惧。哪知那匪窝中有一名小头目，当日曾给鑑青做过亲随，他看同伙们把他旧日的老饭东掳来，他深晓鑑青宦游半生，向以清廉自持，如今辞职，不问可知，定是清风两袖。所幸他虽投身为匪，心目中尚未忘掉故主，和同伙们一说，那同伙们看白费了心机，实指着弄个几万银两，一听见没有什么油水可捞，落得送了个人情，便把鑑青连人和轿都释放了。却使舒夫人姑媳娘儿两个在那野店中，把心提起了多高，连茶都未曾用下。及至鑑青寻到店里，他姑媳安然返来，才把悬的那颗心放下。鑑青看儿媳临产，得了个孙儿，想起他的爱子，不由又落下了伤心之泪。便在这野店，直待儿媳度过满月，才起行上路。刚走出一站，即逢着了驼叟等人和家人舒寿。

驼叟和鉴青等在那村店中，吃了些食物。便又随了鉴青等人上路。先到黄堡，便下榻在八仙观中。第二日鉴青便要把他夫人姑媳送到襄阳，怎奈四姑苦苦留他们多盘桓几日，鉴青只可任凭她姑媳暂停这里。这一天清晨舒夫人姑媳和玉娥、四姑、玉英正谈话间，王铁肩忽由八仙观前来，向玉娥、四姑等说道："我师父在昨晚间曾说，一两日同太守到玉清观访浮罗子道人，顺便去看望那流青谷的黄老英雄。师父他老人家并向维扬师兄和我嘱咐了一阵，我们师兄弟两个因师父还有一两日才起行前往，所以却也不曾介意。哪知今晨起床，一看师父和舒太守，不晓何时已去了，并在桌上留了一张柬儿。"四姑忙问那字儿你可曾带来。王铁肩答道："带来了，带来了。"说着，从怀内把那柬儿掏出，递给了四姑手中，玉娥忙凑在四姑身旁看那柬儿上却是两行留别词，以外并无其他言词。玉娥忙道："他们两位老人家绝不会是去罗浮山，一定是觅深山修道参禅去了。"舒夫人和七姑忙问怎么见得！玉娥道："那浮罗山此时已然封山，哪里能往。并且这诗的语气，也未言明是往罗浮山。"舒夫人和七姑一听，忙从四姑手里，把柬儿接过一看，见是鉴青的笔迹，上面写的是："生死皆虚空，名利在镜中，山中延日月，笑傲看东风。"舒夫人婆媳等立时都面面相觑。依了王铁肩，金哥便要分道追寻。玉娥忙拦道："他两位老人家定然已是心意坚决，就是追赶上了，他两位老人家恐也不能返来。"舒夫人等听玉娥所说却也甚是，但是心下终觉难以释怀，怎奈都是一筹莫展。那驼叟和舒鉴青从此相伴偕隐了。

附　　录

末路英雄咏叹调

——白羽之文心

叶洪生

　　一个人所已经做或正在做的事，未必就是他愿意做的事，这就是环境。环境与饭碗联合起来，逼迫我写了些无聊文字；而这些无聊文字竟能出版，竟有了销场，这是今日华北文坛的耻辱！我……可不负责。

　　说这话的人，是上世纪三十年代中国武侠小说界居于泰山北斗地位的白羽；所谓"无聊文字"指的就是武侠小说！以其当时的声名、成就，竟在自传《话柄》中发出如此痛愤之语，这就很可使人惊异且深思的了。那么，他又是怎样"入错行"的呢？

白羽其人其事其书

　　白羽本名宫竹心，清光绪廿五（1899）年生于天津马厂（隶属今河北青县），祖籍山东省东阿县。父为北洋军官，家道小康，故其自幼生活无虞，嗜读评话、公案、侠义小说。1912 年民国建立，宫竹心随其父调职而迁居北平，遂有幸接受现代新式教育。

233

中学时期因受到新文学运动影响，兴趣乃由仿林（纾）翻译小说转移到白话文学上来，并立志做一个"新文艺家"。

宫氏中英文根底极佳，十五岁即开始尝试文艺创作；向北京各报刊投稿，笔名"菊庵"。他的才华曾深得周树人（鲁迅）、作人兄弟赏识，并慨然给予指导及帮助，鼓励他从事西洋文学译述工作。奈何其十九岁时不幸丧父，家庭遭变；即令考上北平师范大学亦不能就读，反倒要为养活七口之家而到处奔波——他干过邮务员、税员、书记、教师、校对、编辑、记者以及风尘小吏；甚至在穷途末路时，还咬着牙充当小贩，卖书报——一直挨到他贫病交加，吐血为止；除了一支健笔，可说是身无长物。

1926年是宫竹心生命中的一大转折。此前由于他终日为生活忙碌而与鲁迅失联，遂陷于精神、物质上的双重人生困境。恰巧言情小说名作家张恨水亟需为自己担纲主编的北平《世界日报》副刊《明珠》版找一名写手，以分任其劳，乃公开登报招聘"特约撰述"。此时宫竹心正为"稻粱谋"所苦，看到招聘广告，当即连夜赶写了七篇文史小品稿件投寄应征；方于众多自荐者中脱颖而出，成为一名每日皆要奋笔书写各类文稿的"特约撰述"。

这工作其实是低酬劳、高剥削的文字苦力活。它唯一的好处是有固定稿费可领，生活相对安定；而其边际效用则是借着《世界日报》这块艺文园地"练功"的机会，把宫竹心的文笔给磨炼出来，且炼成一支亦庄亦谐、亦雅亦俗而又刚柔并济的生花妙笔。这倒是他始料未及的意外收获。

如是经过一段时日的磨笔磨剑，以及亲身经历种种世态炎凉的残酷现实，他的思想观念乃逐渐产生了微妙的变化。在他悲叹"新文艺家"之梦难圆的同时，也清楚地看到张恨水是如何在通俗小说领域里呼风唤雨、财源广进的！理想与现实的冲突迫使他不得不选择后者。于是张恨水写作模式（通俗小说连载）及其名利双收的丰美果实遂成为青年宫竹心梦寐以求的人生目标，因为这可以立马解决养家活口的实际问题。

他明白言情小说是张恨水的"禁区"，最好别碰；却不妨用"借古讽今"的手法来写"卑之无甚高论"的武侠小说——这就是他初试啼声的武侠处女作《青林七侠》，连载发表于《世界日报》副刊。然而这次的试笔却是一篇失败之作。因为作者企图反讽政治现实竟失焦，而读者反应冷淡则更令人气沮；故连载数月后即被"腰斩"，不了了之。而据通俗文学研究者倪斯霆的说法，直到1931年，《青林七侠》方交由天津报人吴云心主编的《益世晚报》副刊连载续完。

1928年夏天宫氏重返天津，转往《商报》任职。此后迄至对日抗战前夕，约莫八九年间，他都流转于天津新闻圈中厮混；除了曾独家报导女侠施剑翘（因替父报仇而枪杀军阀孙传芳）刑满出狱真相的新闻，引起社会轰动外，可谓乏善可陈。

1937年7月7日因"卢沟桥事件"而引爆中国全面抗日战争，平、津随之沦陷。宫竹心一家于战乱中迁居天津二贤里，由于困顿风尘，百无聊赖，遂与友人合作开办"正华补习学校"；打算一面办学，一面卖文，以弥补日常生活开销。那么，到底该写哪一类题材的小说才好呢？却煞费思量。就在这个节骨眼上，昔日旧识小说家何海鸣忽找上门来，代表天津《庸报》邀约撰稿。当下宫氏喜出望外，一拍即合，遂决定撰写武侠小说以投读者所好。

当时正值抗战军兴，华北沦陷区人心苦闷，皆渴望天降侠客予以神奇的救济，而由著名评书艺人张杰鑫、蒋轸庭演述的镖客故事《三侠剑》（按：其主要人物多脱胎于《施公案》、《彭公案》等书）在北方已流传了一二十年，人多耳熟能详。宫氏灵机一动，何不结撰一部以保镖、失镖、寻镖为主题的镖客恩怨故事，以顺应读者阅读习惯及审美需求；只要能摆脱俗套，翻空出奇，在布局上下功夫，则以其生花妙笔与文字技巧，小说焉有不受读者欢迎之理！

于是他精心构思故事情节，并找来深谙技击的好友郑证因做"武术顾问"；务求所描写的江湖人物言谈举止惟妙惟肖，各种兵器用法乃至比武过招的手、眼、身、法、步，一招一式都能画出来。在如此认真写作之下，1938年春天宫氏即以"倒洒金钱"手法打出《十二金钱镖》（原题《豹爪青锋》），连载于《庸报》。他选用"白羽"为笔名——取义于欧俗，对懦夫给予白羽毛以贬之；或谓灵感来自杜甫诗句"万古云霄一羽毛"，亦有自伤自卑、无足轻重之意。（宫氏所撰武侠小说，均署名"白羽"，而无署"宫白羽"者！）

孰料这"风云第一镖"歪打正着！白羽登时声名大噪，竟赢得各方一致好评。于是不等《钱镖》正传写完，即应邀回头补叙前传《武林争雄记》，又续叙后传《血涤寒光剑》、《毒砂掌》，并别撰《联镖记》、《大泽龙蛇传》、《偷拳》等书，共二十余部。他那略带社会反讽性的笔调，描摹世态，曲中筋节，写尽人情冷暖；而文笔功力则刚柔并济，举重若轻，隐然为"入世"武侠小说（社会反讽派）一代正宗——与"出世"武侠小说（奇幻仙侠派）至尊还珠楼主双星并耀；一实一虚，各擅胜场。

但白羽不以为荣，反以为耻。因此他除将卖文（武侠小说）所得移作办学之用外，待生活稍定，即减少乃至终止武侠创作；同时自设"正华学校出版部"，陆续印行回忆录《话柄》，自传体小说《心迹》，社会小说《报坛隅闻》，短篇创作集《片羽》，小品文集《雕虫小草》、《灯下闲书》、《三国话本》及滑稽文集《恋家鬼》等等。余暇则从事甲骨文、金文之研究，自得其乐。

据白羽已故老友叶冷（本名郭云岫）在《白羽及其书》一文中透露："白羽讨厌卖文，卖钱的文章毁灭了他的创作爱好。白羽不穷到极点，不肯写稿。白羽的短篇创作是很有力的，饶有幽默意味，而且刺激力很大；有时似一枚蘸了麻药的针，刺得你麻痒痒的痛，而他的文中又隐含着鲜血，表面上却蒙着一层冰。可是造化弄人，不教他做他愿做的文艺创作，反而逼迫他自掴其面，以传奇的武侠故事出名；这一点，使他引以为辱，又引以为痛……"

1949 年后，白羽以其享誉大江南北的文名，获任天津作家协会理事、文联委员、文史馆员；并一度出任新津画报社长及天津人民出版社特约编辑。他"最痛"的武侠小说固然已全部冰封，但"工农兵文学"他也不敢碰——因为一则缺乏这方面的生活体验，很难下笔；二则政治气候变化无常，思想束缚更大。试想，他半生服膺并力行文艺创作上的写实主义，可当时的社会现实该怎么写呢？

1956 年香港《大公报》通过天津市委宣传部的关系，约请白羽重拾旧笔，"破例"给该报撰一部连载武侠小说。他力辞不获，遂草草写了最后一部作品《绿林豪杰传》——自嘲是"非驴非马的一头四不像"！其无奈之情，溢于言表。

白羽晚年罹患肺气肿，行动不便，却仍一心一意想出版他的考古论文集。惜此愿终未得偿，而在 1966 年 3 月 1 日晨含恨以殁，享龄六十七岁。

"现实人生"的启示

诚如白羽所云，他是为了"混饭糊口"迫不得已才写武侠小说。但即令是其所谓"无聊文字"亦出色当行，不比一般。单以文笔而言，他是文乎其文，白乎其白，文白夹杂，交融一片；雄深雅健，兼而有之。特别是在运用小说声口上，生动传神，若闻謦欬；亦庄亦谐，恰如其分。书中人物因而活灵活现，呼之欲出！

另在处理武打场面上，白羽本人虽非行家，却因熟读万籁声《武术汇宗》一书，遂悟武学中虚实相生、奇正相间之理；据以发挥所长，乃融合虚构与写实艺术"两下锅"——举凡出招、亮式、身形、动作皆历历如绘，予人立体之美感。尤以营造战前气氛扑朔迷离，张弛不定；汲引西洋文学桥段则"洋为中用"，收放自如……凡此种种，洵为上世纪五十年代香港以降港、台两地一流作家如金庸、梁羽生、司马翎等之所宗。这恐怕是一生崇尚新文学而鄙薄武侠小说的白羽所意想不到的吧？

认真推究白羽所以"反武侠"之故，与其说是受到"五四"一辈西化派学者的负面影响，不如说是他目睹时局动荡、政治黑暗，坚信"武侠不能救国"的人生观所致。因此，若迫于环境非写不可，则必"借古讽今"，方觉有时代意义。据白羽在《我当年怎样写起武侠小说来》一文的说法，早在其成名作《十二金钱镖》问世前，就写过两篇失败的武侠小说：

一是《粉骷髅》（原名《青林七侠》；1947 年易名《青衫豪侠》出版），内容影射媚日汉奸褚民谊；"因为反对武侠，写成了侦探小说模样"——时在"九一八事变"之前。

238

二是《黄花劫》，"写的是宋末元初，好像武侠又似抗战"；对"前方杂牌军队如何被逼殉国"传闻深致愤慨——时在"九一八事变"之后。（按：《黄花劫》系1932年天津《中华画报》连载时原名，1949年被不肖书商改名《横江一窝蜂》出版。）

正因有此前车之鉴，故抗战第二年他着手撰《十二金钱镖》时，虽一样是采用"借古讽今"的创作手法，却将"讽今"的焦点由政治现实转移到社会现实上来。他在《话柄》中曾就此说明其创作态度：

> 一般武侠小说把他心爱的人物都写成圣人，把对手却陷入罪恶渊薮。于是设下批判：此为"正派"，彼为"反派"；我以为这不近人情。我愿意把小说（虽然是传奇小说）中的人物还他一个真面目，也跟我们平常人一样；好人也许做坏事，坏人也许做好事。等之，好人也许遭恶运，坏人也许得善终；你虽不平，却也无法。现实人生偏是这样！

如此这般面对"现实人生"，进而加以无情揭露、冷嘲热讽，便是《十二金钱镖》一举成名，广受社会大众欢迎且历久不衰的主因。例如书中写女侠柳研青"比武招亲"却招来了地痞（第九章）；一尘道长仗义"捉采花贼"却因上当受骗而中毒惨死（第十五章），这些都是活生生、血淋淋的冷酷现实。至若白羽屡言此书得力于"旦角挑帘"——让女侠柳研青提前出场，与夫婿杨华、苦命女李映霞之间产生亦喜亦悲的"三角恋爱"——则系"无心插'柳'柳成荫"之故。

笔者有鉴于此，因以其成名作《十二金钱镖》为例，针对书中故事、笔法、人物、语言及其独创"武打综艺"新风等单元，加以重点评介；聊供关心武侠创作的通俗文学研究者及广大读者参考。

小说人物与语言艺术

众所周知，《十二金钱镖》系白羽开宗立派之作。此书共有十七卷（集），总八十一章，都一百廿余万言。前十六卷约略写于抗战胜利之前，故事未结束；是因白羽业已名利双收，不愿再写"无聊文字"。1946年国共内战再起，白羽为了维持生活，不得已重做冯妇；遂又补撰末一卷，更名为《丰林豹变记》，连载于天津《建国日报》，乃总结全书。

持平而论，《十二金钱镖》的故事情节并不复杂，主要是描写辽东"飞豹子"袁振武为报昔年私人恩怨，来找师弟俞剑平寻仇；因此拦路劫镖，而引起江湖轩然大波的故事。说白了，不外就是"保镖—失镖—寻镖"这码事；却因为作者善于运用悬疑笔法，文字简洁生动，将保镖逢寇的全过程——由探风、传警、遇劫、拼斗、失镖、盗遁以迄贼党连同镖银离奇失踪等情——曲曲写出，一步紧似一步！书中的"扣子"搭得好，语言亲切有味，情节又扑朔迷离；因而引人入胜，欲罢不能。

诚然，一部小说若想写得成功殊非幸致；在相当程度上须取决于人物塑造，以及相应的小说语言是否生动传神而定。这就要看作者驾驭文字的能力究竟可达何等境地，方能产生"烘云托月"的艺术效果。

书中主人翁"十二金钱"俞剑平是作者所要正面肯定的角色。此人机智、老辣、重义气、广交游，兼以武功超群，生平未

240

逢敌手；但每念"登高跌重，盛名难久"，则深自警惕；因而垂暮之年封剑歇马，退隐荒村。今即以铁牌手胡孟刚奉"盐道札谕"护送官帑，向老友俞剑平借去"十二金钱"镖旗压阵，路遇无名盗魁劫镖一折为例，看作者是如何刻画俞剑平这个侠义人物的表现。

当时被派去护镖的俞门二弟子"黑鹰"程岳，哭丧着脸奔回俞家报讯，说是："师傅，咱爷们儿栽啦！"俞剑平骤闻失镖，把脚一跺，道："胡二弟糟了！"（因失镖者必然要负连带责任。）再闻镖旗被拔，登时须眉皆张道："好孩子！难为你押镖护旗，你倒越长越抽搐回去了！"——这是先以朋友之义为重，其后方顾到个人荣辱。一线之微，即见英雄本色，毫不含糊！

随后当他看到那"无名盗魁"留下的《刘海洒金钱》图，上面画着十二枚金钱散落满地，旁立一只插翅豹子，做回首睨视之状；并有一行歪诗，写着："金钱虽是人间宝，一落泥涂如废铜！"当即了然，不禁连声冷笑道："十二金钱落地？哼哼，十二金钱落不落地，这还在我！"

在这些节骨眼上，作者用急、怒、快、省之笔将俞剑平那种虎老雄心在、荣辱重于生死的"好胜"性格刻画入微；令读者如见其人，如闻其声！错非斫轮大匠，焉能臻此！

插翅豹子天外飞来

"飞豹子"袁振武这个隐现无常的大反派，在小说正传里称得上是扑朔迷离的人物。他除了拦路劫镖时一度亮相以外，便豹隐无踪，改以长衫客的姿态出现；声东击西，神出鬼没！充分显露出豹子的特性。

作者写袁振武种种，全用欲擒故纵法，口风甚紧。前半部书只说豹头老人如何如何；直到第四十三章，始初吐"飞豹子"之号，仍不揭其名；再至第五十九章，方由一封密函透露"飞豹子"的来历，却是"关外马场场主袁承烈"！难怪江南武林无人知晓。如此这般捕风捉影，教读者苦等到第六十一章，才辗转从俞夫人托带的口信中和盘托出"飞豹子袁承烈"的真实身份——竟然是三十年前俞剑平未出师门时的大师兄袁振武！此人心高气傲，曾因不愤乃师太极丁将爱女许配师弟俞剑平，并破例越次传以太极掌门之位，而一怒出走，不知所终……本书"捉迷藏"至此，始真相大白。

一言以蔽之，此非寻常庸手所用"拖"字诀，而是白羽故弄狡猾的"蓄势"笔法；曲曲写来，行文不测，乃极波谲云诡之能事。正因这头"插翅豹子"天外飞来，飘忽如风，扬言要雪当年之耻，非三言两语可以交代；故白羽特为之另辟前传《武林争雄记》（1939 年连载于北平《晨报》），详述袁、俞师兄弟结怨始末。由是读者乃知其情可悯，其志可佩！袁振武实为本身性格与客观环境交相激荡下所造成的悲剧人物。至于《武林争雄记》续集《牧野雄风》，则系白羽病中央请好友郑证因代笔所撰，固不必论矣。

最具喜感的"小人物狂想曲"

前已约略提过，白羽创作武侠小说，极讲究运用语言艺术。其客观叙述故事的文体固力求风格统一，而杜撰书中人物的对白则千变万化，端视其身份、阅历、教养、个性而定；或豪迈，或粗鄙，或刁滑，或冷隽，或笑料百出，不一而足。

在本书林林总总的小说人物中，描写得最生动有趣的是"九股烟"乔茂。这虽是个猥琐不堪、人见人厌的镖行小丑，却是小兵立大功，起到"穿针引线"和"药中甘草"的作用；特具喜感，很值得一述。

按：书中写"九股烟"乔茂这个小人物的言行举止，活脱是西班牙骑士文学名著《魔侠传》（Don Quijote，或译《唐吉诃德》即"梦幻骑士狂想曲"）的主人翁吉诃德先生（按：Don 音译为"唐"，是西班牙人对先生的尊称）之化身。若无此甘草人物穿针引线，误打误撞地追踪到贼窟，也许咱们的俞老英雄就真格让飞豹子给"憋死"了。而在作者正、反笔交错嘲讽下，乔茂的刻薄嘴脸、小人心性以及色厉而内荏的思想意识活动，几乎跃然纸上；堪称是"天下第一妙人儿"！

据称，此人原是个积案如山的毛贼，专做江湖没本钱的买卖；长得獐头鼠目，其貌不扬。他生平没别的本领，却最擅长轻功提纵术，有夜走千家之能。曾有一宵神不知鬼不觉地连偷九家高门大户，遂得诨号"九股烟"；兼又姓乔，故又名"瞧不见"。

这乔茂混到铁牌手胡孟刚的振通镖局做镖师，因嘴上刻薄，常得罪人，谁也看他不起。譬如在起镖前夕，他一开口就说："这趟买卖据我看是'蜜里红矾'，甜倒是甜——"别人拦着他，不教他说"破话"（不吉利）；他却一翻白眼道："难道我的话有假么？人要是不得时，喝口凉水还塞牙！"等到押镖行至中途，贼人前来踩探，他又龇牙咧嘴说着风凉话："糟糕！新娘子给人相了去，明天管保出门见喜！"

果然，"飞豹子"四面埋伏，伤人劫镖，闹了个"满堂红"，人人挂彩！乔茂死里逃生，心有不甘；为求人前露脸，遂冒险追蹑敌踪，却又教人给逮住，身入囹圄。好不容易自贼窝逃生，奔回报讯；众家镖客正为那伙无影无踪的豹党发愁，急着要问镖银下落，他老小子可又"端"起来啦——"找我要明路？就凭我姓乔的，在镖局左右不过是个废物！咱们振通镖局人材济济，都没有寻着镖，我姓乔的更扑不着影了！"活脱一副小人得志之状，溢于言表。

于焉经过众镖客一番灌迷汤、戴高帽，总算在"乔大爷"口中探得了镖银下落；再派出三侠陪他前去进一步探底——这下姓乔的可不能说是"瞧不见"啦！孰料三侠皆看不起乔茂为江湖毛贼出身，乃背着他自行踩探敌人虚实。作者在此描写乔茂自言自语的心理反应，有怨愤，有讥消，有得意，精彩迭出，令人不禁拍案叫绝。且看乔茂躺在床上假寐，是怎么个骂法：

"你们甩我么，我偏不在乎，你们露脸，我才犯不上挂火。你们不用臭美，今晚管保教你们撞上那豹头环眼的老贼，请你们尝尝他那铁烟袋锅。小子！到那时候才后悔呀，嘻嘻，晚啦！我老乔就给你们看窝，舒舒服服地睡大觉，看看谁上算！"……忽然一转念："这不对！万一他们摸着边，真露了脸，我老乔可就折一回整个的！……教他们回去，把我形容起来，一定说我姓乔的吓破了胆，见了贼，吓得搭拉尿！让他们随便挖苦。这不行，我不能吃这个，我得赶他们去……"

可"九股烟"乔茂说的比唱的还好听！一旦遇了敌，只有逃命逃得"一溜烟"的份儿。请再看他躲在高粱地里恨天怨地的一折：

九股烟乔茂从田洼里爬起来，坐在那里，搔头，咧嘴，发慌，着急，要死，一点活路也没有。又害怕，又怨恨紫旋风、没影儿、铁矛周三个人："这该死的三个倒霉鬼，你们作死！若依我的意思，一块儿奔回宝应县送信去，多么好！偏要贪功，偏要探堡。狗蛋们，你妈妈养活你太容易了。你们的狗命不值钱，却把我也饶上，填了馅，图什么！

值得特别注意的是，作者系以乔茂的"单一观点"贯穿本书第三十六、三十七章来叙事；所有的故事情节皆通过其心中想、眼中看、耳中听分别交代。这种主观笔法洵为现代最上乘的小说技巧；而白羽运用自如，下笔若有神助，的确妙不可言。

向《武术汇宗》取经与活用

据冯育楠《泪洒金钱镖——一个小说家的悲剧》一文的说法，当初白羽同道至交郑证因曾推荐一本万籁声所著《武术汇宗》给白羽参考。万氏曾任教于北平农业大学，为自然门大侠杜心五嫡传弟子；其书包罗万象，皆真实有据，为国术界公认权威之作。白羽仗此"武林秘笈"走江湖，并以文学巧思演化其说，遂无往而不利矣。

《十二金钱镖》书中除一般常见的内外家拳掌功夫、点穴法、轻功、暗器以及各种奇门兵器的形制、练法外，还有著名的"弹指神通""五毒神砂"和"毒蒺藜"三种，值得一述。其中白羽杜撰的"弹指神通"功夫曾在二十年后金庸《射雕英雄传》（1957）与卧龙生《玉钗盟》（1960）中大显神威；但系向壁虚

245

构，不足为奇。而另两种毒药暗器则实有其事，殆非穿凿附会之说。

经查万籁声《武术汇宗》之《神功概论》一节所云："有操'五毒神砂'者，乃铁砂以五毒炼过，三年可成。打于人身，即中其毒；遍体麻木，不能动弹；挂破体肤，终生脓血不止，无药可医。如四川唐大嫂即是！"此书写于民国十五（1926）年，如非捏造，则"四川唐大嫂"至少是存在于清末民初而实有其人。于是"四川唐门"用毒之名，天下皆知；而首张其目用于武侠小说者，正是白羽。

如本书第十四章侧写山阳医隐弹指翁华雨苍生平以"弹指神通""五毒神砂"威震江湖！第十五章写狮林观主一尘道长武功绝世，却为毒蒺藜所伤，不治身死；后来方追查出此乃四川唐大嫂一派独门秘传的毒药暗器。而另据《血涤寒光剑》第八章书中暗表，略谓"毒蒺藜"与"五毒神砂"系出同源，皆为苗人秘方；"真个见血封喉，其毒无比"！而四川唐大嫂更据以研制成多种毒药暗器，结怨武林云。

此外，谈到轻身术方面，过去一般只用飞檐走壁、提纵术或陆地飞腾功夫，罕见有关轻功身法之描写（还珠楼主偶有例外）。而自白羽起，则大量推出各种轻功身法名目；例如"蹬萍渡水""踏雪无痕""一鹤冲天""燕子钻云""蜻蜓三点水"及"移形换位"等。究其提纵之力，则至多一掠三数丈；此亦符合《武术汇宗》所述极限，大抵写实。

再就描写上乘轻功所产生的特殊效果及用语而言，像"疾如电光石火，轻如飞絮微尘""隐现无常，宛若鬼魅"等，皆富于文学想象力与艺术感染力。凡此多为后学取法，奉为圭臬；甚至更驰骋想象，渲染夸张无极限。恕不一一举例了。

开创"武打综艺"新风

　　白羽在《十二金钱镖》第七十二章作者夹注中说："羽本病夫，既学文不成，更不知武。其撰说部，多由意构，拳经口诀徒资点缀耳。"然"文武之道，一张一弛"，实无可偏废。因此白羽既不能完全避开武打描写，乃自出机杼，全力酝酿战前气氛；对于交手过招则兼采写实、写意笔法，交织成章，着重文学艺术化铺陈。孰知此一扬长避短之举，竟开创"武打综艺"新风，殆非其始料所及。

　　在此姑以第四十章写镖客"紫旋风"闵成梁夜探贼巢，以八卦刀拼斗长衫客（即飞豹子所扮）的一场激战为例；便知作者虚实并用之妙，值得引述如次：

　　　　紫旋风收招，往左一领刀锋，身移步换；脚尖依着八卦掌的步骤，走坎宫，奔离位。刀光闪处，变式为"神龙抖甲"，八卦刀锋反砍敌人左肩背。长衫客双臂往右一拂，身随掌走，迅若狂飙。……一声长笑，"一鹤冲天"，飕的直蹿起一丈多高；如燕翅斜展，侧身往下一落。紫旋风微哼一声，"龙门三激浪"，往前赶步，猱身进刀；"登空探爪"，横削上盘。这一招迅猛无匹，可是长衫老人毫不为意，身形一晃，反用进手的招数，硬来空手夺刀。倏然间，施展开"截手法"，挑、砍、拦、切、封、闭、擒、拿、抓、拉、撕、扯、括、抹、打、盘、拔、压十八字诀。矫若神龙掠空，势若猛虎出柙；身形飘忽，一招一式，攻多守少。

像这种轻灵、雄浑兼具的笔法，奇正互变，实不愧为一代武侠泰斗！因为此前没有人这样写过，有则自白羽始。特其因势利导，将八卦方位引入武打场面，且活用成语化为新招，则又为说部一大创举。后起作家凡以"正宗武侠"相标榜者，无不由此学步，始登堂入室。惟白羽地下有知，恐亦啼笑皆非——原来"现实人生"之吊诡竟一至于此！念念"怕出错"的比武却成为康庄大道！这个历史的反讽太绝太妙，实在不可思议！

结论：为人生写真的武侠大师

综上所述，白羽所谓"无聊文字"——武侠小说竟获致如此高超的艺术成就，诚为异事。然"无聊"不"无聊"仅只是某种道德观或价值判断，并非意味下笔时无所用心，便率尔操觚！相反地，像白羽这样爱惜羽毛、恨铁不成钢的文人，即令是游戏之作，也要别出心裁，不落俗套；况其武侠说部以"现实人生"为鉴，有血有肉乎！

著名美学家张赣生在《民国通俗小说论稿》（1991）一书中曾说："白羽深感世道不公，又无可奈何，所以常用一种含泪的幽默，正话反说，悲剧喜写。在严肃的字面背后，是社会上普遍存在的荒诞现象。"此论一针见血，譬解极当。用以来看《偷拳》写杨露蝉三次"慕名投师"而上当受骗，洵可谓笑中带泪。

白羽早年受鲁迅影响甚深，所以在《十二金钱镖》一举成名后，犹常慨叹："武侠之作终落下乘，章回旧体实羞创作"。其实"下乘"与否无关新旧。试看鲁迅《中国小说史略》亦曾明确指出："是侠义小说之在清，正接宋人话本之正脉，固平民文学之历七百余年而再兴者也。"平民文学即今人所称民俗文学或通俗文学；只要出于艺术手腕，写得成功，便是上乘之作。岂有新文学、纯文学或所谓"严肃文学"必定优于通俗文学之理！

毕竟白羽在思想上有其历史局限性，没有真正认清武侠小说的文学价值——实不在于"托体稍卑"（借王国维语），而在于是否能自我完善，突破创新，予人以艺术美感及生命启示。因为只有"稍卑"才能"通俗"，何有碍于章回形式呢？即如民初以来甚嚣尘上的新文学，其所以于近百年间变之又变，亦是为了"通俗"缘故。惜白羽不见于此，致有"引以为辱"之痛！

但无论如何，他的武侠小说绝不"无聊"；其早年困顿风尘、血泪交织的人生经验，都曾以各种曲笔、讽笔、怒笔、恨笔写入诸作，实无殊于"夫子自道"。据白羽哲嗣宫以仁君在《论白羽》一文中透露："《武林争雄记》拟以其本人曲折经历为模特儿，故在写作过程中反复改动，多次毁稿重写。郑证因曾对白羽家人叹息说：'竹心（白羽本名）太认真了！混饭吃的东西，何必如此？'……"见微知著，料想其他诸作亦曾大事修删，方行定稿。是以报上连载小说与结集出版后的成书内容、文字颇有不同。

由是乃知白羽珍惜笔墨逾恒；其文心所在，莫非为人生写真！无如社会现实太残酷，"末路英雄"悲穷途！只好用"含泪的幽默"来写无毒、无害、有血、有肉的武侠传奇；聊以自嘲，聊以解忧。

清代大诗家龚自珍的《咏史》诗有云："避席畏闻文字狱，著书只为稻粱谋。"白羽写武侠书可有定庵先生"正言若反"之意？也许除了"为稻粱谋"外，他的潜意识中还有为武侠小说别开生面的灵光在闪耀；因能推陈出新，引起广大共鸣。

其故友叶冷是最早看出白羽武侠传奇"与众不同"的行家。

1939 年他写《白羽及其书》一文，即曾把白羽和英国传奇作家史蒂文森（R. L. B. Stevenson，以《金银岛》小说闻名）相比，认为白羽的书真挚感人，能"沸起读者的少年血"。实非过誉之辞！

整理后记

　　原名《金弓女侠》，伪满洲国康德十年（1943 年）10、12 月由（长春）新京文艺图书公司印刷发行，上、下册各五章。1947 年 9 月，上海励力出版社将上、下册合订为一册，改名《侠隐传技》出版。本次出版，沿用 1943 年新京文艺图书公司版本整理。

图书在版编目（CIP）数据

侠隐传技／白羽著. — 北京：中国文史出版社,2017.1
（民国武侠小说典藏文库·白羽卷）
ISBN 978 - 7 - 5034 - 8380 - 6

Ⅰ.①侠… Ⅱ.①白… Ⅲ.①侠义小说 - 中国 - 当代
Ⅳ.①I247.5

中国版本图书馆 CIP 数据核字（2016）第 256741 号

整　　理：周清霖
责任编辑：马合省　卢祥秋

出版发行：中国文史出版社
网　　址：http://www.chinawenshi.net
社　　址：北京市西城区太平桥大街 23 号　邮编：100811
电　　话：010 - 66173572　66168268　66192736（发行部）
传　　真：010 - 66192703
印　　装：北京盛彩捷印刷有限公司
经　　销：全国新华书店
开　　本：720 × 1020　1/16
印　　张：17　　　　字数：197 千字
版　　次：2017 年 1 月第 1 版
印　　次：2018 年 6 月第 2 次印刷
定　　价：42.00 元